John Grisham est né en 1955 dans l'Arkansas, aux États-Unis. Il exerce pendant dix ans la profession d'avocat, tout en écrivant des thrillers à ses heures perdues. Il publie en 1989 son premier roman, *Non coupable*, mais c'est en 1991, avec *La firme*, qu'il rencontre le succès. Depuis, *L'affaire Pélican* (1992), *Le couloir de la mort* (1994), *L'idéaliste* (1995), *Le maître du jeu* (1996) et *L'associé* (1999) ont contribué à faire de lui la figure de proue du legal thriller. Mettant à profit son expérience du barreau, il dévoile les rouages du monde judiciaire, et aborde ainsi les problèmes de fond de la société américaine. Aux États-Unis, où il représente un véritable phénomène éditorial, la vente de ses livres se compte en millions d'exemplaires et ses droits d'adaptation font l'objet d'enchères faramineuses auprès des producteurs de cinéma (*La firme*, *L'affaire Pélican*). *L'accusé*, dont les droits d'adaptation cinématographique ont été retenus par George Clooney, est paru aux éditions Robert Laffont en 2007. Il a également publié chez le même éditeur *La revanche* (2008), *L'infiltré* (2009), *Chroniques de Ford County* (2010) et *La confession* (2011).
Marié, père de deux enfants, John Grisham est l'un des auteurs les plus lus dans le monde.

Retrouvez l'actualité de John Grisham sur www.jgrisham.com

CHRONIQUES
DE FORD COUNTY

DU MÊME AUTEUR
CHEZ POCKET

NON COUPABLE
LA FIRME
L'AFFAIRE PÉLICAN
LE CLIENT
LE COULOIR DE LA MORT
L'IDÉALISTE
LE MAÎTRE DU JEU
L'ASSOCIÉ
LA LOI DU PLUS FAIBLE
LE TESTAMENT
L'ENGRENAGE
LA DERNIÈRE RÉCOLTE
L'HÉRITAGE
LA TRANSACTION
LE DERNIER JURÉ
LE CLANDESTIN
L'ACCUSÉ
LE CONTRAT
L'INFILTRÉ

LE DERNIER MATCH
LA REVANCHE
CHRONIQUES DE FORD COUNTY

THEODORE BOONE : ENFANT ET JUSTICIER

JOHN GRISHAM

CHRONIQUES DE FORD COUNTY

traduit de l'anglais (États-Unis)
par Christine Bouchareine

ROBERT LAFFONT

Titre original :
FORD COUNTY

ISBN : 978-2-266-22140-5

À Bobby Moak

Lorsque Non coupable *a été publié il y a vingt ans, j'ai vite découvert que c'était encore plus difficile de vendre les livres que de les écrire. J'avais acheté une centaine d'exemplaires que j'ai eu bien du mal à écouler. Je les avais chargés dans le coffre de ma voiture pour démarcher bibliothèques et clubs de jardinage, supérettes et cafés, voire quelques librairies, souvent avec l'aide de mon cher ami Bobby Moak.*

Il y a certaines histoires que nous ne raconterons jamais.

Collecte sanglante

Le temps que la nouvelle de l'accident de Bailey se répande dans le hameau de Box Hill, plusieurs versions couraient déjà sur la façon dont il s'était produit. Quelqu'un de l'entreprise de construction avait appelé sa mère pour la prévenir qu'il avait été blessé lors de l'effondrement d'un échafaudage sur un chantier situé dans le centre de Memphis, qu'il était au bloc opératoire dans un état stationnaire et que ses jours ne semblaient plus en danger. Sa mère, une invalide de plus de deux cents kilos, connue pour son émotivité, n'en savait pas plus car elle avait aussitôt piqué une crise de nerfs sans écouter la suite. Puis elle avait appelé ses voisins et amis et, d'un récit à l'autre, le tragique accident avait pris des proportions de plus en plus dramatiques. Comme elle avait oublié de noter le numéro de son interlocuteur, on ne pouvait rappeler personne pour vérifier ou tempérer les rumeurs qui s'enflaient d'heure en heure.

Un collègue de Bailey, originaire lui aussi du comté de Ford, avait téléphoné à sa petite amie à Box Hill et lui avait donné une version quelque peu différente : Bailey s'était fait écraser par un bulldozer qui travaillait près de son échafaudage. Il se trouvait à l'article de la mort et, même s'il était encore en salle d'opération, il restait peu d'espoir.

Puis une secrétaire de l'hôpital de Memphis avait appelé le domicile de Bailey en demandant à parler à sa mère ; on lui avait dit que celle-ci était alitée, trop choquée pour parler et incapable de venir jusqu'au téléphone. Le voisin qui avait répondu avait essayé de soutirer des détails à sa correspondante mais sans grand succès. Quelque chose s'était affaissé sur le chantier, peut-être une tranchée dans laquelle le jeune homme travaillait ou un truc du genre. Oui, il était encore sur le billard et l'hôpital avait besoin de quelques informations indispensables.

La petite maison en brique de la mère de Bailey se transforma rapidement en ruche vers laquelle, dès la fin d'après-midi, affluèrent parents, amis et quelques pasteurs des minuscules églises éparpillées autour de Box Hill. Les femmes se réunirent dans la cuisine et la salle de séjour, et les conversations allaient bon train pendant que le téléphone n'arrêtait pas de sonner. Les hommes se rassemblèrent dehors pour fumer. Du ragoût et des gâteaux commencèrent à circuler.

Désœuvrés et ignorant tout des blessures de Bailey, les visiteurs se jetaient sur la moindre bribe d'information, l'analysaient, la disséquaient tandis qu'elle faisait son chemin chez les femmes à l'intérieur et les hommes dehors. Bailey avait une jambe estropiée qu'il faudrait sans doute amputer. Il était gravement blessé à la tête. Il était tombé avec l'échafaudage d'une hauteur de quatre étages, à moins que ce ne fût de huit. Il avait la poitrine écrasée. De fil en aiguille, les plus pessimistes en arrivèrent à évoquer ses obsèques.

Bailey n'avait que dix-neuf ans et jamais, au cours de sa courte vie, il n'avait eu autant d'amis et d'admirateurs. Il était plus aimé d'heure en heure. C'était un gentil garçon, bien élevé, beaucoup mieux que son pauvre père, que personne n'avait vu depuis des années.

Son ex-petite amie débarqua et se retrouva bien vite le centre d'intérêt général. Affolée, bouleversée, la larme facile, surtout quand elle parlait de son Bailey adoré. Pourtant, lorsque la rumeur de son arrivée parvint à la chambre de la pauvre mère, celle-ci, outrée d'apprendre que cette petite roulure avait osé entrer chez elle, la fit jeter dehors. La petite roulure s'attarda alors devant la maison avec les hommes, à fumer et à se pavaner. Enfin elle partit, en jurant qu'elle se rendait droit à Memphis voir son Bailey.

Le cousin d'un voisin habitait la ville et ce cousin accepta à contrecœur de se rendre à l'hôpital afin de prendre l'affaire en main. Son premier coup de fil leur apprit que le jeune homme était effectivement au bloc opératoire pour de multiples blessures, mais qu'il semblait stabilisé. Il avait perdu beaucoup de sang. Au second appel, le cousin éclaircit certains points. Il avait parlé au chef de chantier et l'accident de Bailey avait été provoqué par un bulldozer qui avait heurté son échafaudage. Celui-ci s'était écroulé en entraînant dans sa chute le pauvre garçon qui était allé s'écraser cinq mètres plus bas dans une sorte de tranchée. Ils recouvraient de brique un immeuble de bureaux de six étages et Bailey travaillait comme aide-maçon. L'hôpital n'autoriserait pas de visites avant au moins vingt-quatre heures, cependant on avait besoin de dons de sang.

Aide-maçon ? Alors que sa mère criait sur tous les toits qu'il avait rapidement grimpé les échelons de l'entreprise et qu'il occupait à présent le poste de chef de chantier adjoint ! Néanmoins personne n'eut le mauvais esprit, en de telles circonstances, d'interroger la pauvre femme sur cette entorse à la vérité.

À la tombée de la nuit arriva un homme en costume qui se présenta comme une sorte d'enquêteur. On l'envoya à un oncle, le plus jeune frère de la mère de Bailey et, au cours de leur conversation en privé dans le jardin, cet inconnu lui tendit la carte d'un avocat de Clanton.

— Le meilleur du comté, affirma-t-il. Et nous travaillons déjà sur l'affaire.

L'oncle, très impressionné, promit de repousser les autres avocats, « tous des charognards », et d'envoyer au diable tout expert en assurances qui tenterait de s'immiscer dans l'affaire.

Finalement, il fut question d'une expédition à Memphis. Bien que cette ville ne fût qu'à deux heures de voiture, elle semblait à tous inaccessible. Pour les gens de Box Hill, aller à la grande ville se résumait à une heure de route jusqu'à Tupelo, cinquante mille habitants. Memphis se trouvait dans un autre État, un autre monde ; qui plus est, la délinquance y était galopante. Le taux de criminalité atteignait celui de Detroit. Ils voyaient le carnage, tous les soirs, sur Channel 5.

La santé de la mère de Bailey empirait de minute en minute, et il était évident qu'elle n'était pas en état de voyager et encore moins de donner son sang. Quant à la sœur de Bailey qui vivait à Clanton, elle ne pouvait laisser ses enfants. Le lendemain était un vendredi, un jour de travail, et de l'avis général, un tel aller-retour à Memphis, sans compter la prise de sang, prendrait un temps fou et allez savoir à quelle heure les donneurs regagneraient le comté de Ford.

Un autre appel de Memphis leur apprit que le garçon était sorti du bloc opératoire, qu'il s'accrochait à la vie et surtout qu'il avait plus que jamais besoin de sang. Le temps que cette information parvienne au groupe d'hommes qui traînaient devant la maison, il apparut que le pauvre Bailey risquait de mourir d'une minute à l'autre si ses proches ne couraient pas à l'hôpital se faire ouvrir les veines.

Très vite un héros émergea. Il s'agissait de Wayne Agnor, grand ami présumé de Bailey, connu depuis sa naissance sous le nom d'Aggie. Il tenait une carrosserie avec son père et bénéficiait ainsi d'horaires suffisamment flexibles pour se permettre une petite escapade à Memphis. Il possédait également un pick up, un Dodge dernier modèle, et affirmait connaître la ville comme sa poche.

— Je peux partir tout de suite, annonça-t-il fièrement et bientôt le bruit courut dans toute la maison que l'expédition à Memphis se concrétisait.

L'une des femmes doucha un peu l'enthousiasme général en expliquant qu'il faudrait plusieurs volontaires, l'hôpital ne prélevant pas plus d'un demi-litre de sang par personne.

La plupart d'entre eux n'avaient jamais donné leur sang et la simple pensée des aiguilles et des tubes en effrayait plus d'un. La maison et le jardin se calmèrent brusquement. Les voisins, si proches de Bailey encore quelques instants auparavant, commencèrent à prendre leurs distances.

— J'y vais, moi aussi, déclara finalement un autre jeune homme qui fut aussitôt chaudement félicité.

Il s'appelait Calvin Marr et jouissait également d'horaires souples quoique pour d'autres raisons : il venait de se faire licencier de l'usine de chaussures de Clanton et pointait au chômage. Les seringues le terrifiaient, mais il avait toujours rêvé de voir Memphis. Il serait très honoré de donner son sang.

Enhardi par ce premier compagnon de voyage, Aggie défia l'assistance :

— Qui d'autre ?

Dans un brouhaha général, la plupart des hommes se mirent à contempler leurs bottes.

— On prendra mon camion et je paierai l'essence, continua Aggie.

— Quand est-ce qu'on part ? demanda Calvin.

— Tout de suite. Ça urge !

— Absolument ! ajouta quelqu'un.

— Je vais vous envoyer Roger, proposa un monsieur d'un certain âge.

La déclaration fut accueillie par un silence dubitatif. Le Roger en question, d'ailleurs absent de l'assemblée, n'avait pas à s'inquiéter pour son travail, n'ayant jamais pu en conserver un seul. Après avoir abandonné le lycée, il avait connu quelques déboires avec l'alcool et la drogue. Les aiguilles ne risquaient donc pas de l'effaroucher.

Pourtant, même si ces hommes ne connaissaient pas grand-chose aux transfusions, ils avaient du mal à imaginer que la victime fût blessée au point d'avoir besoin du sang de Roger.

— Vous voulez tuer Bailey ? marmonna une voix.

— On peut compter sur Roger, soutint fièrement son père.

Restait la grande question : avait-il cessé de boire ? Il était fréquemment question, à Box Hill, des combats qu'il livrait contre ses démons. Tout le monde savait plus ou moins quand il décrochait ou quand il replongeait.

— Il semble en forme, ces temps-ci, affirma son père d'un ton qui manquait manifestement de conviction.

L'urgence de la situation l'emportant, Aggie finit par demander :

— Où est-il ?

— À la maison.

Évidemment qu'il était chez lui ! Il ne sortait jamais. Pour aller où ?

En quelques minutes, ces dames préparèrent une grosse boîte remplie de sandwichs et autres provisions. Aggie et Calvin furent embrassés, encouragés et félicités comme s'ils allaient défendre leur pays. Et tout le monde sortit sur le trottoir pour agiter la main quand ces valeureux jeunes gens partirent enfin sauver la vie de Bailey.

Roger les attendait près de la boîte aux lettres et quand le pick-up s'arrêta devant lui, il passa la tête par la portière du passager pour demander :

— On passe la nuit là-bas ?

— C'est pas prévu, répondit Aggie.

— Parfait.

Après une courte discussion, il fut convenu que Roger, plutôt mince de constitution, s'assiérait au milieu, entre Aggie et Calvin, nettement plus gros et plus grands. Ils posèrent la boîte de victuailles sur ses genoux et ils n'avaient pas parcouru deux kilomètres que Roger déballait un sandwich à la dinde. Avec ses vingt-sept ans, c'était le plus âgé des trois et les années ne l'avaient pas épargné. Il avait vécu deux divorces et de nombreuses tentatives de désintoxication ratées. Sec et nerveux, il avait à peine terminé le premier en-cas qu'il en déballa un second. Aggie, cent quinze kilos, et Calvin, cent vingt-cinq, refusèrent de l'accompagner. Ils venaient de passer les deux dernières heures à se gaver de ragoût chez la mère de Bailey.

Ils commencèrent par parler du blessé : Roger connaissait à peine Bailey alors que Calvin et Aggie étaient allés tous les deux à l'école avec lui. Comme les trois hommes étaient célibataires, la conversation ne porta rapidement plus sur la chute de leur voisin et dériva naturellement sur les femmes. Aggie avait une petite amie et affirma profiter pleinement des avantages d'une aventure amoureuse. Roger, qui avait couché avec tout ce qui bougeait, se déclara toujours à l'affût d'une bonne occasion. Quant à Calvin, le timide, il se trouvait encore vierge à vingt et un ans même s'il refusait de l'avouer. Il se vanta donc d'une ou deux conquêtes, sans donner trop de détails, histoire de rester dans le coup. Tous les trois exagéraient et tous les trois le savaient.

— Tu pourras t'arrêter là-bas, au Blue Dot, que je

15

pisse un coup ? demanda Roger alors qu'ils entraient dans un petit village du comté de Polk.

Aggie se rangea devant les pompes à essence d'une alimentation générale, et Roger disparut à l'intérieur du magasin.

— Tu crois qu'il boit ? demanda Calvin pendant qu'ils l'attendaient.

— Son père dit que non.

— Son père est aussi menteur que lui.

Comme par hasard, quelques minutes après, Roger émergea du magasin avec un carton de six bières.

— Mince ! souffla Aggie.

Chacun reprit sa place et le pick-up repartit.

Roger sortit une cannette et la tendit à Aggie.

— Non, merci, déclina ce dernier. Je conduis.

— Tu ne peux pas boire en conduisant ?

— Pas ce soir.

Il se tourna vers Calvin.

— Et toi ?

— Non, merci.

— Vous êtes en cure de désintox ou quoi, les gars ? s'exclama-t-il en décapsulant la cannette dont il vida la moitié d'une seule traite.

— Je croyais que t'avais arrêté, remarqua Aggie.

— J'avais. J'arrête pas d'arrêter. C'est la partie la plus facile.

Calvin avait hérité de la boîte de victuailles ; pour passer le temps, il se mit à manger un énorme cookie aux céréales. Roger finit sa cannette et la lui tendit.

— Tu veux bien la jeter ?

Calvin baissa la vitre pour la lancer à l'arrière du pick-up. Le temps qu'il referme la fenêtre, Roger décapsulait la seconde. Calvin et Aggie échangèrent un regard inquiet.

— On peut donner son sang quand on a bu ? demanda Aggie.

16

— Bien sûr ! rétorqua Roger. Je l'ai fait plein de fois. Vous n'avez encore jamais donné votre sang, vous autres ?

Aggie et Calvin avouèrent que non, ce qui incita aussitôt Roger à leur décrire la procédure.

— D'abord on te fait allonger parce que la plupart des gens tombent dans les pommes. Leur foutue aiguille est si grosse qu'y en a plein qui s'évanouissent rien qu'à la voir. L'infirmière t'attache un large élastique autour du biceps, et après elle te triture le bras pour trouver une grosse veine bien épaisse. Vaut mieux regarder ailleurs. Neuf fois sur dix, elle plante l'aiguille à côté, ça fait un mal de chien, et elle a beau s'excuser, tu la maudis à voix basse. Si t'as de la chance, elle pique ta veine au deuxième coup et, là, le sang gicle dans un petit tube qui débouche dans un sachet. Comme tout est transparent, tu vois ton sang. C'est incroyable comme il est sombre, on dirait presque qu'il est marron. Faut une éternité pour en tirer un demi-litre, et pendant tout ce temps-là, tu gardes l'aiguille plantée dans ta veine.

Satisfait du compte rendu effrayant qu'il venait de leur faire, il descendit sa bière.

Ils roulèrent en silence pendant quelques kilomètres.

La seconde cannette terminée, Calvin la jeta à l'arrière et Roger ouvrit la troisième.

— La bière, ça aide, continua-t-il avec un petit claquement de langue. Ça rend le sang plus fluide, alors il coule plus vite.

Voyant que Roger avait l'intention de liquider le carton le plus rapidement possible, Aggie songea qu'il serait peut-être plus sage d'en détourner une partie. Il avait entendu parler des cuites terribles de Roger.

— J'en prendrais bien une, annonça-t-il et Roger s'empressa de lui tendre une cannette.

— Moi aussi, enchaîna Calvin.

— Enfin une bonne parole ! jubila Roger. Je déteste boire tout seul. C'est le premier signe qu'on est alcoolique.

Aggie et Calvin vidèrent leur cannette par devoir tandis que Roger continuait à écluser.

— J'ai besoin de pisser, annonça-t-il, le carton à peine terminé. T'as qu'à t'arrêter au Cully's Barbecue.

Ils se trouvaient à l'orée de la petite ville de New Grove et Aggie commençait à se demander combien de temps allait prendre le trajet. Après avoir disparu derrière le bâtiment pour se soulager, Roger entra dans le magasin où il acheta deux nouveaux packs de six bières.

Dès qu'ils laissèrent New Grove derrière eux, ils prirent chacun une cannette.

— Z'êtes déjà allés dans les clubs de strip-tease de Memphis ? demanda Roger alors qu'ils filaient de nouveau sur la route nationale étroite et sombre.

— Je ne connais même pas Memphis, avoua Calvin.

— Tu plaisantes !

— Non.

— Et toi ?

— Oui, je suis déjà allé dans un club, répondit fièrement Aggie.

— Lequel ?

— J'me souviens pas. Sont tous pareils.

— Alors là tu te trompes, le corrigea sèchement Roger, avant de se gargariser avec une nouvelle gorgée de bière. Y en a qui ont des filles super avec des corps fabuleux, alors qu'ailleurs y z'ont juste des tapineuses ramassées sur le bord de la route qui savent même pas danser.

S'ensuivit une longue discussion sur l'histoire du strip-tease légalisé à Memphis, ou du moins la version qu'en donnait Roger. Autrefois, les filles pouvaient tout retirer et sauter, nues comme des vers, sur votre table pour une danse torride, échevelée et suggestive, sur une musique assourdissante accompagnée de lumières stroboscopiques et des acclamations enthousiastes des spectateurs.

Puis les lois avaient changé, le string était devenu obligatoire même si certains clubs s'en dispensaient. La danse sur table avait cédé la place à la danse-contact, ce qui avait entraîné la création de nouvelles lois sur la conduite à respecter envers les filles. Ce petit résumé historique terminé, Roger débita le nom d'une demi-douzaine de clubs qu'il prétendait bien connaître. Puis il se lança dans un récapitulatif impressionnant de leurs stripteaseuses, avec un langage tellement imagé et évocateur qu'à la fin les deux autres avaient bien besoin d'une bonne bière fraîche.

Calvin, qui n'avait pratiquement jamais touché de chair féminine, fut captivé par cette conversation. Ce qui ne l'empêcha pas de compter les cannettes que Roger liquidait et quand il arriva à six (en une heure), il faillit faire une remarque. Mais il était épaté par cet homme d'expérience, apparemment doté d'un insatiable appétit pour la bière et capable d'en d'engloutir d'énormes quantités sans que cela l'empêchât de décrire la nudité des filles avec une précision stupéfiante.

La conversation finit par revenir à son sujet initial.

— Après l'hôpital, déclara Roger, on aura sans doute le temps de passer au Desperado, histoire de boire un coup et peut-être de s'offrir une danse de table ou deux.

Aggie conduisait, son poignet droit mollement posé sur le volant, une cannette dans la main gauche. Il continua à fixer la route devant lui sans réagir à cette proposition. Sa petite amie péterait les plombs si elle apprenait qu'il avait dépensé de l'argent dans un club, à loucher sur des stripteaseuses. Calvin, en revanche, parut tout émoustillé.

— Bonne idée ! s'écria-t-il.

— Pourquoi pas ? se sentit forcé d'ajouter Aggie.

Une voiture arrivait en face et, juste au moment où ils allaient se croiser, Aggie laissa par inadvertance la roue avant gauche du pick-up mordre sur la ligne médiane : il donna un coup de volant et l'autre véhicule fit une embardée.

— C'étaient les flics ! hurla-t-il.

Roger et lui se retournèrent d'un bloc et virent les stops de l'autre voiture s'allumer tandis qu'elle pilait.

— Putain, t'as raison ! lâcha Roger. C'est un patrouilleur du comté. Fonce !

— Il nous prend en chasse ! gémit Calvin, affolé.

— Merde ! V'là qu'il met le gyrophare ! aboya Roger.

Sans réfléchir, Aggie enfonça l'accélérateur et le gros Dodge grimpa la côte en rugissant.

— T'es sûr que c'est une bonne idée ? demanda-t-il.

— Fonce, putain ! hurla Roger.

— On a des cannettes de bière partout, renchérit Calvin.

— Mais j'ai rien bu, se défendit Aggie. Ça fera qu'aggraver les choses si on s'enfuit.

— On fuit déjà ! Maintenant, le plus important c'est de ne pas se faire attraper.

Sur ces mots, Roger siffla une nouvelle bière comme si elle devait être la dernière.

Le pick-up atteignit cent trente kilomètres heure puis cent cinquante sur une longue ligne droite.

— Il ne nous lâche pas, marmonna Aggie en regardant dans son rétroviseur. Et il nous emmerde avec son gyro !

— Faut se débarrasser de la bière, déclara Calvin en baissant sa vitre.

— Non ! brailla Roger. T'es pas fou ? Il peut pas nous rattraper. Plus vite, plus vite !

Le pick-up décolla littéralement sur une bosse, puis il prit un virage à la corde dans un crissement de pneus et dérapa suffisamment pour arracher un cri à Calvin.

— On va finir par se tuer !

— Ferme-la ! aboya Roger. Faut trouver un chemin qu'on se planque.

— Y a une boîte aux lettres ! s'exclama Aggie en enfonçant la pédale de frein.

Bien qu'à quelques secondes derrière eux, le flic ne fût toujours pas en vue. Ils tournèrent d'un coup sec sur la droite et les codes du pick-up balayèrent une petite ferme nichée sous d'énormes chênes.

— Éteins tes phares ! cria Roger comme s'il faisait ça tous les jours.

Aggie coupa le moteur puis ses feux et le véhicule, sur sa lancée, suivit un chemin de terre avant de s'immobiliser près d'un pick-up Ford, appartenant à un certain Buford M. Gates, route 5, Owensville, Mississippi.

La voiture de patrouille passa derrière eux à toute allure, sans ralentir, gyrophares allumés mais sirène éteinte. Les trois donneurs de sang s'étaient tassés sur leurs sièges. Longtemps après la disparition des lumières bleues, ils se redressèrent lentement.

La maison était plongée dans l'obscurité et le silence. À l'évidence, aucun chien ne la gardait. La lumière de l'extérieur n'était même pas allumée.

— Bien joué ! murmura Roger quand ils se remirent à respirer normalement.

— On a eu du bol ! chuchota Aggie.

Ils contemplèrent la fermette tout en guettant les bruits de la route. Au bout de deux minutes d'un calme merveilleux, ils convinrent qu'ils avaient effectivement eu beaucoup de veine.

— On va rester longtemps planqués ici ? finit par demander Calvin.

— Non, non, répondit Aggie, les yeux fixés sur les fenêtres de la maison.

— J'entends une voiture, chuchota Calvin et les trois têtes se baissèrent.

Quelques secondes plus tard, le shérif passa dans l'autre sens, toujours avec le gyrophare en marche, toujours sans sirène.

— Ce salaud continue à nous chercher, marmonna Roger.

— Ça t'étonne ! lâcha Aggie.

Lorsque le bruit du moteur s'évanouit dans le lointain, les trois têtes se redressèrent.

— J'ai envie de pisser, déclara alors Roger.

— Pas ici ! rétorqua aussitôt Calvin.

— Ouvre la porte.

— Tu peux pas attendre ?

— Non.

Calvin ouvrit doucement la portière et descendit. Il regarda Roger avancer sur la pointe des pieds jusqu'à la voiture de M. Gates et pisser sur la roue avant droite.

Contrairement à son mari, Mme Gates avait le sommeil léger. Elle s'était réveillée, certaine d'avoir entendu du bruit dehors. Quelques instants suffirent à confirmer ses craintes. Elle réussit non sans mal à réveiller son mari qui ronflait comme un sonneur depuis une heure. Il s'empara aussitôt du fusil caché sous son lit.

Roger n'avait pas fini de vider sa vessie lorsqu'une petite lumière s'alluma dans la cuisine. Ils la virent tous les trois en même temps.

— Grouillez-vous ! souffla Aggie qui tourna aussitôt la clé de contact.

— Roule, roule ! cria Calvin en sautant dans le pick-up.

Aggie passa la marche arrière et recula à toute vitesse. Roger remonta sa braguette, agrippa le hayon du Dodge et se jeta dans la benne où il atterrit brutalement parmi les cannettes vides ; il se cramponna pendant que le véhicule reculait à toute vitesse vers la nationale. Ils arrivaient au niveau de la boîte aux lettres lorsque la lumière du porche s'alluma. Le Dodge s'arrêta en dérapant sur l'asphalte au moment où la porte s'ouvrait. Un vieil homme repoussa la moustiquaire.

— Il a un fusil ! s'écria Calvin.

— Trop tard !

Aggie repassa en marche avant et prit la fuite en laissant quinze mètres de gomme sur le bitume. Deux kilomètres plus loin, il tourna sur une petite route de campagne et coupa le moteur. Ils descendirent tous les trois et s'étirèrent en riant nerveusement : ils l'avaient échappé belle ! Après s'être donné beaucoup de mal pour se convaincre qu'ils n'avaient pas eu peur du tout, ils se demandèrent où pouvait bien être le shérif à présent. Puis ils nettoyèrent le plateau du pick-up et jetèrent les cannettes vides dans un fossé. Dix minutes s'étaient écoulées et il n'y avait toujours aucun signe du patrouilleur.

Aggie finit par revenir à l'essentiel :

— Faut qu'on aille à Memphis, les gars !

— Sûr, il se fait tard, acquiesça Calvin, plus pressé d'arriver au Desperado qu'à l'hôpital.

Roger s'arrêta net au milieu de la route.

— J'ai perdu mon portefeuille.

— T'as quoi ?

— J'ai perdu mon portefeuille.

— Où ça ?

— Là-bas ! Il a dû tomber quand j'suis allé pisser.

Il ne devait sans doute rien contenir de valeur : ni argent, ni permis de conduire, ni cartes de crédit, ni cartes d'appartenance à un club quelconque, bref, rien de plus utile qu'un vieux préservatif et encore !

Aggie faillit lui demander « Qu'est ce qu'il y a dedans ? » mais s'abstint, certain que Roger le prétendrait plein de choses inestimables.

— Faut que j'aille le récupérer, insista Roger.

— T'es sûr ? s'inquiéta Calvin.

— J'ai tout dedans : mon argent, mon permis, mes cartes de crédit.

— Mais le vieux avait un fusil.

— Et quand le jour se lèvera, le vieux trouvera mon portefeuille, il appellera le shérif du comté de Ford et on sera cuits. T'es vraiment stupide, tu sais !

— C'est pas moi qui ai perdu mon portefeuille, quand même !

— Il a raison, intervint Aggie. Il faut qu'il aille le chercher.

Les deux autres notèrent qu'il avait insisté sur le « il » et n'avait pas dit « nous ».

— T'aurais pas peur, des fois ? lança Roger à Calvin.

— J'ai pas peur parce qu'il n'est pas question que j'y retourne.

— T'as la trouille !

— Arrêtez ! intervint Aggie. Voilà ce qu'on va faire : on attend que le vieux se recouche, ensuite on se gare sur le bord de la route pas loin de chez lui, et toi, tu vas récupérer ton portefeuille en douce et on se casse vite fait.

— Je parie qu'y a rien dans son portefeuille ! grommela Calvin.

— Et moi, je parie qu'y a plus d'argent dans le mien que dans le tien ! riposta Roger en se penchant pour prendre une autre cannette dans le pick-up.

— Arrêtez ! répéta Aggie.

Ils restèrent debout près du camion à siroter leur bière, le regard perdu sur la route déserte. Enfin, au bout d'un quart d'heure qui leur parut interminable, ils remontèrent en voiture, avec Roger assis à l'extérieur. Aggie se gara sur une ligne droite, à quatre cents mètres de la maison. Il coupa le moteur afin d'entendre si un autre véhicule arrivait.

Roger apparut à la porte du conducteur.

— Tu peux pas aller plus près ?

— C'est juste après le virage. Si on se rapproche, le vieux risque de nous entendre.

Ils considérèrent tous les trois la route sombre. Une demi-lune fit une brève apparition entre les nuages.

— T'as pas une arme ? demanda Roger.

— Si, j'en ai une mais j'te la donnerai pas. Retourne discrètement à la maison et reviens ici. C'est pas difficile. Surtout que le vieux doit roupiller.

— T'as pas peur ? ajouta obligeamment Calvin.

— Bon Dieu, non !

Sur ces mots, Roger disparut dans l'obscurité. Aggie redémarra et, tous phares éteints, fit tranquillement demi-tour sur la nationale pour se remettre dans la direction de Memphis. Il arrêta de nouveau le moteur. Leurs deux vitres baissées, ils attendirent.

— Il a bu huit bières, murmura Calvin. Il est bourré comme un coing.

— Heureusement, il tient bien l'alcool.

— Sûr qu'il a de l'entraînement ! P'têt' que le vieux va l'avoir, cette fois-ci.

— C'est pas que ça me gênerait, mais on se ferait prendre aussi.

— Au fait, pourquoi on l'a emmené, à l'origine ?

— Ferme-la. Faut guetter les voitures.

Roger quitta la route dès qu'il aperçut la boîte aux lettres. Il sauta un fossé et, courbé en deux, il s'avança dans un champ de haricots qui jouxtait la maison. Si le vieux faisait encore le guet, il devait surveiller l'allée, non ? C'était bien plus malin d'arriver par l'arrière. Toutes les lumières étaient éteintes. La petite maison semblait calme et silencieuse. Rien ne bougeait. Une fois à l'abri des chênes, Roger marcha à pas de loup sur l'herbe humide et arriva enfin en vue de la Ford. Il s'arrêta derrière une cabane à outils le temps de reprendre son souffle et s'aperçut qu'il avait encore envie de pisser. Non, se raisonna-t-il, ça devrait attendre. Il était fier : il était parvenu jusqu'ici sans un bruit. Puis la peur prit le dessus. Qu'est-ce qu'il foutait là, bon sang ? Il inspira profondément et repartit, plié en deux. Lorsque la voiture se trouva entre lui et la maison, il se mit à quatre pattes et commença à chercher à tâtons dans les graviers au bout de l'allée.

Entendant les gravillons crisser sous son poids, il ralentit. Il étouffa un juron quand il sentit sous ses doigts le sol mouillé près de la roue avant droite. Sa main rencontra alors son portefeuille. Sourire aux lèvres, il le glissa sans attendre dans la poche arrière de son jean. Il hésita, respira un grand coup et commença sa retraite furtive.

Dans le calme de la nuit, M. Buford Gates entendait toutes sortes de bruits, certains réels, d'autres suscités par les circonstances. Il y avait des chevreuils dans la région et il pensa qu'ils étaient peut-être venus jusque-là chercher de l'herbe et des baies. Il perçut alors un bruit étrange. Il sortit discrètement de sa cachette sous la véranda, sur le côté de la maison, leva son fusil vers le ciel et tira deux fois en direction de la lune, juste pour le plaisir.

Dans le silence nocturne, les coups résonnèrent comme des tirs d'obus dont l'écho se répercuta sur des kilomètres.

Sur la nationale, non loin de là, un crissement de pneus répondit aux détonations. Aux oreilles de Buford du moins, il sembla la copie conforme du démarrage sur les chapeaux de roue qu'il avait entendu vingt minutes plus tôt au bout de son allée.

Mme Gates ouvrit la porte sur le jardin.

— Buford !

— Je crois qu'ils sont toujours là, répondit-il en rechargeant son Browning calibre 16.

— Tu les as vus ?

— Peut-être.

— Qu'est-ce que ça veut dire, peut-être ? Sur quoi t'as tiré ?

— Rentre, tu veux bien ?

La porte claqua.

Roger, couché sous le Ford, retenait son souffle, les mains plaquées sur son entrejambe, tout en se demandant fébrilement s'il valait mieux qu'il se suspende à la transmission juste au-dessus de lui, ou qu'il se creuse un tunnel avec les ongles dans le gravier. Il ne bougeait pas. Les bangs supersoniques résonnaient encore à ses oreilles. Il avait maudit ses trouillards de copains en entendant les crissements de pneus. Il n'osait même plus respirer.

Il entendit la porte se rouvrir.

— Tiens, voilà une lampe de poche ! brailla la femme. Comme ça tu pourras voir sur quoi tu tires.

— Rentre donc et appelle le shérif tant que t'y es !

La femme repartit en maugréant et claqua de nouveau la porte. Elle revint une minute plus tard.

— J'ai téléphoné et ils m'ont dit que Dudley patrouillait dans le coin.

— Va me chercher les clés de la bagnole que j'aille jeter un coup d'œil sur la nationale.

— Tu ne dois pas conduire la nuit.

— Va me chercher ces clés !

La porte claqua encore. Roger essaya de reculer en rampant. Le gravier crissa. Il tenta alors d'avancer en direction des voix : nouveaux crissements. Il décida d'attendre. Si le pick-up partait en marche arrière, il attraperait le pare-chocs avant quand il passerait au-dessus de lui et se ferait tirer sur quelques mètres avant de se relever d'un bond et de s'enfuir dans l'obscurité. Si le vieux le voyait, il lui faudrait plusieurs secondes pour s'arrêter, prendre son fusil et se lancer à sa poursuite. Il aurait largement le temps de disparaître dans les bois. C'était un plan comme un autre, même s'il risquait de passer sous les roues, de se faire traîner jusqu'à la route ou de recevoir un coup de fusil.

Buford quitta la véranda et se mit à fouiller l'obscurité avec sa lampe.

— J'ai caché le trousseau ! cria Mme Gates depuis la porte. Tu ne peux pas conduire la nuit.

La brave femme ! songea Roger.

— Bon sang, t'as intérêt à me l'apporter tout de suite !

— Pas question !

Buford lança un juron dans l'obscurité.

Le Dodge roula quelques kilomètres à tombeau ouvert avant qu'Aggie ne lève enfin le pied.

— Faut qu'on y retourne, tu sais, murmura-t-il.

— Pourquoi ? grommela Calvin.

— S'il a été abattu, il faut qu'on explique ce qui s'est passé et qu'on s'occupe de lui.

— Tant mieux s'il s'est fait descendre, comme ça il risquera pas de parler ! Et s'il peut plus parler, il pourra pas nous dénoncer. On va à Memphis.

— Non.

Aggie fit demi-tour et ils repartirent en silence jusqu'à la petite route où ils s'étaient déjà arrêtés. Ils se garèrent sur le bas-côté et s'assirent sur le capot pour réfléchir à ce qu'ils allaient faire. Peu après, ils entendirent une sirène et ils virent des lumières bleues passer à toute allure sur la nationale.

— Si l'ambulance arrive derrière, on est mal ! murmura Aggie.

— Roger aussi.

Quand Roger entendit la sirène, il paniqua. Puis, tandis qu'elle se rapprochait, il se dit qu'il pourrait profiter de ce vacarme pour prendre la fuite discrètement. Il ramassa un caillou, rampa vers le côté de la voiture et le lança vers la véranda. Il heurta quelque chose.

— Qu'est-ce que c'est ? demanda M. Gates en courant vers le côté de la maison.

Roger sortit de dessous le pick-up en se tortillant comme un ver, rampa sur le gravier trempé d'urine, traversa l'herbe mouillée et arriva à un chêne au moment où le shérif Dudley faisait une entrée magistrale. Après avoir donné un grand coup de frein sur la route, il s'engagea à toute allure dans l'allée en soulevant un nuage de gravier et de poussière. Ce fut ce qui sauva Roger. Pendant que M. et Mme Gates se précipitaient à la rencontre du policier, Roger s'enfonça dans l'obscurité. En quelques secondes, il disparut derrière les buissons, dépassa une vieille grange et se retrouva dans le champ de haricots.

Une demi-heure s'écoula.

— On ferait mieux de retourner là-bas tout leur raconter, décida Aggie. Comme ça, on saura ce qui lui est arrivé.

— T'as pas peur qu'on nous accuse de refus d'obtempérer et de conduite en état d'ivresse par-dessus le marché ?

— Qu'est-ce que tu proposes alors ?

— Le shérif a dû repartir à présent. Et s'il n'y a pas eu d'ambulance, ça veut dire que Roger va bien, où qu'il soit. Je parie qu'il s'est caché. On devrait faire un passage devant la maison en regardant bien et ensuite on ira à Memphis.

— Ça ne coûte rien d'essayer.

Roger clopinait sur le bord de la route dans la direction de Memphis quand ils le retrouvèrent. Après un échange de propos quelque peu acerbes, ils décidèrent de poursuivre leur chemin et reprirent leurs places, Roger au milieu, Calvin près de la porte. Ravalant leur colère, ils roulèrent sans rien dire, les yeux rivés sur le bitume.

Non seulement Roger avait le visage tout égratigné et sanguinolent et les vêtements couverts de boue et de poussière, mais il empestait la sueur et l'urine. Calvin finit par baisser sa vitre.

— Pourquoi que tu laisses ta fenêtre ouverte ? demanda Roger, quelques kilomètres plus loin.

— On a besoin d'air !

Ils s'arrêtèrent le temps d'acheter un nouveau carton de bière pour se remettre de leurs émotions. Au bout de quelques gorgées, Calvin demanda :

— C'est sur toi que le vieux a tiré ?

— J'en sais rien, répondit Roger. Je l'ai même pas vu.

— On aurait cru des coups de canon.

— De là où j'étais, j'vous dis pas !

Cette réflexion fit éclater de rire Aggie et Calvin. Roger, un peu calmé, se laissa gagner par leur hilarité et bientôt les trois compères se gondolaient en évoquant le vieil homme avec son fusil et sa femme qui lui avait caché ses clés, sauvant sans doute ainsi la vie de Roger. À la pensée que le shérif Dudley continuait à sillonner la nationale avec son gyrophare allumé, ils rirent de plus belle.

Aggie avait préféré emprunter des petites routes, mais quand ils croisèrent la nationale 78 près de Memphis, il s'engagea sur la bretelle et rejoignit le trafic de la quatre voies.

— Il y a une station-service un peu plus loin, annonça Roger. J'ai envie de pisser.

Il acheta un T-shirt NASCAR et une casquette, puis il alla se laver la figure et les mains dans les toilettes. Lorsqu'il revint à la voiture, Aggie et Calvin furent impressionnés par le changement. Ils reprirent la route. Quand ils aperçurent enfin les lumières de la ville, il était presque dix heures du soir.

Les panneaux publicitaires se faisaient de plus en plus grands, de plus en plus éclatants, de plus en plus rapprochés. Et si les trois compères n'avaient pas reparlé du Desperado depuis une heure, ils s'en souvinrent subitement en voyant l'image saisissante d'une jeune femme prête à jaillir du peu de vêtements qu'elle portait : elle s'appelait Tiffany et toisait la circulation du haut d'une immense affiche vantant ce club sélect qui s'enorgueillissait des plus belles danseuses nues de tout le Sud. Le Dodge ralentit sensiblement.

Ses jambes, apparemment nues, semblaient démesurées tandis que son minuscule costume de scène était visiblement conçu pour s'envoler en un clin d'œil. Elle avait des cheveux d'un blond incendiaire, des lèvres rouges et charnues et des yeux à damner un saint. La seule idée qu'elle travaillait à quelques kilomètres de là à peine et qu'ils pourraient la voir en chair et en os les transporta de joie.

Pendant quelques minutes, plus personne ne dit rien tandis que le Dodge reprenait de la vitesse.

— On ferait quand même bien d'aller à l'hôpital, remarqua enfin Aggie. Bailey est peut-être mort à l'heure qu'il est.

C'était la première fois que l'un d'eux prononçait le nom du blessé depuis des heures.

— L'hôpital est ouvert toute la nuit, répliqua Roger. Il ne ferme jamais. Vous imaginez quand même pas qu'ils mettent la clé sous le paillasson tous les soirs en renvoyant les malades dans leurs foyers ?

Calvin l'approuva d'un joyeux hennissement.

— Vous voulez vraiment qu'on s'arrête au Desperado ? demanda Aggie, entrant dans leur jeu.

— Pourquoi pas ? opina Roger.

— Tant qu'à faire ! ajouta Calvin, qui sirotait rêveusement sa bière tout en essayant d'imaginer Tiffany dans son numéro.

— D'accord, mais pas plus d'une heure et ensuite, on file à l'hôpital ! trancha Roger, d'une cohérence étonnante après dix bières.

Le videur à l'entrée les dévisagea d'un œil soupçon-neux.

— Je peux voir votre carte d'identité ? grogna-t-il en direction de Calvin qui paraissait plus jeune que ses vingt et un ans.

Aggie faisait son âge. Roger, à vingt-sept ans, en paraissait quarante.

— Vous venez du Mississippi, hein ? continua le videur, qui semblait avoir une dent contre les habitants de cet État.

— Ouais, répondit Roger.

— Ça fait dix dollars l'entrée.

— Juste parce qu'on vient du Mississippi ? s'exclama Roger.

— Mais non, petit malin, c'est pareil pour tout le monde ! Et si ça t'plaît pas, t'as qu'à sauter sur ton tracteur et rentrer chez toi.

— Vous êtes aussi aimable avec tous vos clients ? demanda Aggie.

— Ouais.

Ils reculèrent afin de se concerter : allaient-ils rester et payer l'entrée ? Roger leur expliqua qu'il y avait un autre club un peu plus loin, mais qu'ils auraient sans doute une entrée à acquitter, là-bas aussi. Pendant qu'ils discutaient à voix basse, Calvin essaya d'apercevoir Tif-fany par la porte. Il vota pour rester et les autres l'approuvèrent à l'unanimité.

Une fois à l'intérieur, ils furent inspectés par deux autres videurs plus baraqués et encore moins souriants, puis conduits à la grande salle avec, au centre, une scène circulaire sur laquelle deux jeunes demoiselles nues, une Blanche et une Noire, ondulaient de façon suggestive.

Pétrifié à leur vue, Calvin en oublia aussitôt ses dix dollars d'entrée.

Leur table se trouvait à moins de cinq mètres de la piste. Le club était à moitié rempli d'une clientèle jeune et peu raffinée. Les trois garçons n'étaient pas les seuls culs-terreux à venir à la ville. Leur serveuse ne portait qu'un string et quand elle surgit avec un « Qu'est-ce que je vous sers ? Trois consommations minimum ! » Calvin faillit s'évanouir. Il n'avait jamais vu un tel étalage de chair défendue.

— Trois consommations ? répéta Roger, en essayant de soutenir le regard de la fille.

— C'est ça !

— Combien coûte une bière ?

— Cinq dollars.

— Et faut en commander trois ?

— Trois par personne. C'est le règlement de la maison. S'il vous plaît pas, parlez-en aux videurs, ajouta-t-elle avec un signe de tête vers la porte, mais leurs trois regards restèrent rivés sur sa poitrine.

Ils commandèrent trois bières chacun puis examinèrent les lieux.

Sur la scène se trémoussaient à présent quatre danseuses au rythme d'un rap qui faisait trembler les murs. Les serveuses slalomaient à toute vitesse entre les tables comme si elles craignaient de se faire tripoter si elles s'attardaient. La plupart des clients, éméchés, commençaient à s'échauffer et bientôt ils virent une serveuse monter sur une table voisine et commencer son numéro au milieu d'un groupe de routiers qui glissaient des billets dans son string. Très vite, elle se retrouva la taille froufroutante de dollars.

Arriva un plateau avec neuf verres aussi étroits que hauts remplis d'une bière si diluée qu'on aurait dit de la limonade additionnée d'eau.

— Ça fera quarante-cinq dollars, annonça la serveuse, ce qui déclencha une fouille affolée et prolongée de leurs portefeuilles puis de toutes leurs poches avant qu'ils n'arrivent enfin à réunir la somme demandée.

— Vous faites toujours de la danse-contact ? s'enquit Roger.

— Ça dépend.

— Il connaît pas, poursuivit Roger en montrant Calvin dont le cœur cessa de battre.

— C'est vingt dollars.

Roger casqua un billet de vingt. Deux secondes plus tard, Amber était assise sur Calvin qui, avec ses cent vingt-cinq kilos, aurait pu accueillir une petite troupe de danseuses. Au rythme de la musique déchaînée et assourdissante, Amber se mit à sautiller et à se trémousser si bien que Calvin ferma les yeux en se demandant ce que cela devait être de vraiment faire l'amour.

— Caresse-lui les jambes, ordonna Roger, la voix de l'expérience.

— Il n'a pas le droit de me toucher, le rabroua sèchement Amber, tout en nichant fermement son arrière-train entre les cuisses massives de Calvin.

Les brutes à la table voisine les regardaient en riant et se mirent bientôt à lancer toutes sortes de suggestions obscènes à Amber qui se déchaîna devant un tel succès.

Combien de temps va durer cette chanson ? se demandait Calvin, le front en sueur.

Soudain, Amber se retourna sans prévenir et, pendant plus d'une minute, il se retrouva avec une jolie fille nue et trépidante dans les bras. C'était une expérience qui vous changeait un homme. Il ne serait plus jamais le même.

Hélas, le morceau se termina. Amber se releva d'un bond et repartit s'occuper de ses tables.

— Tu sais que tu peux la retrouver plus tard, en tête à tête, murmura Roger.

— Qu'est-ce que tu racontes ? protesta Aggie.

— Ils ont des petites chambres sur l'arrière où on peut rejoindre les filles après leur travail.

— N'importe quoi !

Calvin, encore muet de stupeur, regardait Amber sillonner le club tout en prenant les commandes. Mais il était tout ouïe et, au hasard d'un blanc dans la musique, entendit ce que Roger disait. Amber pourrait être rien qu'à lui, dans une merveilleuse petite chambre, à l'arrière du club.

Ils burent leur bière diluée tout en regardant de nouveaux clients arriver. À onze heures du soir, le club était bondé et de plus en plus de danseuses et de stripteaseuses s'affairaient sur la piste et dans la salle. Fou de jalousie, Calvin vit Amber se trémousser sur les genoux d'un autre consommateur à moins de trois mètres de là. Il nota cependant avec une certaine fierté qu'elle ne se mit face à lui que quelques secondes. S'il avait eu des tas de dollars, il en aurait volontiers rempli son string pour qu'elle danse la nuit entière rien que pour lui.

Hélas, l'argent commençait justement à poser un problème.

— Je ne suis pas sûr de pouvoir rester plus longtemps, avoua-t-il au cours d'un autre répit entre deux chansons. Leur bière est vraiment pas donnée.

Leurs petits verres étaient vides et ils avaient suffisamment observé le manège des serveuses pour savoir qu'il fallait consommer pour garder sa table. Les clients étaient censés boire comme des trous, donner de généreux pourboires et payer les filles à se trémousser rien que pour eux. Le commerce de la pornographie se révélait prospère à Memphis.

— J'ai un peu de liquide, répondit Aggie.

— J'ai des cartes de crédit, fanfaronna Roger. Commandez une autre tournée pendant que je vais pisser.

Il se leva et, pour la première fois, parut tituber avant de disparaître dans la foule et la fumée. Calvin fit signe à Amber de leur servir la même chose et elle répondit par un clin d'œil approbateur accompagné d'un grand sourire. Il aurait mille fois préféré la tenir de nouveau sur ses genoux plutôt que de boire la bibine qu'elle allait leur servir, mais le destin en avait décidé autrement. Il se jura alors de redoubler d'efforts pour trouver du boulot, mettre de l'argent de côté et devenir un habitué du Desperado. Pour la première fois de sa vie, Calvin avait un but.

— Cet abruti a encore perdu ses thunes, marmonna Aggie, en se penchant pour ramasser un vieux portefeuille éculé sous le siège que Roger venait de quitter. Tu crois qu'il a des cartes de crédit ?

— Non.

— Voyons voir.

Il s'assura d'un regard que Roger ne revenait pas et ouvrit son portefeuille. Il trouva une carte de réduction périmée d'un supermarché et toute une collection de cartes de visite : deux d'avocats, deux de bailleurs de caution, une d'un centre de désintoxication, la dernière d'un contrôleur judiciaire et, bien plié au milieu, un billet de vingt dollars.

— Pas de carte de crédit, pas de permis de conduire ! Étonnant, non ?

— Et il a failli se faire descendre pour ça ! s'exclama Calvin.

— C'est un abruti, mais on le savait.

Aggie referma le portefeuille et le posa sur la chaise de Roger.

La bière arriva au moment où celui-ci revenait. Il prit son portefeuille sur la chaise. À eux trois, ils réussirent à réunir quarante-cinq dollars plus trois de pourboire.

— On peut payer une danse-contact en carte de crédit ? brailla Roger au-dessus du vacarme.

— Non, seulement en liquide, répondit Amber par-dessus son épaule.

Aggie se tourna vers Roger.

— T'as quoi comme cartes ?

— Des tas, répondit-il, grand seigneur.

Calvin, encore tout émoustillé, regardait son Amber adorée évoluer parmi la foule. Aggie admirait les filles, lui aussi, mais il surveillait également l'heure. Il n'avait aucune idée du temps qu'il fallait pour donner un demi-litre de sang. Minuit approchait. Et il ne pouvait s'empêcher de penser à sa petite amie et à la scène qu'elle lui ferait si jamais des échos de cette petite escapade lui parvenaient aux oreilles.

Roger déclinait rapidement. Ses paupières se fermaient et il dodelinait de la tête.

— Finissez vos verres ! lança-t-il d'une voix pâteuse en essayant de se reprendre, mais il s'éteignait peu à peu.

Entre deux morceaux de musique, Calvin bavardait avec des gars à la table voisine et il apprit ainsi que la célèbre Tiffany ne se produisait jamais le mardi soir.

— J'm'en vais, annonça Aggie quand la bière fut terminée. Vous venez, les gars ?

Roger ne tenait plus debout. Ils l'aidèrent à se lever. Alors qu'ils se dirigeaient vers la porte en le soutenant, Amber s'approcha de Calvin :

— Tu me quittes ?

Il répondit d'un hochement de tête, incapable de parler.

— J'espère que tu reviendras, roucoula-t-elle. T'es trop mignon !

L'un des videurs empoigna Roger et l'aida à sortir.

— À quelle heure vous fermez ? demanda Calvin.

— À trois heures. Mais ne le ramenez pas, ajouta le videur en montrant Roger.

— Dites, vous savez où se trouve l'hôpital ? s'enquit Aggie.

— Lequel ?

Aggie et Calvin se dévisagèrent. Ils n'en avaient pas la moindre idée.

— Vous en avez une dizaine dans Memphis, s'impatienta le videur. Alors lequel ?

— Ben... le plus proche, trancha Aggie.

— C'est le luthérien. Vous connaissez la ville.

— Évidemment.

— On dirait pas ! Prenez Lamar jusqu'à Parkway, ensuite descendez jusqu'à Poplar Avenue. C'est juste après East High School.

— Merci.

Sur un bref au revoir de la main, le videur disparut à l'intérieur. Ils traînèrent Roger jusqu'au Dodge, le hissèrent dans la cabine et passèrent la demi-heure suivante à sillonner vainement les rues de Memphis à la recherche de l'hôpital luthérien.

— T'es sûr que c'est par là ? n'arrêtait pas de demander Calvin.

Aggie répondit successivement : « Oui », « Évidemment », « Sans doute » et « Bien sûr ».

Quand ils se retrouvèrent dans le centre-ville, Aggie se gara pour aller interroger un chauffeur de taxi qui dormait derrière son volant.

— Y a pas d'hôpital luthérien, répondit celui-ci. On a un baptiste, un méthodiste, un catholique, l'hôpital central, l'hôpital Mercy et un ou deux autres, mais pas de luthérien.

— Ouais, je sais, vous en avez une dizaine.

— Sept pour être exact. D'où venez-vous ?

— Du Mississippi. Mais dites-moi, où est l'hôpital le plus proche ?

— Vous avez l'hôpital Mercy à quatre pâtés de maisons d'ici, sur Union Avenue.

— Merci.

Parvenus à destination, ils laissèrent Roger à l'intérieur de la camionnette dans un état comateux. L'hôpital Mercy se trouvait être la principale destination des victimes nocturnes d'agressions, de violences conjugales, d'overdoses et d'accidents de la route dus à l'alcool. La plupart desdites victimes étaient noires. Ambulances et voitures de police se succédaient sans interruption à l'entrée des urgences. Des familles affolées erraient dans les couloirs sinistres à la recherche de leurs parents blessés. Des cris et des appels résonnaient de toutes parts, tandis que Calvin et Aggie parcouraient des kilomètres à la recherche du bureau d'information. Ils finirent par le découvrir, à l'écart, comme si on avait voulu le cacher. La jeune Mexicaine de permanence lisait un magazine tout en mâchouillant du chewing-gum.

— Ça vous arrive d'hospitaliser des Blancs ? commença plaisamment Aggie.

Ce à quoi elle répondit sans se démonter :

— Qui cherchez-vous ?

— Nous venons donner notre sang.

— Le centre de transfusion se trouve au bout du couloir, répondit-elle, le doigt tendu.

— C'est encore ouvert ?

— Ça m'étonnerait. Pour qui venez-vous donner votre sang ?

— Pour… euh… Bailey, répondit Aggie en jetant un regard interrogateur à Calvin.

— Son prénom ? continua la jeune Mexicaine tout en pianotant sur son clavier, les yeux rivés sur son écran.

Aggie et Calvin se dévisagèrent avec perplexité.

— Je croyais que Bailey, c'était son prénom, murmura Calvin.

— Moi, je croyais que c'était son nom. On l'appelait Buck, non ?

— Oui, mais le nom de sa mère, c'est Caldwell.

— Combien de fois elle a été mariée ?

Aggie se retourna vers la fille qui suivait cet échange la bouche ouverte.

— Vous n'avez personne du nom de Bailey ?

Elle tapota et attendit.

— Si, un Jerôme Bailey, lut-elle, quarante-huit ans, Noir, blessé par balle.

— Personne d'autre ?

— Non.

— Personne qui se prénomme Bailey ?

— Nous n'enregistrons pas les gens sous leur prénom.

— Pourquoi ?

La fusillade avait commencé une heure plus tôt par un accrochage entre deux gangs d'une cité HLM au nord de Memphis. Pour Dieu sait quelle raison, elle reprit sur le parking de l'hôpital et Roger fut tiré de sa torpeur par des coups de feu qui éclatèrent juste à côté de lui. Même s'il fallut une ou deux secondes à son cerveau embrumé avant de réagir, il comprit sans l'ombre d'un doute qu'on lui tirait dessus. Il leva la tête au ras de la fenêtre du passager et resta pétrifié en découvrant qu'il n'avait aucune idée de l'endroit où il se trouvait. Il ne voyait que des rangées de voitures garées les unes à côté des autres, un grand parking sur plusieurs étages un peu plus loin, des bâtiments de tous les côtés et, dans le fond, des lumières clignotantes rouges et bleues.

Entendant de nouvelles détonations, il baissa la tête, perdit l'équilibre, s'écroula sur le plancher et se mit frénétiquement à chercher une arme sous les sièges. Il était sûr qu'Aggie, en digne fils du comté de Ford, ne devait pas se déplacer sans munitions, et qu'il devait avoir un revolver quelque part. Il trouva finalement, caché sous le siège du conducteur, un 9 mm automatique Husk avec un chargeur de douze balles plein. Il le saisit, le caressa, embrassa le canon et baissa rapidement la vitre du passager. Il entendit des éclats de voix et vit ce qui ne pouvait être qu'une bagnole de malfrats avancer lentement dans le parking, sur ses gardes.

Roger tira deux fois, sans toucher quoi que ce soit, mais, suite à cette brillante intervention, le gang changea aussitôt de cible et le Dodge d'Aggie se retrouva mitraillé par un fusil d'assaut. La fenêtre arrière explosa ; l'habitacle et les cheveux longs de Roger se retrouvèrent constellés d'éclats de verre. Il se jeta de nouveau par terre et se glissa précipitamment dehors par la porte du conducteur avant de détaler, plié en deux, en slalomant entre les rangées de voitures. Des cris de colère retentirent derrière lui, ponctués de coups de feu ; il continua à courir, la tête au niveau des pneus, malgré de sévères élancements dans les cuisses et dans les mollets. Il rata un virage entre deux voitures et s'écrasa sur le pare-chocs avant d'une vieille Cadillac. Il s'assit un instant sur le bitume, aux aguets. Heureusement, s'il haletait et transpirait, du moins ne saignait-il pas. Lentement, il souleva la tête et constata que personne ne le poursuivait. Il préféra cependant ne pas prendre de risques et continua à s'éloigner à l'abri des carrosseries jusqu'à ce qu'il débouche dans une rue. Un véhicule arrivait, il glissa le pistolet dans la poche avant de son pantalon.

Il était évident, même aux yeux de Roger, qu'il se trouvait dans un quartier très malfamé. Tous les immeubles arboraient de gros barreaux aux fenêtres. Les grillages étaient surmontés de fil de fer barbelé. Devant les ruelles sombres et menaçantes, Roger, dans un sursaut de lucidité, se demanda ce que diable il fichait dans cette zone de guerre. Seul le pistolet l'empêchait de paniquer. Il suivit lentement le trottoir en réfléchissant à ce qu'il allait faire et parvint à la conclusion qu'il valait mieux retourner au pick-up attendre ses amis. La fusillade avait cessé, la police avait dû calmer le jeu. Il entendit alors des voix derrière lui et un rapide coup d'œil par-dessus son épaule lui révéla une bande de jeunes Noirs, du même côté de la rue, qui le rattrapaient.

Il accéléra le pas. Ils se mirent à crier, un caillou atterrit près de lui et ricocha sur cinq ou six mètres. Il sortit son arme de sa poche et, le doigt sur la détente, pressa encore l'allure. Il y avait de la lumière devant lui et, quand il tourna au coin de la rue, il se retrouva sur le petit parking d'une supérette ouverte la nuit.

L'endroit était désert à part une voiture garée devant l'entrée du magasin. Juste à côté, un couple de Blancs se querellait violemment. Roger fit son entrée en scène au moment où l'homme décochait à la femme un direct du droit en plein visage. Le bruit mou lui souleva le cœur. Il resta figé sur place tandis que son cerveau aviné analysait ce qu'il voyait.

Bizarrement, la femme encaissa vaillamment le coup et riposta par une combinaison incroyable : d'un crochet du droit, elle éclata les lèvres de son adversaire, et d'un uppercut du gauche elle lui écrasa les testicules. Il tomba à genoux en couinant comme un animal blessé et Roger fit alors un pas en avant. La femme le regarda, considéra à la fois son pistolet et la meute qui émergeait de la rue sombre. S'il y avait une autre personne blanche dans les parages, elle était bien cachée.

— Z'avez des problèmes ? demanda-t-elle.

— On dirait. Et vous ?

— J'ai connu mieux. Vous avez le permis ?

— Bien sûr, dit Roger en tendant machinalement la main vers son portefeuille.

— Allons-y.

Roger se précipita au volant tandis que sa nouvelle amie se jetait sur le siège du passager. Il démarra sur les chapeaux de roue et ils filèrent bientôt sur Poplar Avenue, cap à l'ouest.

— Qui c'était, ce type ? demanda-t-il, ses yeux sautant sans cesse de la rue au rétroviseur.

— Mon dealer.

— Votre dealer !

— Ouais.

— Et on l'abandonne comme ça ?

— Si vous posiez votre arme ?

Roger baissa les yeux vers sa main gauche et vit qu'il tenait toujours le revolver. Il le mit sur le siège entre eux. Aussitôt la femme s'en saisit et le braqua sur lui.

— Maintenant tu conduis et tu la fermes !

La police était repartie quand Aggie et Calvin revinrent au pick-up. Ils restèrent bouche bée en découvrant les dégâts et lâchèrent un chapelet de jurons quand ils s'aperçurent que Roger avait disparu.

— Il a pris mon Husk, annonça Aggie après avoir regardé sous son siège.

— Quel con ! n'arrêtait pas de répéter Calvin. J'espère qu'il est mort.

Ils balayèrent le verre sur les sièges et partirent, impatients de quitter le centre-ville de Memphis. Ils envisagèrent brièvement de chercher Roger mais ils en avaient par-dessus la tête.

La Mexicaine à l'accueil leur avait indiqué comment se rendre à l'hôpital central, l'endroit où ils avaient le plus de chances de retrouver Bailey.

Là-bas, la réceptionniste leur expliqua que le centre de transfusion sanguine était fermé pour la nuit, qu'il rouvrirait à huit heures mais qu'il n'acceptait pas le sang des personnes en état d'ivresse. L'hôpital n'avait aucun patient du nom ou du prénom de Bailey. À peine les eut-elle éconduits qu'un agent de sécurité en uniforme apparut comme par enchantement et leur demanda de partir. Ils se laissèrent raccompagner sans protestation jusqu'à la porte d'entrée.

— Dites, vous ne connaîtriez pas un endroit où on pourrait vendre notre sang ? demanda Calvin au moment de le quitter.

— Il y a une banque du sang sur Watkins, c'est tout ce que je sais.

— Vous pensez qu'elle est ouverte ?

— Oui, toute la nuit.

— Comment va-t-on là-bas ? s'enquit Aggie.

Il leur indiqua le chemin.

— Mais soyez prudents, ajouta-t-il. C'est là que vont tous les drogués quand ils ont besoin d'argent. Ça craint !

La banque du sang fut la seule destination qu'Aggie trouva du premier coup et, le temps de s'arrêter devant, ils souhaitaient déjà qu'elle fût fermée. Elle était ouverte. La réception se limitait à une pièce minuscule et crasseuse avec une rangée de chaises en plastique et des magazines éparpillés dans tous les coins. Un drogué était couché par terre, dans un angle, sous une table basse, roulé en position fœtale, visiblement à l'agonie. Un homme en blouse blanche, au visage sinistre, assurait la permanence. Il les accueillit d'un « Qu'est-ce que vous voulez ? » agressif.

Aggie s'éclaircit la gorge, jeta un nouveau regard vers le drogué par terre et se lança.

— Vous achetez le sang ici ?

— Nous l'achetons, mais vous pouvez aussi le donner.

— C'est combien ?

— Cinquante dollars le demi-litre.

Pour Calvin, qui n'avait plus que six dollars vingt-cinq en poche, cette somme équivalait à une entrée, trois bières infâmes et une autre danse-contact mémorable avec Amber. Pour Aggie, à qui il restait tout juste dix-huit dollars, cela représentait une nouvelle visite rapide au club de strip-tease et assez d'essence pour rentrer à la maison. Ni l'un ni l'autre ne pensaient plus au pauvre Bailey.

L'infirmier leur tendit des formulaires.

— Quel type de sang ? demanda-t-il pendant qu'ils remplissaient le formulaire.

Deux visages interrogateurs lui répondirent.

— Quel type de sang ? répéta-t-il.

— Du rouge, répondit Aggie et Calvin éclata de rire.

L'homme resta imperturbable.

— Vous avez bu, les mecs ?

— Juste quelques verres, reconnut Aggie.

— Mais on ne vous comptera pas l'alcool, rétorqua Calvin du tac au tac, et ils rirent de plus belle.

— Quelle taille d'aiguille voulez-vous ? continua l'infirmier ce qui stoppa net leur hilarité.

Ils jurèrent ensuite n'avoir ni allergie ni maladie reconnue.

— Qui passe le premier ?

Aucun ne bougea.

L'infirmier se tourna vers Aggie.

— Suivez-moi, monsieur Agnor.

Aggie entra dans une grande pièce avec deux lits d'un côté et trois de l'autre. Sur le premier lit à droite était couchée une Blanche à la poitrine plantureuse, en survêtement et chaussures de marche. Un tube reliait son bras gauche à un sac en plastique transparent déjà à moitié rempli d'un liquide rouge foncé. Aggie contempla le tube, le sac, le bras, et quand il vit l'aiguille enfoncée sous la peau, il perdit instantanément connaissance et bascula en avant, tête la première, sur le carrelage.

Calvin, assis sur une chaise, feuilletait nerveusement une revue, tout en surveillant le drogué du coin de l'œil ; il entendit un bruit sourd mais n'y prêta aucune attention.

Un peu d'eau fraîche ammoniaquée suffit à ramener Aggie à lui, et il parvint enfin à s'allonger sur un lit. Une minuscule Asiatique à la bouche couverte d'un masque chirurgical lui expliqua avec un fort accent que tout allait bien se passer et qu'il n'avait rien à craindre.

— Gardez les yeux fermés, répéta-t-elle à plusieurs reprises.

— J'ai pas vraiment besoin de ces cinquante dollars, murmura-t-il, pris d'un nouveau vertige.

Elle ne comprit pas ce qu'il disait. Et quand elle posa le plateau avec tous les instruments près de lui, il se sentit de nouveau partir.

— Fermez les yeux, je vous en prie, dit-elle en frottant son bras avec de l'alcool dont l'odeur lui donna la nausée.

— Vous pouvez garder votre argent, marmonna-t-il.

Elle sortit un large bandeau noir, le posa sur son visage et brusquement, le monde d'Aggie s'obscurcit.

L'infirmier revint à la réception et Calvin se leva d'un bond.

— Suivez-moi.

Lorsqu'il entra dans la salle et qu'il vit la femme en chaussures de marche d'un côté et Aggie de l'autre, avec un drôle de bandeau sur les yeux, il s'évanouit à son tour presque au même endroit que son copain quelques minutes plus tôt.

— C'est qui ces clowns ? demanda la femme.

— Des gars du Mississippi, répondit l'infirmier qui, penché sur Calvin, attendait qu'il revienne à lui.

Un peu d'eau ammoniaquée fit l'affaire. Aggie écoutait tout ce qui se passait, sous son bandeau.

Les deux demi-litres de sang furent prélevés. Cent dollars changèrent de main. À deux heures dix du matin, le Dodge mitraillé se glissa dans le parking du Desperado et les deux culs-terreux en goguette arrivèrent pour la dernière heure de la fête. Plus légers question sang, mais davantage chargés en testostérone, ils payèrent l'entrée en cherchant des yeux ce menteur de videur, qui les avait envoyés à l'hôpital luthérien. Il n'était plus là. À l'intérieur, il y avait moins de monde et les filles semblaient épuisées. Une stripteaseuse vieillissante se trémoussait sur la scène.

Ils furent conduits à une table voisine de celle qu'ils avaient occupée et, comme il fallait s'y attendre, ce fut Amber qui vint les servir.

— Qu'est-ce que vous prendrez, les gars ? C'est trois consommations par personne.

— On est revenus ! déclara fièrement Calvin.

— Merveilleux ! Alors qu'est-ce que ce sera ?

— De la bière.

— C'est parti ! lança-t-elle et elle tourna les talons.

— Elle ne se souvient pas de nous, murmura Calvin, blessé.

— Sors-lui vingt dollars et elle retrouvera la mémoire, rétorqua Aggie. Tu vas quand même pas claquer du fric dans une autre danse ?

— Peut-être bien que si.

— T'es aussi stupide que Roger !

— Il est hors concours. T'as une idée de l'endroit où il peut être ?

— Ouais, au fond du fleuve, la gorge tranchée.

— Qu'est-ce que son père va dire ?

— Qu'il a toujours été crétin ! Bon sang, comment tu veux que je le sache ? Et qu'est-ce que ça peut te faire ?

Un peu plus loin, des types en costume sombre se soûlaient vaillamment. L'un d'eux passa le bras autour de la taille d'une serveuse qui s'écarta aussitôt. Un videur bondit vers eux.

— Ne touchez pas les filles ! hurla-t-il et les costards-cravates s'esclaffèrent.

Il suffisait d'un rien pour les faire rire.

Dès qu'Amber revint avec leurs six verres de bière, Calvin lui sauta dessus :

— Qu'est-ce que tu dirais d'une petite danse ?

— On verra ça plus tard. Je suis crevée.

Et elle disparut.

— Elle veut te faire faire des économies, commenta Aggie.

Calvin était accablé. Il y avait des heures qu'il ne cessait de revivre le bref instant où Amber s'était mise à califourchon sur ses énormes cuisses et avait ondulé gaillardement au rythme de la musique. Il pouvait encore la sentir, la toucher et même humer son parfum bon marché.

Une fille plutôt épaisse et flasque monta sur scène. Elle dansait mal et, quand elle se déshabilla, personne n'y prêta attention.

— Ça doit être l'équipe de nuit, remarqua Aggie.

Calvin l'entendit à peine. Il suivait Amber des yeux et constata qu'en effet elle circulait moins vite entre les tables. Il était presque l'heure de rentrer.

Pourtant, à son grand désarroi, il vit qu'un des costards-cravates réussissait à la convaincre de faire une danse-contact. Retrouvant vite son enthousiasme, elle se trémoussa sous les commentaires variés des copains de son client, à la fois ivres et béats. Celui qu'elle chevauchait ne put bientôt plus se maîtriser. À l'encontre de la politique du club et en violation des décrets municipaux de Memphis, il saisit brutalement les seins d'Amber à pleines mains. Une erreur regrettable !

En l'espace d'une fraction de seconde, ce fut la panique !

Il y eut un flash d'appareil photo tandis qu'une voix hurlait :

— Police des mœurs ! Vous êtes en état d'arrestation !

Amber sauta des genoux du type en hurlant un truc sur ses mains dégueulasses. Les videurs, qui surveillaient les costards-cravates depuis un bout de temps, fondirent sur la table en même temps que deux flics en civil. Le premier tenait un appareil photo tandis que le second n'arrêtait pas de hurler :

— Police des mœurs de Memphis ! Police des mœurs de Memphis !

— Les flics ! beugla une voix et tout le monde se précipita vers la porte en lâchant des jurons.

La musique s'arrêta net. La foule reflua. La situation parut sous contrôle pendant quelques secondes, lorsque, subitement, Amber buta contre une chaise et tomba. Elle se mit à pousser de telles clameurs que Calvin, bouleversé, se rua sur le costard-cravate qui avait osé la peloter et lui balança un direct sur la bouche. Une bonne douzaine de gars à moitié ivres se mirent *illico* à décocher des coups de poing à tort et à travers. Calvin se fit méchamment cogner par un videur, ce qui décida Aggie à se jeter dans la bagarre. Les costards-cravates frappaient sans distinction videurs, flics et culs-terreux. Un verre de bière alla alors s'écraser près d'une table de motards plus âgés qui, jusque-là, s'étaient contentés d'encourager à grands cris les valeureux combattants. Cet incident les irrita : ils chargèrent.

À l'extérieur du Desperado, deux agents attendaient patiemment d'embarquer ceux qui avaient été pris en faute par la police des mœurs. Dès qu'ils apprirent ce qui se passait dans le club, ils se précipitèrent à l'intérieur. Constatant que la bagarre tournait à l'émeute, ils sortirent leurs matraques et partirent en quête d'un ou deux crânes à défoncer. Aggie fut leur première victime et, dès qu'il s'écroula, un flic le tabassa si bien qu'il perdit connaissance. Les verres explosaient. Le mobilier volait en éclats. Deux motards attaquèrent les videurs avec des pieds de chaise. La mêlée était à son comble et les alliances viraient rapidement : le nombre de corps qui jonchaient le sol augmentait, le nombre des blessés grimpait. Enfin les flics et les videurs parvinrent à prendre le dessus et à maîtriser les costards-cravates, les motards, les gars du comté de Ford, et autres joyeux drilles qui s'étaient joints à la fête.

Il y avait du sang partout, sur le sol, sur les chemises, les vestes et surtout sur les visages et les bras.

D'autres policiers arrivèrent, puis des ambulances. Aggie, inconscient, se vidait de son sang alors qu'il en manquait déjà. Les médecins, inquiets de son état, l'expédièrent dans la première ambulance. Il fut conduit à l'hôpital Mercy. Un des costards-cravates, victime de coups de matraque et qui avait perdu connaissance lui aussi, partit dans la deuxième. Calvin fut menotté puis embarqué à l'arrière d'une voiture de police, à côté d'un fou furieux en costume gris, à la chemise trempée de sang.

Un cocard lui fermait l'œil droit, mais du gauche Calvin vit le Dodge d'Aggie abandonné à l'écart sur le parking.

Cinq jours plus tard, il fut enfin autorisé à appeler sa mère, en PCV, depuis la cabine de la prison du comté de Shelby. Sans s'attarder sur les détails, il lui expliqua qu'il se trouvait en détention et accusé d'avoir agressé un officier de police, ce qui, d'après l'un de ses compagnons de cellule, pouvait aller chercher jusqu'à dix ans d'incarcération. Et Aggie se trouvait à l'hôpital Mercy avec une fracture du crâne. Il n'avait aucune idée de ce qu'était devenu Roger. Nul ne mentionna Bailey.

Le coup de fil se répandit comme une traînée de poudre dans toute la communauté et dans l'heure qui suivit, une pleine voiture d'amis partit à Memphis faire le bilan des dégâts. Ils apprirent qu'Aggie avait subi une grave intervention – il avait fallu lui retirer un caillot au cerveau – et que, lui aussi, était accusé d'avoir agressé un policier. Un médecin dit à la famille qu'il devrait encore rester une semaine à l'hôpital. Ils n'avaient pas d'assurance-maladie. Le pick-up d'Aggie avait été saisi par la police et la procédure pour le récupérer semblait d'une complexité sans fond.

De leur côté, les parents de Calvin apprirent que sa caution était fixée à cinquante mille dollars, une somme inconcevable pour eux. Il serait défendu par un avocat commis d'office, à moins qu'ils n'arrivent à réunir de quoi payer un avocat de Memphis. Le vendredi, en fin d'après-midi, un oncle fut enfin autorisé à voir Calvin au parloir. Celui-ci portait une combinaison orange et des chaussures en caoutchouc et il avait une mine affreuse, le visage enflé et tuméfié, l'œil droit encore fermé. Effrayé, déprimé, il ne donna pas beaucoup d'explications.

Et on était toujours sans nouvelles de Roger.

Au bout de deux jours d'hôpital, l'état de santé de Bailey s'était amélioré de façon remarquable. Il avait la jambe droite non pas écrasée mais cassée et ses autres blessures se limitaient à quelques égratignures et hématomes et à des douleurs de poitrine. Son employeur commanda une ambulance qui passa le prendre à midi, le samedi, à l'hôpital méthodiste, pour le conduire chez sa mère, à Box Hill, où il fut accueilli comme un prisonnier de guerre. Plusieurs heures passèrent avant qu'on ne lui parle des efforts faits par ses amis pour donner leur sang.

Huit jours plus tard, Aggie revint chez lui en convalescence. Son médecin espérait une guérison totale, mais cela prendrait du temps. Son avocat avait réussi à faire ramener l'accusation à une simple agression. Vu les dommages que lui avaient infligés les flics, cela ne semblait que justice. Sa petite amie passa le voir dans l'unique but de mettre fin à leur idylle. La légende de leur équipée en ville et la bagarre dans le club de strip-tease les poursuivraient à jamais et elle ne voulait pas être mêlée à cette histoire. En outre, le bruit courait qu'Aggie souffrait de séquelles au cerveau et elle avait déjà jeté son dévolu sur un autre garçon.

Trois mois plus tard, Calvin revint dans le comté de Ford. Son avocat avait fait appel à la clémence des juges et l'accusation d'agression avait été réduite : d'infraction grave elle avait été commuée en simple délit, mais en échange, il avait dû effectuer trois mois dans la ferme pénale du comté de Shelby. Calvin n'avait pas apprécié ce marché, cependant la perspective d'être jugé par le tribunal de Memphis et d'affronter la police de la ville l'avait encore moins séduit. S'il avait été reconnu coupable d'une infraction majeure, il aurait passé des années en prison.

Dans les jours qui suivirent la bagarre, à la surprise générale, on ne retrouva le corps ensanglanté de Roger Tucker ni au fond d'une impasse sordide du centre de Memphis, ni nulle part ailleurs, mais il faut reconnaître que personne ne le chercha vraiment. Un mois après l'expédition, Roger appela son père d'une cabine de la région de Denver. Il prétendit qu'il faisait le tour du pays en stop, tout seul, et que c'était fabuleux. Deux mois plus tard, il se faisait arrêter pour vol à l'étalage à Spokane et purgeait une peine de deux mois à la prison de la ville.

Il s'écoula presque une année avant qu'il ne rentre chez lui.

Dernier trajet

M. McBride, le tapissier, avait installé son atelier dans l'ancienne glacière de Lee Street, à quelques pâtés de maisons de la grande place de Clanton. Pour transporter ses fauteuils et ses canapés, il se servait d'une fourgonnette Ford blanche sur laquelle était écrit au pochoir, en grosses lettres noires, « McBride Tapissier Décorateur », suivi du numéro de téléphone et de l'adresse de l'entreprise. La fourgonnette, toujours bien propre et sagement conduite, faisait partie du paysage de Clanton et M. McBride était assez connu, car c'était le seul tapissier de la ville. Il prêtait rarement son véhicule, bien qu'il fût sollicité plus souvent qu'il ne l'eût souhaité. En général, il se défilait poliment en prétextant des livraisons.

Pourtant il avait dit oui à Léon Graney et cela pour deux raisons. D'abord parce que les circonstances entourant sa requête étaient des plus exceptionnelles et ensuite parce que le patron de Léon à la fabrique d'ampoules se trouvait être son arrière-petit-cousin. Les liens de parenté étant ce qu'ils sont dans une petite ville, Léon Graney arriva comme convenu à l'atelier, à quatre heures de l'après-midi par un chaud mercredi de la fin juillet.

Presque tout le comté de Ford écoutait la radio et la plupart des gens savaient que ça n'allait pas fort pour la famille Graney.

53

M. McBride accompagna Léon jusqu'à sa fourgonnette et lui tendit la clé.

— Je vous la confie.

— Je vous remercie infiniment, répondit Léon en prenant le trousseau.

— J'ai fait le plein. Vous devriez avoir largement de quoi faire l'aller-retour.

— Combien je vous dois ?

M. McBride secoua la tête et cracha sur le gravier à côté de sa fourgonnette.

— Rien du tout. Remplissez juste le réservoir avant de me la ramener.

— Ça me gêne. Je préférerais vous payer quelque chose, protesta Léon.

— Pas la peine.

— Vraiment, je vous remercie beaucoup.

— J'en aurai besoin demain midi.

— Vous l'aurez avant. Ça vous ennuie pas si je laisse mon véhicule ? ajouta Léon avec un geste vers le vieux pick-up japonais garé entre deux voitures sur le parking.

— Pas de problème.

Léon ouvrit la portière et monta dans la fourgonnette. Il démarra puis régla le siège et les rétroviseurs. M. McBride s'approcha de sa fenêtre, alluma une cigarette sans filtre et fixa Léon.

— Vous savez, il y a beaucoup de gens que ça révolte.

— Merci, mais je crois que la plupart s'en fichent, répondit-il, préoccupé et pas vraiment d'humeur à bavarder.

— Moi, en tout cas, je trouve que c'est injuste.

— Merci. Je serai de retour avant midi, murmura Léon avant de reculer et de disparaître dans la rue.

Il se cala sur son siège, testa les freins et la puissance du moteur en enfonçant lentement l'accélérateur. Vingt minutes plus tard, laissant Clanton loin derrière lui, il pénétrait dans les collines du nord du comté de Ford. À la sortie du hameau de Pleasant Ridge, le bitume céda la place au gravier et les habitations se firent de moins en moins imposantes et de plus en plus espacées. Léon tourna dans une petite allée et s'arrêta devant une minuscule maison entourée de mauvaises herbes et coiffée d'un toit en bardeaux qui aurait eu bien besoin d'être changé. C'était le logement des Graney, l'endroit où il avait grandi avec ses frères, la seule constante dans le chaos de leur triste vie. Une rampe de fortune en contreplaqué avait été aménagée devant la porte de la cuisine afin de permettre à leur mère, Inez Graney, d'entrer et de sortir sur son fauteuil roulant.

Le temps de couper le moteur, la porte s'ouvrait et Inez descendait la rampe. Derrière elle apparut la masse impressionnante de son fils cadet, Butch, qui habitait encore avec elle, parce qu'il n'avait jamais vécu ailleurs, du moins dans le monde libre. Après avoir passé seize de ses quarante-six années derrière les barreaux, il avait tout du criminel endurci avec sa longue queue-de-cheval, ses clous d'oreilles, son visage hirsute, ses énormes biceps et sa collection de tatouages grossiers réalisés par un codétenu en échange de quelques paquets de cigarettes. Pourtant, en dépit de son passé tumultueux, Butch maniait le fauteuil roulant avec beaucoup de délicatesse et d'attention, et parlait tendrement à sa mère tout en descendant la rampe.

Léon les regarda approcher puis il gagna l'arrière de la fourgonnette pour leur ouvrir les portes. Les deux frères soulevèrent doucement leur mère avec son fauteuil que Butch poussa jusqu'à la console qui séparait les deux sièges avant boulonnés dans le plancher. Léon le fixa ensuite avec de la cordelette laissée par un employé de McBride. Quand Inez fut bien attachée, ils montèrent à l'avant et le voyage commença. Quelques minutes plus tard, ils retrouvaient l'asphalte : ils étaient partis pour une longue nuit.

La vie n'avait guère fait de cadeau à cette vieille femme solitaire de soixante-douze ans à la santé chancelante, mère de trois enfants et grand-mère d'au moins quatre petits-enfants. Même si Inez se considérait comme célibataire depuis presque trente ans, elle n'était pas, du moins à sa connaissance, officiellement divorcée du triste individu qui l'avait pratiquement violée à dix-sept ans, épousée à dix-huit et lui avait fait trois fils avant de charitablement disparaître de la surface de la terre. Les rares fois où il lui arrivait de prier, elle ne manquait jamais de supplier le ciel de laisser Ernie là où sa triste existence l'avait conduit, si celle-ci ne s'était pas déjà terminée de façon brutale, ce qu'elle souhaitait du fond du cœur sans avoir l'audace de le demander au Seigneur. Elle accusait encore Ernie de tous ses maux : sa mauvaise santé, sa pauvreté, sa piètre condition sociale, sa solitude, son manque d'amis et même le mépris de sa propre famille. Mais ce qu'elle lui reprochait le plus, c'étaient les mauvais traitements qu'il avait infligés à leurs trois fils. Son seul geste miséricordieux envers eux avait été de les abandonner.

Le temps d'arriver à la route nationale, ils avaient tous envie d'une cigarette.

— Vous croyez que McBride nous en voudra si on en grille une ? demanda Butch qui consommait trois paquets par jour et avait toujours la main à la poche.

— On a déjà fumé dans cette voiture, répondit Inez. Ça pue le tabac froid. T'as mis la climatisation, Léon ?

— Oui, mais tu ne peux pas la sentir avec les fenêtres baissées.

Sans se soucier davantage des desiderata de McBride en la matière, ils se retrouvèrent tous les trois à tirer sur leurs cigarettes, toutes vitres baissées, battus par l'air chaud. Une fois à l'intérieur de la camionnette, le vent qui ne trouvait aucune issue – pas d'autres fenêtres, pas d'aération, rien pour s'échapper – se rabattait vers l'avant et fouettait les trois Graney qui fixaient la chaussée sans cesser de fumer, apparemment aveugles à tout ce qui les entourait tandis que la fourgonnette fonçait sur la route. Butch et Léon jetaient négligemment leurs cendres par la fenêtre tandis qu'Inez recueillait les siennes au creux de sa main gauche.

— Combien McBride t'a pris ? s'enquit Butch depuis le siège du passager.

Léon secoua la tête.

— Rien. Il a même fait le plein du réservoir. Il a dit qu'il trouvait ça injuste. Il a aussi ajouté qu'il y avait beaucoup de gens que ça révoltait.

— J'ai du mal à le croire.

— Moi aussi.

Une fois leurs cigarettes terminées, Léon et Butch remontèrent leurs fenêtres et tripotèrent la climatisation et les aérations. De l'air chaud s'en échappa et plusieurs minutes s'écoulèrent avant que la chaleur ne diminue. Ils transpiraient tous les trois.

— Ça va, derrière ? demanda Léon en souriant à sa mère par-dessus son épaule.

— Très bien. Merci. T'es sûr qu'elle marche, la clim ?

— Oui, ça commence à se rafraîchir.

— J'sens rien.

— Tu veux qu'on s'arrête boire un coup ?

— Non, non, vaut mieux continuer.

— Je prendrais bien une bière, répondit Butch, ce qui déclencha aussitôt un « Non ! » catégorique d'Inez tandis que Léon secouait la tête.

— Pas question de boire une seule goutte d'alcool ! ajouta-t-elle d'un ton péremptoire et le sujet fut aussitôt abandonné.

Lorsque Ernie avait plaqué sa famille quelques années plus tôt, il n'avait rien emporté à part son fusil, quelques vêtements et les bouteilles qu'il cachait dans la maison. L'alcool le rendait violent et ses fils en portaient encore les cicatrices physiques et morales. Léon, l'aîné, avait davantage souffert de ses brutalités que ses frères : dès sa plus tendre enfance, il avait assimilé l'alcool aux horreurs qu'il avait subies. Il n'en avait jamais bu une seule goutte, même s'il s'était, avec le temps, découvert d'autres vices. Butch, en revanche, s'était mis à boire dès son adolescence, sans oser cependant ramener d'alcool chez sa mère. Raymond, le plus jeune, avait été davantage séduit par l'exemple de Butch que par celui de Léon.

Pour changer de sujet, celui-ci étant désagréable, Léon prit des nouvelles d'une amie de sa mère, une vieille fille qui habitait dans leur rue, atteinte depuis des années d'un cancer incurable. Inez s'anima aussitôt, comme à chaque fois qu'il était question des maladies et des traitements de ses voisins ou des siens. La climatisation venait enfin à bout de la chaleur et l'humidité qui régnait dans la fourgonnette commençait à se dissiper. Dès qu'il cessa de transpirer, Butch sortit une cigarette de sa poche, l'alluma et entrouvrit sa fenêtre. La température remonta immédiatement. Bientôt tous les trois fumaient et baissaient de plus en plus leurs vitres si bien que l'air se retrouva rapidement saturé de nicotine et de chaleur.

— Raymond a appelé il y a deux heures, annonça Inez quand ils eurent fini de fumer.

Ce n'était pas une surprise. Cela faisait des jours que Raymond passait des coups de fil en PCV, et pas seulement à sa mère. Le téléphone de Léon sonnait si souvent que sa femme (la troisième) ne décrochait plus. Et il y en avait d'autres dans la ville qui refusaient de payer les communications.

— Qu'est-ce qu'il voulait ? murmura Léon, se sentant obligé de poser la question même s'il savait exactement ce que son frère avait raconté, peut-être pas mot à mot, mais dans les grandes lignes.

— D'après lui ça se présente pas trop mal, mais il pense renvoyer ses avocats pour en prendre d'autres. Tu connais ton frère. C'est lui qui leur dit ce qu'ils doivent faire et les avocats s'empressent de lui obéir.

Sans tourner la tête, Butch échangea un regard entendu avec Léon. Ils ne prononcèrent pas un mot. Les paroles étaient inutiles.

— Il paraît que les nouveaux viennent d'un cabinet de Chicago qui en emploie plus de mille. T'imagines ? Mille avocats qui travaillent pour Raymond ! Et c'est lui qui leur dit ce qu'il faut faire !

Nouveau coup d'œil entre les deux frères. Inez avait une cataracte et sa vision périphérique se dégradait. Si elle avait surpris les regards échangés par ses deux fils aînés, ça aurait bardé.

— Paraît qu'il a découvert de nouvelles preuves qui ont été dissimulées par les flics et le procureur et qui auraient dû être produites à son procès. Grâce à elles, Raymond espère obtenir un nouveau procès à Clanton, sauf qu'il n'est pas sûr de vouloir qu'il se déroule ici, alors il choisira peut-être une autre ville. Il préférerait aller dans le Delta parce qu'il y a plus de Noirs dans les jurys de là-bas et il dit que les Noirs sont moins sévères dans les affaires comme la sienne. Qu'est-ce que t'en penses, Léon ?

— Sûr qu'il y a plus de Noirs dans le Delta ! lâcha ce dernier tandis que Butch marmonnait des paroles incompréhensibles.

— Il dit qu'il fait plus confiance à personne dans le comté de Ford, et encore moins à la justice et aux juges. Dieu sait s'ils se sont acharnés sur nous !

Léon et Butch l'approuvèrent en silence. Ils avaient été tous les deux malmenés par la justice de leur comté, Butch encore plus que Léon. Et même quand ils plaidaient coupables dans l'espoir d'une réduction de peine, ils avaient toujours eu l'impression d'être persécutés parce qu'ils avaient le tort de s'appeler Graney.

— J'sais pas si je pourrai supporter un autre procès, ajouta-t-elle d'une voix traînante.

Léon aurait voulu lui répondre que les chances de Raymond d'obtenir un nouveau procès étaient des plus minces et que ça faisait plus de dix ans qu'il leur en rebattait les oreilles. Butch partageait cet avis et il aurait volontiers ajouté qu'il en avait marre des conneries de Raymond sur les avocats, les procès et les nouvelles preuves, qu'il était grand temps pour lui d'arrêter de reporter la faute sur les autres et d'assumer ses erreurs comme un homme.

Pourtant ils restèrent muets l'un comme l'autre.

— Il m'a dit qu'aucun de vous lui avait envoyé son allocation le mois dernier. C'est vrai ?

La fourgonnette parcourut cinq kilomètres sans que fût prononcé un seul mot.

— Vous m'entendez, devant ? reprit Inez. Raymond dit que vous lui avez rien envoyé pour le mois de juin et on est déjà en juillet. Vous l'avez oublié ou quoi ?

Léon chargea le premier.

— L'oublier ? Comment on pourrait l'oublier ? Il parle que de ça. Je reçois une lettre par jour, quand c'est pas deux, j'les lis même pas, c'est toujours la même rengaine. « Merci pour l'argent, frérot », « Oublie pas l'argent, Léon, je compte sur toi, grand frère ». « M'faut de l'argent pour payer les avocats, tu sais combien coûtent ces vampires. » « J'ai pas reçu mon allocation ce mois-ci, frangin. »

— Mais bon sang, c'est quoi une allocation ! explosa Butch, d'une voix excédée.

— Un versement régulier à en croire le *Webster's*.

— C'est juste de l'argent, non ?

— Oui.

— Alors pourquoi il écrit pas tout simplement « Envoie-moi le putain de fric » ou « Où est passé ce satané pognon ? » Pourquoi faut-il qu'il emploie les grands mots ?

— Nous en avons déjà parlé des milliers de fois, murmura Inez.

— Et c'est toi, Butch, qui lui as envoyé un dictionnaire ! renchérit Léon.

— C'était y a plus de dix ans. Il m'a supplié pour en avoir un.

— Eh bien, il s'en sert toujours et il continue à y dégoter des mots à coucher dehors.

— Je me demande même si ses avocats comprennent son vocabulaire.

— Arrêtez de tourner autour du pot, les coupa Inez. Pourquoi vous lui avez pas envoyé son allocation le mois dernier ?

— Je croyais l'avoir fait, répondit Butch, sans la moindre conviction.

— J'te crois pas.

— J'ai posté le chèque, dit Léon.

— J'le crois pas non plus. Nous étions tous d'accord pour lui envoyer cent dollars chacun, chaque mois, douze mois par an. On peut pas faire moins. Je sais que c'est dur, surtout pour moi qui vis sur la sécu et le reste. Mais vous les garçons, vous travaillez, et vous pourriez vous débrouiller pour envoyer cent dollars à votre petit frère, pour qu'il s'achète une nourriture décente et qu'il paie ses avocats.

— On ne va pas remettre ça sur le tapis ! protesta Léon.

— C'est tous les jours la même rengaine, grommela

Butch. Si c'est pas Raymond qui m'en parle par téléphone ou par courrier, c'est m'man.

— Tu serais pas en train de te plaindre ? rétorqua-t-elle. T'es pas content de la façon qu'tu vis ? J'te loge et j'te nourris gratis et t'as le culot de râler ?

— Arrêtez, dit Léon.

— Et qui s'occupera de toi sinon ? se défendit Butch.

— Oh, ça suffit tous les deux ! C'est toujours la même histoire !

Ils prirent tous une profonde inspiration et se mirent à chercher leurs cigarettes. Après avoir fumé tranquillement, en silence, ils attaquèrent le round suivant. Ce fut Inez qui amorça.

— Moi, je rate pas un seul mois, commença-t-elle plaisamment. Et si vous vous souvenez, j'en ai jamais raté un seul quand vous étiez bouclés à Parchman.

Léon laissa échapper un grognement et frappa le volant.

— M'man, c'était y a vingt-cinq ans ! Pourquoi tu reparles de ça ? Je n'ai même pas eu une amende pour excès de vitesse depuis qu'on m'a libéré sur parole.

Butch, qui avait eu plus de démêlés avec la justice que Léon préféra ne rien dire.

— Je n'ai jamais raté un mois, répéta Inez.

— C'est bon…

— Et ça me faisait parfois deux cents dollars à sortir quand vous étiez tous les deux derrière les barreaux. Je devrais sans doute remercier le ciel de jamais vous avoir eu tous les trois en prison en même temps. J'aurais pas pu payer ma note d'électricité.

— Je croyais que ses avocats ne lui coûtaient rien, intervint Butch dans l'espoir de détourner la conversation sur une cible extérieure à la famille.

— En effet, acquiesça Léon. C'est du travail bénévole et tous les avocats sont censés coopérer. D'après ce que je sais, les grands cabinets qui s'occupent de ce genre de cas ne s'attendent pas à être rémunérés.

— Alors qu'est-ce que Raymond fait de nos trois cents dollars par mois s'il paie pas ses avocats avec ?

— Nous en avons déjà parlé, soupira Inez.

— Il dépense une fortune en stylos, en papier, en enveloppes et en timbres, résuma Léon. Il prétend qu'il écrit dix lettres par jour. Bon sang, rien que ça, ça fait déjà au moins cent dollars par mois.

— Sans compter les huit romans qu'il a écrits, s'empressa d'ajouter Butch. Ou c'était neuf, m'man ? J'me souviens plus.

— Neuf.

— Neuf romans, plusieurs livres de poésie, un tas de nouvelles, des centaines de chansons. Vous imaginez le papier qu'il consomme !

— Tu serais pas en train de te moquer de Raymond ? s'inquiéta Inez.

— Jamais de la vie !

— Il a vendu une de ses nouvelles.

— C'est vrai. Comment s'appelait le magazine, déjà ? *Vieux Tacot* ? Ils lui ont donné quarante billets pour l'histoire d'un mec qui volait des enjoliveurs. On dit bien qu'on écrit sur ce qu'on connaît.

— Et toi, t'as vendu combien de nouvelles ? riposta-t-elle.

— Aucune parce que j'en ai jamais écrit, et si j'ai jamais rien écrit c'est parce que je sais que j'ai aucun talent. Si mon cher petit frère voulait bien s'apercevoir qu'il a aucun don artistique dans aucun domaine, il ferait des économies et il épargnerait les centaines de personnes à qui il envoie ses foutaises.

— C'est très cruel ce que tu dis.

— Non, m'man, c'est très honnête. Et si t'avais été franche avec lui dès le début, il aurait peut-être arrêté d'écrire. Mais non. T'as lu ses livres, sa poésie et ses nouvelles en lui disant que c'était génial. Alors il a continué en employant des mots, des phrases et des paragraphes de plus en plus longs, à tel point qu'on y comprend foutrement rien.

— Donc c'est ma faute ?

— Non, pas à cent pour cent.

— L'écriture, c'est une thérapie pour lui.

— Je suis passé par là. J'vois pas comment ça peut l'aider.

— Lui ça l'aide.

— Ses livres, ils sont écrits à la main ou tapés à la machine ? intervint Léon.

— Tapés à la machine, répondit Butch.

— Qui les tape ?

— Un gars qui travaille à la bibliothèque juridique, expliqua Inez. Ça lui coûte un dollar la page. Un de ses livres en faisait plus de huit cents. Je sais, je l'ai lu d'un bout à l'autre.

— Et t'as tout compris ? s'enquit Butch.

— À peu près. Surtout grâce au dictionnaire. Seigneur, je sais pas où ce garçon va chercher ses mots.

— Et Raymond expédie ensuite ses livres à des éditeurs de New York, c'est ça ? insista Butch.

— Oui, et ils me les renvoient direct. Ils doivent pas saisir ce qu'il veut dire, eux non plus.

— Pourtant, à New York, ils devraient être capables de le comprendre, remarqua Léon.

— Personne peut comprendre ce qu'il dit, déclara Butch. C'est le problème de Raymond le romancier, Raymond le poète, Raymond le prisonnier politique, Raymond le compositeur de chansons et Raymond l'avocat. Personne de sensé ne peut avoir la moindre idée de ce qu'il veut dire quand il commence à écrire.

— Alors si j'ai bien suivi, récapitula Léon, une grande partie de l'argent que touche Raymond a servi à financer sa carrière littéraire. C'est parti en papier, en timbres, en dactylo, en photocopies et en envois à New York. C'est bien ça, m'man ?

— Y paraît.

— Et ses allocations n'ont sans doute jamais servi à payer ses avocats.

— Ça m'étonnerait, dit Butch. Et tu oublies sa carrière musicale. Il a dépensé des fortunes en cordes de guitare et en papier à musique. Et comme maintenant les prisonniers ont le droit de louer des cassettes, à force d'écouter B.B. King et Muddy Waters, Raymond se prend pour un chanteur de blues. Il prétend même qu'il joue la sérénade à ses collègues du couloir de la mort.

— Oh, je sais, il m'en parle dans ses lettres.

— Il a toujours eu une belle voix, remarqua Inez.

— Je l'ai jamais entendu chanter, répondit Léon.

— Moi non plus, renchérit Butch.

Ils se trouvaient sur la route de contournement d'Oxford, à deux heures de Parchman. Apparemment, la vitesse de croisière de la fourgonnette se situait autour de cent kilomètres à l'heure : au-delà, les roues avant vibraient. Ils n'étaient pas pressés. À l'ouest d'Oxford, ils laissèrent les collines derrière eux. Ils approchaient du Delta. Inez reconnut sur la droite une petite église blanche entourée d'un cimetière, et songea qu'elle n'avait pas changé depuis toutes ces années où elle se rendait au pénitencier d'État. Elle se demanda combien de femmes du comté de Ford avaient fait autant de trajets qu'elle, quoiqu'elle connût la réponse. Léon avait inauguré la tradition par une incarcération de trente mois et, à cette lointaine époque, le règlement autorisait les visites le premier dimanche du mois. Si ce n'était pas Butch qui l'accompagnait, elle payait le fils d'un voisin, mais elle n'avait jamais raté un seul jour de visite. Elle lui apportait à chaque fois du caramel au beurre de cacahuète et du dentifrice. Six mois plus tard, Léon était libéré sur parole et l'emmenait à son tour rendre visite à Butch. Puis il y avait eu Butch et Raymond en même temps, mais dans des prisons différentes avec des règlements distincts.

Ensuite Raymond avait abattu le shérif adjoint et on l'avait enfermé dans le couloir de la mort qui avait ses propres lois.

À force de se répéter, la plupart des tâches pénibles finissent par devenir supportables et Inez Graney en était venue à attendre ces visites avec impatience. Même si ses fils avaient été condamnés par le reste du comté, elle ne les abandonnerait jamais. Elle était là à leur naissance et elle était là quand leur père les frappait. Elle avait souffert pendant leurs procès et lors des audiences de mise en liberté conditionnelle et elle répétait à qui voulait l'entendre que c'étaient de bons garçons qui avaient été maltraités par l'homme qu'elle avait choisi d'épouser. Tout était sa faute. Si elle s'était mariée avec un homme bien, ses enfants auraient sans doute mené une vie normale.

— Tu crois que sa bonne femme sera là ? demanda Léon.

— Oh, Seigneur ! gémit Inez.

— Pourquoi elle se priverait du spectacle ? demanda Butch. Je suis sûr qu'elle va se pointer.

— Mon Dieu, mon Dieu !

Ils parlaient de Tallulah, une cinglée qui avait fait irruption dans leur vie quelques années plus tôt et qui n'avait fait qu'aggraver la situation. Elle était entrée en contact avec Raymond par l'intermédiaire d'un groupe abolitionniste et il avait répondu de manière classique par une lettre interminable dans laquelle il clamait son innocence et invoquait de mauvais traitements avant de déballer son baratin habituel sur ses carrières littéraire et musicale naissantes. Il lui avait ensuite envoyé des poèmes, des sonnets d'amour et elle avait fait une fixation sur lui. Leur rencontre avait eu lieu au parloir du couloir de la mort. À travers l'épaisseur de la vitre blindée, ils étaient tombés amoureux l'un de l'autre. Quand Raymond avait chanté du blues, Tallulah avait perdu la tête. Il avait été question de mariage, mais ces projets avaient dû attendre l'exécution de son mari de l'époque par l'État de Géorgie. Après une courte période de deuil, elle était revenue à Parchman pour une étrange cérémonie qui n'était reconnue par les lois d'aucun État ni par aucune religion. Quoi qu'il en soit, Raymond était amoureux, ce qui l'inspirait, et sa prodigieuse production de lettres atteignit de nouveaux sommets. Les Graney apprirent ainsi que Tallulah rêvait de connaître le comté de Ford et sa nouvelle belle-famille. Quand elle arriva sur ces entrefaites, ils refusèrent de la recevoir. Elle se rendit sur-le-champ au *Ford County Times*, à qui elle confia ses divagations et ses angoisses sur le calvaire du pauvre Raymond Graney avant de promettre que de nouvelles preuves l'innocenteraient de la mort du shérif adjoint. Elle annonça également qu'elle était enceinte de Raymond, ceci grâce aux visites conjugales auxquelles les détenus du couloir de la mort avaient droit désormais.

Tallulah avait fait la une du journal, photos à l'appui, mais le journaliste avait eu la prudence de vérifier ses dires auprès du pénitencier. À Parchman, les détenus n'avaient pas droit aux visites conjugales, et encore moins ceux du couloir de la mort. Et il n'existait aucune trace officielle du mariage. Sans se laisser démonter, Tallulah avait continué à défendre Raymond, allant jusqu'à porter ses manuscrits à New York, où ils avaient été de nouveau rejetés par des éditeurs étroits d'esprit. Avec le temps, elle avait fini par s'éclipser. Cependant Inez, Butch et Léon avaient longtemps vécu dans la hantise de voir naître quelque part un nouveau Graney. Malgré l'interdiction des visites conjugales, ils connaissaient Raymond : il avait un don pour contourner les règlements.

Deux ans plus tard, Raymond annonça à sa famille qu'ils avaient décidé de se séparer et que pour obtenir un divorce en bonne et due forme il lui fallait cinq cents dollars. Cela déclencha un nouvel épisode de chamailleries et d'injures et ils ne se décidèrent à réunir la somme que lorsque Raymond menaça de se suicider, ce qui n'était pas la première fois. Peu de temps après avoir envoyé leurs chèques, ils reçurent une lettre de Raymond leur annonçant une grande nouvelle : il s'était réconcilié avec Tallulah ! Il ne proposa pas de les rembourser et lorsque Inez, Léon et Butch le suggérèrent, il prétendit que sa nouvelle équipe d'avocats avait besoin de ces fonds pour engager des experts et des enquêteurs.

Ce qui irritait le plus Léon et Butch, c'était que leur frère se comportait vraiment comme si sa famille était tenue de l'entretenir, sous prétexte qu'on le persécutait. Au début de son emprisonnement, Léon et Butch lui avaient rappelé qu'il ne leur avait pas envoyé le moindre penny quand ils s'étaient retrouvés derrière les barreaux alors que lui était libre. Cela avait conduit à un autre épisode pénible qu'Inez s'était vue forcée d'arbitrer.

Tassée sur son fauteuil roulant, son gros cabas en toile sur ses genoux, elle se laissait déjà entraîner par ses pensées loin de Tallulah. Elle ouvrit son sac et en sortit une lettre de Raymond, la dernière. Elle décacheta l'enveloppe blanche sur laquelle s'étalait l'écriture cursive de son fils et en tira deux feuilles jaunes détachées d'un bloc-notes :

Ma chère maman,
Il devient de plus en plus évident et apparent que les machinations maladroites, compliquées et même léthargiques de notre système judiciaire injuste et

déshonorant pour ne pas dire corrompu, ont braqué
inévitablement et irrévocablement leur détestable et
méprisable regard sur moi.

Inez reprit son souffle et relut la phrase. La plupart des mots lui étaient familiers. À force de lire pendant des années une lettre dans une main et un dictionnaire dans l'autre, elle n'en revenait pas de ce que son vocabulaire s'était enrichi.

Butch se retourna, vit la lettre, secoua la tête mais ne dit rien.

Cependant, l'État du Mississippi va se voir une fois de plus contrecarré, bloqué et humilié au dernier degré quant à sa décision de faire couler le sang de Raymond T. Graney. Je viens en effet de me procurer les services d'un jeune défenseur d'une habileté stupéfiante, un avocat extraordinaire, judicieusement choisi par mes soins parmi les légions innombrables d'hommes de loi qui se jettent littéralement à mes pieds.

Nouvel arrêt, nouvelle relecture rapide, Inez peinait à suivre.

Comme il faut s'y attendre, un avocat doué de compétences et d'habiletés aussi exceptionnelles, pour ne pas dire rarissimes, ne peut œuvrer à ma défense sans une juste rétribution.

— Qu'est-ce que ça veut dire rétribution ? demanda-t-elle.

— Épelle, répondit Butch.

Elle épela lentement le mot et ils réfléchirent tous les trois. Cet exercice de réflexion leur était devenu aussi familier que de parler du temps.

— Dans quel sens il l'emploie ? demanda Butch et elle relut la phrase.

— Ça veut dire du pognon, conclut-il et Léon s'empressa de l'approuver.

Les mots mystérieux de Raymond avaient souvent un rapport avec l'argent.

— Laisse-moi deviner. Il a déniché un nouvel avocat et il a besoin de pèze pour le payer.

Inez l'ignora et poursuivit sa lecture.

C'est avec un grand regret et même avec appré-hension que je vous supplie et vous implore de me procurer la somme fort raisonnable de mille cinq cents dollars qui sera directement employée à ma défense et qui me permettra, à coup sûr, de m'extir-per et de m'affranchir de cette affaire, bref de sauver ma peau. Allez, maman, l'heure est venue pour la famille de joindre les mains et de se serrer les coudes. Toute réticence ou dérobade de votre part équivau-drait à un pernicieux abandon.

— C'est quoi une dérobade ? demanda-t-elle.

— Épelle, dit Léon.

Elle épela « dérobade » puis « pernicieuse ». Après un débat peu enthousiaste, il apparut qu'aucun d'entre eux n'avait la moindre idée ce que ça voulait dire.

Une dernière chose avant que je retourne m'occu-per d'une correspondance des plus urgentes : Butch et Léon ont encore oublié mon allocation. Cette der-nière perfidie concerne le mois de juin et nous sommes déjà à la mi-juillet. Je t'en supplie, harcèle, tourmente, agresse, secoue et tanne ces deux crétins jusqu'à ce qu'ils honorent leurs obligations envers mon fonds de défense.

Je t'embrasse affectueusement, comme toujours.

Ton fils chéri et préféré, Raymond

Toutes les lettres expédiées aux détenus du couloir de la mort étaient lues par un employé du service courrier de Parchman et toutes celles qu'ils envoyaient à leur tour étaient longuement épluchées. Inez plaignait le pauvre bougre à qui incombait la tâche de décrypter les missives de Raymond. Elles la fatiguaient à chaque fois tant elles lui demandaient de terribles efforts : elle craignait toujours de rater quelque chose d'important.

Ses lettres l'épuisaient. Ses chansons l'endormaient. Ses romans lui donnaient la migraine. Elle ne comprenait rien à ses poèmes.

Elle lui répondait deux fois par semaine, sans faute, car si elle avait le malheur de surseoir d'une seule journée à ce devoir, elle pouvait s'attendre à un torrent d'injures de quatre ou cinq pages, écrit dans un langage cinglant souvent truffé de mots introuvables dans le dictionnaire. Et le moindre retard dans le paiement de son allocation déclenchait un flot désagréable d'appels en PCV.

Des trois, Raymond avait été le meilleur élève, même si aucun d'entre eux n'avait terminé ses études secondaires. Léon s'était révélé le plus doué en sport, Butch le meilleur en musique, mais c'était le petit Raymond le cerveau de la famille. Il avait même réussi à aller jusqu'en première sans problème avant de se faire prendre sur une moto volée et de passer deux mois en maison de correction. Il n'avait que seize ans, cinq de moins que Butch et dix de moins que Léon et déjà les fils Graney s'étaient acquis une solide réputation de voleurs de voitures. Raymond s'était alors engagé dans le business familial et avait abandonné ses études.

— Alors combien il veut, cette fois ? s'enquit Butch.

— Quinze cents dollars pour un nouvel avocat. Et il dit que vous lui avez pas envoyé son allocation du mois dernier.

— Laisse tomber, m'man ! jeta Léon d'un ton sec et plus personne ne parla pendant un long moment.

Quand le premier réseau de vol de voitures avait été démantelé, Léon en avait assumé entièrement la responsabilité et il avait purgé son temps à Parchman. À sa libération, il avait épousé sa deuxième femme et était rentré dans le droit chemin. Butch et Raymond, en revanche, n'avaient fait aucun effort pour s'amender. Au contraire, ils avaient étendu leurs activités. Ils s'étaient mis à écouler des armes et des appareils électroniques volés, s'étaient essayés au trafic de marijuana, à l'alcool de contrebande et, bien sûr, avaient continué à voler des voitures qu'ils revendaient à diverses casses douteuses du nord du Mississippi. Butch s'était fait coincer après le vol d'un semi-remorque qu'il croyait rempli de téléviseurs Sony, mais qui ne contenait que du grillage. Si les télévisions s'écoulent facilement au marché noir, le grillage beaucoup moins. Le shérif avait fini par tomber sur l'endroit où Butch recelait sa marchandise, tout inutile qu'elle était. Condamné à dix-huit mois de prison, il avait ainsi effectué son premier passage à Parchman. Raymond avait échappé de justesse à une condamnation et put ainsi continuer à voler. Il s'était cantonné à ses premières amours, les voitures et les pick-up, et prospérait gentiment même s'il dépensait tout ce qu'il gagnait en alcool, au jeu et avec un nombre effarant de femmes de mauvaise vie.

Depuis le début de leur carrière de voleurs, les Graney étaient pourchassés par un odieux adjoint du shérif du nom de Coy Childers. Dès qu'un forfait ou un crime était commis dans le comté de Ford, il les soupçonnait automatiquement. Il ne cessait de les surveiller, de les suivre, de les menacer, de les harceler et de les arrêter, avec ou sans raison. Tous les trois s'étaient fait tabasser par Coy dans les tréfonds de la prison du comté. Ils s'en étaient vivement plaints au shérif, son patron, mais personne ne s'intéressait aux récriminations de délinquants notoires. Et la réputation des Graney n'était plus à faire.

Par vengeance, Raymond avait volé la voiture de patrouille de Coy pour la revendre à une casse véreuse de Memphis. Il n'en avait gardé que la radio qu'il avait expédiée anonymement par la poste à son propriétaire. Raymond avait été arrêté, et, sans l'intervention de son avocat commis d'office, il aurait sans doute été battu à mort. Comme il n'y avait aucune preuve contre lui, rien qui permettait de le lier à ce vol en dehors de solides soupçons, il avait été relâché. Deux mois plus tard, Coy achetait à sa femme une Chevrolet Impala neuve. Raymond l'avait alors volée sur le parking de l'église pendant la réunion de prière du mercredi soir pour la vendre à une casse près de Tupelo. De ce jour, Coy s'était juré de tuer Raymond Graney et ne l'avait pas caché.

Le meurtre n'eut aucun témoin, du moins aucun ne se présenta. Il eut lieu un vendredi soir, sur un chemin de terre pas très éloigné du mobile home que Raymond partageait avec sa nouvelle petite amie. D'après le procureur, Coy avait dû se garer et s'approcher lentement à pied, seul, avec l'intention d'affronter Raymond et peut-être même de l'arrêter. Il avait été retrouvé après le lever du soleil par des chasseurs de chevreuil, abattu de deux balles dans la tête tirées par un fusil à lunette. Comme Coy était tombé dans un léger creux de la route, beaucoup de sang s'était accumulé autour de son corps. Les photos de la scène de crime avaient fait vomir deux jurés.

Raymond et sa petite amie prétendirent avoir passé la soirée dans un bastringue dont ils devaient être les seuls clients, car on ne put trouver personne pour confirmer leur alibi. L'enquête balistique permit de remonter à un fusil volé qui avait été écoulé par un vieil associé de Raymond et bien qu'on ne pût prouver que Raymond l'eût jamais possédé, volé, emprunté ou même tenu, les soupçons l'emportèrent. Le procureur convainquit le jury que Raymond avait le mobile (il détestait Coy, et n'était-il pas un criminel reconnu après tout ?), l'opportunité (Coy avait été retrouvé près de son mobile home et il n'y avait pas un seul voisin à des kilomètres à la ronde) et les moyens (l'arme présumée qui avait été présentée à tous les membres du tribunal était équipée d'une lunette de l'armée qui aurait permis au meurtrier de voir dans l'obscurité, même si rien ne prouvait qu'elle eût été effectivement fixée sur le fusil quand il avait servi à tuer Coy).

L'alibi de Raymond péchait par sa faiblesse. Possédant elle aussi un casier judiciaire, sa petite amie formait un bien piètre témoin. L'avocat commis d'office fit comparaître trois témoins censés certifier avoir entendu Coy jurer de tuer Raymond Graney. Les trois se dégonflèrent à l'idée de se retrouver sur le banc des témoins sous le regard assassin du shérif et d'au moins une dizaine d'adjoints. C'était d'ailleurs une stratégie de défense des plus discutables. Si Raymond pensait que Coy venait le tuer, n'avait-il pas réagi en état de légitime défense ? Raymond reconnaissait-il le crime ? Non. Il s'entêtait à clamer qu'il n'avait rien à voir dans cette histoire et qu'il dansait dans un bar quand Coy s'était fait descendre.

Malgré la forte pression de l'opinion publique réclamant la condamnation de Raymond, les jurés délibérèrent pendant deux jours avant de s'y résoudre.

Un an plus tard, les agents fédéraux démantelèrent un trafic de méthamphétamine. Au cours des négociations de réductions de peine, on découvrit que Coy Childers avait été profondément impliqué dans ce réseau de distribution de drogue. Deux autres meurtres forts similaires au sien avaient eu lieu dans le comté de Marshall, à cent kilomètres de là. L'excellente réputation dont jouissait Coy auprès de ses concitoyens en avait été aussitôt ternie. Pourtant, bien qu'on commençât à se demander qui l'avait tué en fin de compte, Raymond restait le suspect numéro un.

Sa culpabilité et sa condamnation à mort furent confirmées à l'unanimité par la Cour suprême de l'État. De nouveaux appels menèrent à de nouvelles confirmations et, à présent, onze ans plus tard, l'affaire arrivait à son dénouement final.

À l'ouest de Batesville, la plaine succéda enfin aux collines et la nationale s'engagea à travers des champs couverts de soja et de coton en fleurs. Les fermiers juchés sur leurs tracteurs John Deere occupaient la route comme si elle avait été construite pour eux et non pour les automobilistes. Mais les Graney n'étaient pas pressés. La fourgonnette poursuivait son chemin. Elle passa devant une trieuse à coton à l'arrêt, quelques misérables maisons en bois abandonnées, de nouveaux mobile homes avec des antennes satellites et de gros pick-up garés devant leur porte et, de temps en temps, une belle maison un peu en retrait des nuisances de la circulation. Une fois arrivé à Marks, Léon obliqua vers le sud et ils s'enfoncèrent dans le Delta.

— Je parie que Charlene sera là, marmonna Inez.

— C'est sûr, acquiesça Léon.

— Elle ne voudra pas rater ça pour un empire, renchérit Butch.

Charlene était la veuve de Coy, une femme courageuse qui avait embrassé le martyre de son époux avec une détermination étonnante. Au fil des années, elle avait rejoint toutes les associations de victimes qu'elle avait pu trouver aussi bien au niveau de l'État qu'au niveau fédéral. Elle menaçait de poursuites tout journal ou tout individu osant mettre en doute l'intégrité de son défunt mari. Elle avait écrit de longues lettres aux rédacteurs en chef, réclamant que justice soit faite rapidement en ce qui concernait Raymond Graney. Et elle n'avait manqué aucune audience, se rendant même à La Nouvelle-Orléans lorsque l'affaire était passée devant la cour d'appel de la cinquième chambre.

— Elle a prié pour que ce jour arrive, ajouta Léon.

— Eh bien, elle ferait mieux de continuer parce que Raymond dit que rien n'est joué, répliqua Inez. Il m'a juré que ses avocats étaient bien meilleurs que ceux de l'État et qu'ils entreprenaient toutes sortes de démarches.

Léon se tourna vers Butch qui soutint brièvement son regard avant de contempler les champs de coton. Ils traversèrent les villages de Vance, Tutwiler et Rome sous le soleil qui déclinait enfin. Le crépuscule fit sortir des nuées d'insectes qui vinrent s'écraser sur le capot et le pare-brise. Les Graney fumaient avec les vitres baissées, sans dire grand-chose. Ils s'assombrissaient toujours à l'approche de Parchman : Butch et Léon pour des raisons évidentes et Inez parce que la prison lui rappelait qu'elle n'avait pas su élever correctement ses enfants.

Ce pénitencier tristement célèbre avait été aussi une ferme, une plantation de plus de sept mille hectares d'une terre riche et noire qui avait produit du coton et des bénéfices pour l'État pendant des décennies jusqu'à ce que les cours fédérales s'en mêlent et abolissent définitivement les travaux forcés. À la suite d'un autre procès, une autre cour fédérale avait mis fin à la ségrégation. De nouvelles procédures avaient légèrement amélioré l'existence des prisonniers et pourtant la violence avait empiré.

Pour Léon, les trente mois qu'il y avait passés l'avaient à jamais détourné du crime ; c'était ce que les citoyens respectueux des lois attendaient d'une prison. Pour Butch, sa première condamnation avait suffi à lui prouver qu'il pourrait survivre à une autre et, de ce jour, plus aucun véhicule n'avait été en sécurité dans le comté de Ford.

La route nationale 3 était droite et plate, sans beaucoup de circulation. Il faisait presque nuit lorsque la fourgonnette passa devant le simple petit panneau vert qui indiquait Parchman. Devant eux, ils aperçurent des lumières et une activité inhabituelle. Sur la droite se dressait la grande entrée de la prison en pierre blanche, de l'autre côté de la route, sur un terrain gravillonné, des manifestants contre la peine de mort s'affairaient dans une grande pagaille. Une formation serrée brandissait des affiches rudimentaires soutenant Ray Graney. D'autres chantaient un cantique. D'autres encore, une bougie allumée à la main, s'étaient agenouillés autour d'un prêtre. Plus loin sur la route, un groupe moins important scandait des slogans en faveur de la peine de mort et insultaient les supporters de Graney. Des shérifs en uniforme maintenaient le calme. Plusieurs équipes de télévision filmaient la scène.

Léon s'arrêta au poste de garde qui grouillait de gardiens et d'agents de sécurité sur les dents.

Un garde muni d'un bloc-notes s'approcha de la porte du conducteur.

— Votre nom ?

— Graney, nous sommes la famille de M. Raymond Graney. Léon, Butch et notre mère Inez.

Le garde n'écrivit rien, recula d'un pas, et les laissa sur un bref « Attendez une minute ! » Trois gardes se tenaient juste devant la fourgonnette, le dos à une barricade élevée devant l'entrée.

— Il est allé chercher Fitch ! grommela Butch. Combien tu paries ?

— Rien, répondit Léon.

Fitch était un vague adjoint du directeur, un employé carcéral sans avenir dont le travail mortel n'était égayé que par les évasions ou les exécutions. En bottes de cow-boy et Stetson de pacotille, un gros pistolet sur la hanche, il se pavanait dans Parchman comme si le pénitencier lui appartenait. Fitch avait connu une douzaine de directeurs et survécu à autant de procès.

— Tiens, tiens, les frères Graney reviennent au bercail, on dirait ! s'écria-t-il en s'approchant de la fourgonnette. Vous venez rafistoler nos meubles ? Ça tombe bien, notre vieille chaise électrique aurait bien besoin d'être retapissée.

Il s'esclaffa de sa propre plaisanterie et d'autres rires retentirent derrière lui.

— Bonsoir, monsieur Fitch, dit Léon. Nous avons notre mère avec nous.

Le surveillant se pencha pour jeter un œil à l'intérieur de la fourgonnette.

— Bonsoir, m'dame.

Inez ne répondit pas.

— Où vous avez trouvé cette camionnette ? continua Fitch.

— On l'a empruntée, répondit Léon tandis que Butch regardait obstinément devant lui, refusant de croiser le regard du maton.

— Mon cul ! Depuis quand vous empruntez les voitures, les mecs ? J'suis sûr que M. McBride cherche son tas de tôle partout. Je ferais mieux de lui téléphoner.

— Vous gênez pas, Fitch, rétorqua Léon.

— C'est monsieur Fitch pour vous !

— Comme vous voudrez.

Fitch lança un énorme crachat puis il leur fit signe d'y aller comme si cette décision n'appartenait qu'à lui.

— Je pense que vous connaissez le chemin, les gars. Dieu sait si on vous a assez vus dans le coin ! Suivez cette voiture jusqu'au quartier de haute sécurité. On vous fouillera là-bas.

Il fit signe aux gardes devant la barricade. On leur dégagea un passage et ils quittèrent Fitch sans un mot.

Ils suivirent une voiture banalisée remplie d'hommes armés pendant plusieurs minutes, passant d'un quartier à un autre, chacun entièrement isolé et entouré d'un grillage surmonté de fil de fer barbelé. Butch contempla le bâtiment où il avait perdu plusieurs années de sa vie. Dans un espace en plein air bien éclairé, baptisé communément terrain de jeu, il vit l'inévitable partie de basket avec ses joueurs torse nu, en sueur, toujours à deux doigts du contact excessif et de la bagarre. Son regard glissa vers les plus calmes, assis aux tables de pique-nique, qui attendaient le contrôle du coucher à dix heures du soir, avec l'espoir que la chaleur baisserait car les climatiseurs marchaient rarement, surtout en juillet.

Comme d'habitude, Léon contempla son ancienne prison sans songer au temps qu'il y avait passé. Après toutes ces années, il avait réussi à enfouir les blessures morales laissées par les violences physiques qu'il y avait subies. Avec une population de détenus à quatre-vingts pour cent noirs, Parchman était un des rares endroits du Mississippi où les Blancs ne faisaient pas la loi.

Le quartier de haute sécurité était un bâtiment à toit en terrasse des années 1950, sur un seul niveau, en brique rouge, qui ressemblait à nombre d'écoles élémentaires de cette époque. Lui aussi était entouré de grillages surmontés de fil de fer barbelé et surveillé par des gardes bien peinards dans leurs miradors, quoique, ce soir-là, tout ce qui portait un uniforme semblait réveillé, aux aguets. Léon se gara à l'endroit qu'on lui indiqua, puis son frère et lui furent fouillés scrupuleusement par un petit bataillon de gardes guère souriants. Inez fut soulevée puis poussée jusqu'à un point de contrôle improvisé où elle fut soigneusement inspectée par deux gardiennes. Ils furent ensuite escortés à l'intérieur du bâtiment, franchirent une série de lourdes portes, passèrent devant d'autres gardes et arrivèrent enfin dans une petite pièce qu'ils ne connaissaient pas. La salle des visiteurs se trouvait ailleurs. Deux gardes restèrent avec eux tandis qu'ils s'asseyaient. La pièce contenait un canapé, deux chaises pliantes et une rangée de vieux classeurs. Elle devait servir de bureau à un gratte-papier quelconque qui en avait été chassé pour la nuit.

Les deux gardiens de prison, au crâne rasé de rigueur, devaient bien peser dans les cent vingt kilos chacun et faire au moins du soixante d'encolure. Au bout de cinq minutes, Butch explosa.

— Je peux savoir ce que vous faites là exactement ?
— Nous obéissons aux ordres, répondit l'un d'eux.
— Aux ordres de qui ?
— Du directeur.
— Non, mais vous vous rendez compte comme vous avez l'air stupide ? Vous avez devant vous la famille d'un condamné, nous attendons de passer quelques minutes avec notre frère, ce réduit est sans fenêtre, avec des murs en parpaings, une seule porte et vous restez à nous surveiller comme si nous étions dangereux. Vous mesurez le ridicule de la situation ?

Il vit leurs deux cous se gonfler et leurs deux visages virer à l'écarlate. Si Butch avait encore été un détenu, ils l'auraient massacré, mais il n'en était plus un. C'était désormais un citoyen comme un autre, même s'il demeurait un ancien prisonnier qui détestait les flics, les soldats, les gardes et les agents de sécurité, les mettant tous dans le même sac. Tout homme en uniforme était son ennemi.

— Je vous en prie, monsieur, asseyez-vous, intervint doucement le deuxième garde.

— Au cas où vous ne l'auriez pas réalisé, bande d'idiots, vous pouvez surveiller cette pièce aussi bien de l'extérieur que de l'intérieur. Je vous le jure. C'est vrai. Vous n'avez sans doute pas reçu une formation suffisante pour le comprendre, mais je vous assure que si vous vouliez bien aller poser vos gros culs de l'autre côté de cette porte, on serait tout aussi bien gardés et ça nous laisserait un peu d'intimité. Comme ça on pourrait parler à notre petit frère sans être espionnés par deux clowns.

— Je vous conseille d'arrêter, mon vieux.

— Allez, les gars, vous n'avez qu'à franchir la porte, la refermer et bien la surveiller. Je sais que vous pouvez y arriver. Je sais que vous êtes capables de veiller sur nous de dehors.

Évidemment, les gardes restèrent et Butch finit par s'asseoir sur une chaise pliante à côté de sa mère. Au bout d'une demi-heure qui leur parut interminable, le directeur entra enfin avec sa suite et se présenta.

— L'exécution est toujours prévue pour minuit une, annonça-t-il d'un ton officiel comme s'il parlait d'une réunion de routine avec son personnel. On nous a prévenus qu'il ne fallait pas espérer de coup de fil de dernière minute du bureau du gouverneur, ajouta-t-il sans la moindre touche de compassion dans la voix.

Inez enfouit son visage entre ses mains et se mit à pleurer doucement.

— Comme toujours, les avocats brassent de l'air jusqu'à la dernière minute, mais nos services nous ont avertis qu'il ne fallait pas attendre de commutation de peine, insista-t-il.

Léon et Butch fixèrent le sol.

— Nous relâchons un peu le règlement dans ces occasions. Vous pourrez rester ici aussi longtemps que vous voudrez. Nous allons bientôt vous amener Raymond. Je suis désolé que cela se termine ainsi. Si je peux faire quoi que ce soit, n'hésitez pas à me le demander.

— Débarrassez-nous de ces deux pantins, dit Butch en montrant les gardes. Nous aimerions avoir un peu d'intimité.

Il hésita, le temps de balayer la pièce du regard.

— Pas de problème, répondit-il avant de sortir en emmenant les gardes.

Un quart d'heure plus tard, la porte se rouvrit et Raymond entra gaiement, un grand sourire aux lèvres, et se dirigea droit vers sa mère. Après une longue étreinte et quelques larmes, il embrassa ses frères et leur annonça que la situation se présentait bien. Ils rapprochèrent les chaises du canapé et s'assirent les uns près des autres, avec Raymond qui serrait les mains de leur mère entre les siennes.

— On a mis ces salauds en déroute, poursuivit-il sans cesser de sourire, la confiance personnifiée. Mes avocats déposent une tonne de pétitions d'*habeas corpus* à l'instant même où nous parlons et ils sont pratiquement certains que la Cour suprême des États-Unis va accueillir ma requête *de certiorari* dans l'heure.

— Qu'est-ce que ça veut dire ? demanda Inez.

— Ça signifie que la Cour suprême va accepter de revoir mon jugement et, du coup, ma condamnation sera automatiquement reportée. Ce qui veut dire qu'on devrait avoir un nouveau procès dans le comté de Ford, bien que je ne sois pas certain de vouloir qu'il se déroule là-bas.

Il portait une tenue de prisonnier blanche et une paire de sandales en caoutchouc bon marché sans chaussettes et ils trouvèrent qu'il avait beaucoup grossi, le visage bouffi et un pneu autour du ventre. Il s'était nettement enrobé depuis presque six semaines qu'ils ne l'avaient pas vu. Comme d'habitude, il se mit à parler à n'en plus finir de choses qu'ils ne comprenaient pas ou qu'ils ne croyaient pas, du moins Butch et Léon. Raymond était venu au monde avec une imagination délirante, une langue bien pendue et une incapacité innée à dire la vérité.

Il mentait comme il respirait.

— J'ai deux douzaines d'avocats qui se démènent

pour moi en ce moment même. Les magistrats ne font pas le poids contre eux.

— Quand est-ce que tu auras des nouvelles du tribunal ? demanda Inez.

— D'une minute à l'autre. J'ai des juges fédéraux à Jackson, à La Nouvelle-Orléans et à Washington qui sont prêts à botter les fesses du ministère public.

Sachant qu'il avait passé onze ans à se faire botter les fesses par ce même ministère, il leur était difficile de croire que Raymond avait réussi à inverser la tendance à cette heure tardive. Léon et Butch hochèrent la tête d'un air grave comme s'ils étaient dupes et croyaient encore que l'inévitable pourrait être évité. Ils savaient depuis des années que leur petit frère avait tendu une embuscade à Coy et qu'il lui avait pratiquement explosé la tête avec un fusil volé. Raymond avait même avoué à Butch, bien après s'être retrouvé dans le couloir de la mort, qu'il était tellement ivre qu'il avait du mal à se souvenir du meurtre.

— En plus, nous avons des grosses pointures de Jackson qui mettent la pression sur le gouverneur, au cas où la Cour suprême se dégonflerait une fois de plus, poursuivit-il.

Ils hochèrent la tête sans qu'aucun des trois n'osât mentionner les commentaires du directeur à ce sujet.

— Tu as reçu ma dernière lettre, m'man ? Celle qui parle de mon nouvel avocat ?

— Bien sûr. Je l'ai lue en venant ici, répondit-elle en hochant la tête.

— J'aimerais l'engager dès qu'on aura la convocation pour le nouveau procès. C'est un type de Mobile et un teigneux, crois-moi. Mais on en parlera plus tard.

— Bien sûr, mon fils.

— Merci. Écoute, m'man, je sais que c'est dur, mais il faut avoir confiance en moi et dans mes hommes de loi. Ça fait un an que je m'occupe de ma propre défense, que je secoue mes avocats, parce qu'on n'a plus le choix de nos jours, mais tout va s'arranger, m'man. Fais-moi confiance.

— Mais oui, mais oui.

Raymond se leva d'un bond et étira ses bras au-dessus de sa tête en fermant les yeux.

— Je fais du yoga maintenant, je vous en ai parlé ?

Ils opinèrent tous les trois. Dans ses dernières lettres il s'étendait en long et en large sur sa nouvelle marotte. Au fil des années, sa famille avait pu suivre ainsi dans les moindres détails ses conversions successives au bouddhisme, à l'islam et à l'hindouisme, ses découvertes de la méditation, du kung-fu, de l'aérobic, des haltères, du jeûne, sans oublier ses aspirations de poète, de romancier, de chanteur et de musicien. Il ne leur épargnait aucun détail dans les courriers qu'il leur envoyait.

En tout cas, quelle que fût sa passion actuelle, il était évident qu'il avait abandonné le jeûne et l'aérobic. Il avait tellement grossi que son pantalon était tendu à craquer sur le siège.

— Tu m'as apporté des brownies ? demanda-t-il à sa mère.

Il adorait ses brownies aux noix de pécan.

— Non, mon chéri, je suis désolée, j'étais trop retournée par tout ça.

— Tu m'en apportes toujours, d'habitude.

— Je suis désolée.

C'était du Raymond tout craché de faire des reproches aussi futiles à sa mère juste avant d'effectuer le grand saut.

— Eh bien, ne les oublie plus à l'avenir.

— Non, c'est promis, mon chéri.

— Autre chose. Tallulah devrait arriver d'une minute à l'autre. Elle aimerait beaucoup vous rencontrer tous les trois parce que vous l'avez toujours rejetée. Elle fait partie de la famille, quoi que vous pensiez. En cet instant pénible de ma vie, je vous demande comme une faveur de l'accepter et d'être gentils avec elle.

Léon et Butch ne purent répondre.

— Oui, mon chéri, réussit cependant à articuler Inez.

— Quand je sortirai de ce putain d'endroit, nous irons nous installer à Hawaii et nous aurons une dizaine de gamins. Pas question que je reste au Mississippi après toute cette histoire. Alors, à partir de maintenant, elle fait partie de la famille.

Pour la première fois, Léon jeta un coup d'œil à sa montre en songeant avec soulagement que, dans moins de deux heures, son calvaire serait terminé. De son côté, Butch laissait lui aussi vagabonder ses pensées, quoique dans une tout autre direction, captivé par un intéressant dilemme : et s'il étranglait Raymond sans attendre que l'État l'exécute ?

Soudain Raymond se leva d'un bond.

— Bon, eh bien, il faut que j'aille voir mes avocats. Je serai de retour dans une demi-heure.

Il alla à la porte, l'ouvrit et tendit les mains pour qu'on lui remette ses menottes.

La porte se referma.

— Je suppose que tout va s'arranger, déclara alors Inez.

— Écoute, m'man, vaudrait mieux pas oublier ce que le directeur a dit, murmura Léon.

— Raymond se prend à son propre jeu, ajouta Butch.

Elle se remit à pleurer.

L'aumônier de la prison, le père Leland, un prêtre catholique, vint alors se présenter à la famille. Ils l'invitèrent à s'asseoir.

— Je suis profondément peiné de tout ceci, dit-il d'une voix sombre. C'est l'aspect le plus pénible de mon travail.

Les catholiques étant rares dans le comté de Ford, les Graney n'en avaient jamais vu. Ils fixèrent d'un œil soupçonneux le col blanc qui lui enserrait le cou.

— J'ai essayé de parler à Raymond, continua le père Leland. Mais la foi chrétienne ne l'intéresse pas. Il prétend qu'il n'a pas mis les pieds dans une église depuis tout petit.

— J'aurais dû l'emmener plus souvent, regretta Inez.

— En fait, il se dit athée.

— Mon Dieu ! Mon Dieu !

Bien sûr, les trois Graney savaient que Raymond ne croyait plus en rien depuis longtemps et clamait même que Dieu n'existait pas. Il s'était assez répandu sur le sujet dans ses lettres interminables.

— Nous ne sommes pas pratiquants, reconnut Léon.

— Je prierai pour vous.

— C'est sur le parking de l'église que Raymond a volé la voiture de la femme du shérif adjoint, intervint Butch. Il vous l'a dit ?

— Non, nous avons beaucoup parlé ces temps derniers et il m'a raconté beaucoup d'histoires, mais pas celle-ci.

— Merci, monsieur, d'être si gentil avec mon fils, murmura Inez.

— Je resterai avec lui jusqu'à la fin.

— Alors, ils vont vraiment le faire ?

— Il faudrait un miracle pour l'empêcher à présent.

— Seigneur, aidez-nous, gémit-elle.

Le père Leland ferma les yeux et joignit les mains.

— Prions. Notre Père qui êtes aux cieux, faites-nous la grâce en cette heure de vous pencher sur nous, que votre Saint-Esprit nous pénètre et nous apporte la paix. Donnez force et sagesse aux juges qui œuvrent avec diligence en cet instant. Donnez le courage à Raymond de se préparer.

Le père Leland s'arrêta une seconde et entrouvrit la paupière gauche. Les trois Graney le dévisageaient comme s'il avait deux têtes. Déconcerté, il referma son œil et s'empressa de conclure.

— Père éternel, accordez votre grâce et votre pardon aux représentants et au peuple de l'État du Mississippi, car ils ne savent pas ce qu'ils font. Amen.

Il leur dit au revoir.

Quelques minutes s'écoulèrent. Raymond revint avec sa guitare et, à peine assis sur le canapé, plaqua quelques accords. Il ferma les yeux et se mit à fredonner puis il chanta :

— *I got time to see you baby/ I got time to come on by/ I got time to stay forever/ Cause I got no time to die*[1]. C'est une vieille chanson de Mudcat Malone, expliqua-t-il. Une de mes préférées. *I got time to see you smilin'/ I got time to see you cry/ I got time to hold you baby / Cause I got no time to die*[2].

Ils n'avaient jamais entendu une chanson pareille. Butch avait joué autrefois du banjo dans un groupe bluegrass[3], mais il avait abandonné la musique depuis longtemps. Il n'avait pas la moindre voix, une tare héréditaire qu'il partageait avec son plus jeune frère. Raymond souffrait en outre d'un timbre guttural plutôt pénible, et s'il se trouvait des accents de chanteur de

1. « J'ai le temps de te voir, chérie/ J'ai le temps de passer chez toi/ J'ai le temps de rester pour toujours/ Parc'que j'ai pas le temps de mourir. » *(N.d.T.)*

2. « J'ai le temps de te voir sourire/ J'ai le temps de te voir pleurer/ J'ai le temps de te retenir, ma chérie/ Parc'que je n'ai pas le temps de mourir. » *(N.d.T.)*

3. Style de musique country très rythmée dont « Duelling banjos », la bande-son du film *Délivrance* est un exemple parfait. *(N.d.T)*

blues noir, il ne pouvait s'agir que d'un chanteur qui souffrait beaucoup.

— *I got time to be yo' daddy/ I got time to be yo' guy/ I got time to be yo' lover/ 'Cause I got no time to die*[1].

La chanson terminée, Raymond continua à gratter sa guitare et se lança dans un solo pas trop mauvais. Butch ne put, cependant, s'empêcher de penser qu'après onze ans de pratique dans sa cellule, il jouait de façon encore élémentaire.

— Que c'est joli ! dit Inez.

— Merci, m'man. En voilà une autre de Little Bennie Burke, sans doute le meilleur de tous. Il est d'Indianola, vous le saviez ?

Ils l'ignoraient. Comme la plupart des Blancs du coin, ils ne connaissaient rien au blues et s'en moquaient éperdument.

Les traits de Raymond se crispèrent de nouveau. Il frappa les cordes plus fort.

— *I packed my bag on Monday*
Tuesday said so long
Wednesday saw my baby
Thursday she was gone
Got paid this Friday mornin'
Man said I's all right
Told him he could shove it
I'm walking out tonight[2].

1. « J'ai le temps d'être ton papa/ J'ai le temps d'être ton mec/ J'ai le temps d'être ton amant/ Parc'que je n'ai pas le temps de mourir. »*(Nd.T.)*
2. « J'ai fait mes paquets lundi/ Mardi mes adieux/ Mercredi j'ai vu ma jolie/ Jeudi elle était partie./ J'ai été payé ce matin vendredi/

Léon jeta un coup d'œil à sa montre. Il était presque onze heures du soir, il n'y avait plus qu'une heure à tirer. Il n'était pas sûr de pouvoir écouter du blues tout ce temps-là, mais il s'y résigna. Les chansons exaspéraient également Butch, toutefois il parvenait à rester immobile, les yeux fermés, comme si les paroles et la musique l'apaisaient.

> — *I'm tired of pickin' cotton*
> *I'm tired of shootin' dice*
> *I'm tired of gettin' hassled*
> *I'm tired of workin' for nothing*
> *I'm tired of havin' to fight*
> *Everything is behind me now*
> *I'm walkin' out tonight*[1].

Raymond ne se souvenait plus de la suite du couplet et continua en fredonnant. Sa chanson terminée, il resta immobile, les yeux fermés, pendant une bonne minute, comme si la musique l'avait transporté dans un autre monde bien plus agréable.

— Quelle heure il est, frangin ? demanda-t-il à Léon.

— Onze heures pile.

— Faut que j'aille voir où en sont les avocats. La réponse devrait être arrivée.

Il posa sa guitare dans un coin, puis il frappa à la porte. Il sortit, les gardes le menottèrent et l'emmenèrent. Quelques minutes plus tard, une équipe arriva des cuisines sous bonne escorte. Ils se dépêchèrent d'installer

---

Le type m'a dit que j'faisais l'affaire/ J'lui ai dit d'aller se faire voir/ Je m'casse ce soir. *(N.d.T.)*

1. « J'suis fatigué de cueillir le coton/ J'suis fatigué de jouer aux dés/ J'suis fatigué d'me faire engueuler/ J'suis fatigué d'essayer d'être gentil/ J'suis fatigué de travailler pour rien/ J'suis fatigué de me battre/ Tout ça c'est derrière moi maintenant /Je m'casse ce soir. *(N.d.T.)*

une table de jeu carrée qu'ils couvrirent d'une quantité impressionnante de plats. La pièce se retrouva aussitôt envahie d'odeurs appétissantes. Léon et Butch mouraient de faim, ils n'avaient rien avalé depuis midi. Inez était trop bouleversée pour songer à se nourrir, ce qui ne l'empêcha pas d'examiner les mets étalés devant elle. Du poisson-chat pané, des frites, des beignets de maïs et de la salade de chou trônaient au centre de la table. Sur la droite, un cheeseburger gargantuesque, avec encore une ration de frites et une portion d'oignons frits ; sur la gauche, une pizza au salami couverte d'une épaisse couche de fromage qui grésillait encore. Juste devant le poisson se trouvait une énorme part de ce qui ressemblait à de la tarte au citron avec, à côté, une assiette à dessert qui disparaissait sous un gâteau au chocolat et, posé au bord de la table, un bol de glace à la vanille.

— Pour son dernier repas, on lui sert tout ce qu'il veut, expliqua un garde en voyant les trois Graney loucher sur cette profusion de victuailles.

— Oh, Seigneur ! Seigneur ! répéta Inez et elle fondit en larmes.

Quand ils se retrouvèrent seuls, Léon et Butch tentèrent d'ignorer la nourriture qu'ils pouvaient presque toucher, mais les arômes les submergeaient. Le poisson-chat panné à l'huile de maïs. Les oignons frits. Le salami. L'air de la petite pièce était saturé de parfums délicieux.

Il y avait de quoi festoyer pour quatre personnes au moins.

À onze heures et quart, Raymond fit une entrée bruyante. Agrippé à ses gardes, il beuglait des incohérences contre ses avocats. Mais dès qu'il vit la nourriture, il oublia ses problèmes, sa famille, et s'installa sur le seul siège devant la table. Se servant surtout de ses doigts, il entreprit d'engouffrer quelques poignées de frites et d'oignons tout en s'expliquant.

— La cinquième chambre vient juste de rejeter mon appel, les abrutis ! Notre pétition d'*habeas corpus* était magnifique, c'est moi qui l'ai rédigée. On est déjà en route pour Washington, pour la Cour suprême. J'ai tout un cabinet d'avocats là-bas qui étaient prêts à intervenir. Ça se présente bien.

Il parvenait à engloutir la nourriture sans cesser de parler. Inez, les yeux rivés sur ses pieds, essuyait ses larmes. Butch et Léon semblaient l'écouter patiemment tout en contemplant le carrelage.

— Z'avez vu Tallulah ? demanda soudain Raymond qui continuait à mastiquer après avoir englouti une lampée de thé glacé.

— Non, répondit Léon.

— La salope ! Tout ce qui l'intéresse, ce sont les royalties sur l'histoire de ma vie. Rien d'autre. Mais elle les aura pas. Je laisse tous mes droits d'auteur à vous trois, qu'est-ce que vous en dites ?

— C'est gentil ! murmura Léon.

— Génial ! lâcha Butch.

Le dernier chapitre de sa vie allait bientôt se refermer. Raymond avait déjà écrit son autobiographie, deux cents pages, et elle avait été refusée par tous les éditeurs d'Amérique.

Il continuait à dévorer, engloutissant tout à la fois le poisson, le cheeseburger et la pizza. Sa fourchette et ses doigts voletaient au-dessus de la table, souvent dans des directions différentes, et tâtaient, piquaient, saisissaient la nourriture pour l'enfourner dans sa bouche sans lui laisser le temps de se vider. Un porc affamé se jetant sur son auge n'aurait pas fait plus de bruit. Inez ne s'était jamais souciée de la tenue de ses fils à table et ils mangeaient tous très mal. Mais treize années dans le couloir de la mort avaient dramatiquement dégradé les manières de Raymond.

En revanche, la troisième femme de Léon, elle, avait été bien élevée. Et il craqua au bout de dix minutes.

– Tu es forcé de bâfrer comme ça ?

— Bon sang, frérot, tu fais plus de bruit qu'un cheval qui croque du maïs ! renchérit aussitôt Butch.

Raymond se figea, fusilla ses deux frères du regard et, pendant quelques secondes tendues, la situation parut sur le point de basculer. Cela aurait pu se terminer par une de leurs fameuses bagarres ponctuées de jurons et d'insultes bien senties. Au fil des années, ils avaient eu quelques méchantes empoignades dans le parloir du couloir de la mort, toutes aussi douloureuses que mémorables. Pour une fois Raymond, il faut le reconnaître, sut se retenir.

— C'est mon dernier repas et ma propre famille vient me chercher des noises !

— Pas moi, protesta Inez.

— Merci, m'man.

Léon leva les mains en signe de reddition.

— Je suis désolé. Nous sommes tous un peu tendus.

— Tendus ? répéta Raymond. Tu crois ?

— Je suis désolé, Ray.

— Moi aussi, concéda Butch, sentant qu'on n'en attendait pas moins de lui.

— Tu veux un beignet de maïs ? lui proposa Raymond.

Quelques minutes plus tôt, ce repas avait paru un véritable festin à Butch. Mais après les assauts frénétiques de Raymond, la table était dévastée. N'empêche que Butch aurait volontiers mangé quelques frites et un beignet, pourtant il refusa. Il s'en serait bizarrement voulu de détourner ne serait-ce que quelques miettes du dernier repas d'un condamné.

— Non, merci.

Raymond prit une profonde inspiration et recommença à se goinfrer, quoique avec un peu moins de fougue. Après avoir terminé la tarte au citron et le gâteau au chocolat accompagné de la glace, il rota et s'esclaffa.

— C'est pas mon dernier repas, je peux vous le jurer !

On frappa à la porte. Un garde s'avança.

— Maître Tanner voudrait vous voir.

— Faites-le entrer. C'est mon avocat principal, annonça-t-il fièrement à sa famille.

Maître Tanner était un jeune homme insignifiant au crâne dégarni, vêtu d'une veste bleu marine passée, d'un vieux pantalon en toile et d'une paire de tennis encore plus usée. Il ne portait pas de cravate. Chargé d'une grosse pile de documents, le visage pâle et émacié, il semblait au bout du rouleau. Raymond le présenta rapidement à sa famille, mais maître Tanner n'était visiblement pas venu pour faire des mondanités.

— La Cour suprême vient de rejeter notre demande, annonça-t-il d'une voix sourde.

Raymond déglutit et le silence s'abattit sur la pièce.

— Et le gouverneur ? demanda Léon. Et tous ces avocats qui devaient le voir ?

Tanner tourna un regard étonné vers son client.

— Je les ai virés ! lâcha Raymond.

— Et les avocats à Washington ? s'enquit Butch.

— Je les ai virés aussi.

— Et le gros cabinet de Chicago ? insista Léon.

— Viré aussi.

Le regard de Tanner sautait d'un frère à l'autre.

— Le moment me paraît mal choisi pour virer tous tes avocats, remarqua Léon.

— Quels avocats ? s'étonna Tanner. Je suis le seul à travailler sur cette affaire.

— Vous êtes viré aussi ! lança Raymond et il abattit violemment son verre sur la table de jeu, envoyant de la glace et du thé sur le mur. Allez-y donc, tuez-moi ! hurla-t-il. J'en ai plus rien à battre !

Plus personne n'osa respirer pendant quelques secondes, puis la porte s'ouvrit brutalement et le directeur réapparut, accompagné de sa suite.

— C'est l'heure, Raymond, annonça-t-il d'une voix quelque peu impatiente. Les appels ont été rejetés et le gouverneur est allé se coucher.

Il y eut un long silence tandis que tous assimilaient l'irrévocabilité de cette déclaration. Léon fixait d'un œil vide le mur ruisselant de thé et de glace. Butch regardait d'un air absent les deux derniers beignets de maïs. Tanner semblait sur le point de s'évanouir.

Raymond s'éclaircit la gorge.

— J'aimerais voir le curé catho. Faut qu'on prie.

— Je vais le chercher, opina le directeur. Je vous laisse un dernier moment avec votre famille, ensuite il faudra y aller.

Le directeur partit avec ses assistants. Tanner s'empressa de les suivre.

Raymond s'affaissa et blêmit, toutes ses fanfaronnades et sa bravade envolées. Il avança lentement vers sa mère, tomba à genoux devant elle et posa la tête dans son giron. Elle lui caressa les cheveux et s'essuya les yeux sans cesser de bredouiller :

— Seigneur ! Seigneur !

— Je suis tellement désolé, m'man, tellement désolé.

Ils pleurèrent ensemble un moment pendant que Léon et Butch restaient debout sans rien dire. Lorsque le père Leland entra dans la pièce, Raymond se releva lentement. Il avait les yeux rouges et humides, la voix affaiblie.

— Je suppose que c'est fini, dit-il au prêtre qui hocha tristement la tête et lui tapota l'épaule.

— Je vous accompagnerai dans la chambre d'isolement, Raymond. Nous pourrons prier une dernière fois si vous le souhaitez.

— C'est pas une mauvaise idée.

La porte s'ouvrit de nouveau devant le directeur.

— Je vous prie de m'écouter attentivement, dit-il à l'intention des Graney et du père Leland. Ceci est ma quatrième exécution et j'en ai retenu quelques petites leçons. D'abord c'est une très mauvaise idée pour une mère d'assister à l'exécution de son fils et je vous recommande fortement, madame Graney, de rester ici, dans cette pièce, pendant une bonne heure, jusqu'à ce que tout soit terminé. Notre infirmière vous tiendra compagnie et je vous conseille aussi de prendre le calmant qu'elle va vous proposer.

Il tourna vers Léon et Butch un regard suppliant. Ils comprirent tous les deux le message.

— Je veux être là jusqu'à la fin, protesta Inez qui se mit à pleurer si fort que même le directeur en eut la chair de poule.

Butch s'approcha d'elle et lui caressa l'épaule.

— Tu dois rester là, m'man, insista Léon et elle pleura de plus belle.

— Elle va rester, affirma Butch au directeur. Donnez-lui le calmant.

Raymond serra ses deux frères dans ses bras et, pour la première fois de sa vie, leur dit qu'il les aimait, ce qui ne lui fut pas facile, même en cet affreux moment. Il embrassa sa mère sur la joue et lui dit adieu.

— Sois un homme, murmura Butch les dents serrées, l'œil humide, et ils s'embrassèrent une dernière fois.

On l'emmena. L'infirmière entra dans la pièce. Elle tendit à Inez une pilule et un verre d'eau. Quelques minutes plus tard, la malheureuse mère s'affaissa sur son fauteuil roulant. L'infirmière s'assit à côté d'elle.

— Je suis vraiment désolée, dit-elle à Butch et à Léon.

À minuit et quart, la porte s'ouvrit devant un garde.

— Suivez-moi, leur dit-il.

Les deux frères traversèrent le hall bondé de gardes, de fonctionnaires et de curieux qui avaient eu la chance d'obtenir une autorisation, puis ils franchirent la porte d'entrée. Dehors, il faisait lourd et toujours aussi chaud. Ils s'empressèrent d'allumer une cigarette tandis qu'ils suivaient une allée étroite le long de l'aile ouest du bâtiment de haute sécurité ; ils passèrent devant des fenêtres ouvertes aux énormes barreaux noirs et entendirent les autres condamnés qui tapaient sur la porte de leurs cellules et poussaient des hurlements de protestation afin de faire le maximum de bruit en guise de dernier adieu à l'un des leurs.

Butch et Léon tiraient comme des malades sur leurs cigarettes. Ils auraient voulu crier eux aussi pour soutenir les détenus. Mais aucun ne prononça un mot. Ils tournèrent au coin de la bâtisse et virent une petite construction plate en brique rouge et, devant la porte, une foule composée en grande partie de gardiens. Il y avait une ambulance sur le côté. Leur escorte les conduisit par une porte latérale à la salle des témoins bondée. À peine entrés, comme ils s'y attendaient, ils reconnurent quelques visages qu'ils n'avaient aucune envie de voir : le shérif Walls, dont la présence était requise par la loi ; le procureur, venu de son propre chef ; assise à côté du shérif, Charlene, la courageuse veuve de Coy, accompagnée de deux adolescentes obèses qui devaient être ses filles. Le côté de la pièce réservé aux proches de la victime était séparé par une paroi en Plexiglas de la partie réservée à la famille du condamné, ce qui leur permettait de se jeter des coups d'œil assassins sans pouvoir se parler ni s'insulter. Butch et Léon s'assirent sur des chaises en plastique. Des étrangers se faufilèrent derrière eux et quand tout le monde fut installé, la porte se referma. Il faisait une chaleur étouffante dans la pièce surpeuplée.

Devant eux, rien n'était visible encore. Des rideaux noirs masquaient les fenêtres, épargnant aux spectateurs les préparatifs macabres qui se déroulaient de l'autre côté. Le regard absent, ils entendaient des bruits, devinaient des mouvements. Soudain, les rideaux furent tirés d'un coup sec et ils découvrirent la salle d'exécution au sol en ciment fraîchement repeint, de trois mètres cinquante sur quatre mètres cinquante. Au centre se tenait la chambre à gaz, une cabine métallique octogonale percée de vitres afin que l'on puisse correctement assister à l'exécution et constater le décès. À l'intérieur, on apercevait Raymond sanglé sur le siège, sa tête immobilisée par un affreux serre-tête qui le forçait à regarder droit devant lui et l'empêchait de voir les témoins. À cet instant précis, il semblait fixer le directeur qui lui parlait. L'avocat de la prison était présent, ainsi que plusieurs gardes et, bien évidemment, l'exécuteur et son assistant. Chacun vaquait à sa tâche, d'un air sombre et déterminé comme si ce rituel les importunait, alors qu'ils étaient tous volontaires, sauf le directeur et l'avocat.

Un petit haut-parleur accroché à un clou dans la salle des témoins leur transmettait les derniers instants.

L'avocat s'avança devant la porte de la chambre à gaz.

— Raymond, la loi me fait obligation de vous lire votre ordre d'exécution, déclara-t-il en soulevant la feuille de papier qu'il tenait à la main. Conformément au verdict de culpabilité et à la sentence de mort prononcés contre vous par la cour du comté de Ford, vous êtes condamné à être gazé dans la chambre à gaz de Parchman, pénitencier d'État du Mississippi. Que Dieu ait pitié de votre âme !

Il recula pour aller décrocher un téléphone fixé sur le mur et écouta.

— Pas de sursis, annonça-t-il.

— Y a-t-il un empêchement à cette exécution ? demanda le directeur.

— Non, répondit l'avocat.

— Une dernière parole, Raymond ?

D'une voix à peine audible, mais cependant distincte dans le silence parfait de la salle des témoins, Raymond murmura :

— Je suis désolé de ce que j'ai fait. J'implore le pardon de la famille de Coy Childers. J'ai été pardonné par mon Dieu. Finissons-en.

Les gardes quittèrent la salle d'exécution, ne laissant que l'avocat et le directeur qui reculèrent le plus loin possible du condamné. Le bourreau s'avança et ferma la porte étroite de la chambre à gaz. Son assistant vérifia les joints d'étanchéité. Puis ils inspectèrent rapidement la salle. Rien à signaler. Le bourreau disparut dans le laboratoire d'où il manipula les valves.

Quelques secondes s'écoulèrent, interminables. Les témoins, les yeux écarquillés à la fois d'horreur et de fascination, retinrent leur souffle. Raymond bloqua le sien, lui aussi, mais pas pour longtemps.

L'exécuteur plaça une capsule en plastique contenant de l'acide sulfurique dans un tube qui allait de la cabine à un bol posé sur le sol, juste sous le siège qu'occupait Raymond, et baissa un levier pour libérer l'acide. Le bruit métallique qui en résulta fit sursauter la plupart des témoins. Raymond tressaillit lui aussi. Ses doigts se crispèrent sur les bras du fauteuil. Son dos se raidit. Quelques secondes passèrent, puis l'acide sulfurique se mélangea avec les pastilles de cyanure placées auparavant dans le bol et le gaz mortel commença à s'élever. Lorsque Raymond finit par reprendre sa respiration, incapable de se retenir davantage, il inspira autant de poison que possible pour accélérer le processus. Son corps entier réagit par des soubresauts et des mouvements saccadés. Il rejeta les épaules en arrière. Son menton et son front martelèrent le carcan de cuir. Ses mains, ses bras et ses jambes tremblèrent violemment pendant que la vapeur montait et s'épaississait.

Son corps lutta pendant une bonne minute avant que le cyanure ne l'emporte. Les convulsions diminuèrent. Sa tête cessa de remuer. Ses doigts relâchèrent leur étreinte mortelle sur les accoudoirs du siège. Tandis que l'air continuait à s'épaissir, la respiration de Raymond ralentit puis s'arrêta. Il eut un dernier sursaut, une secousse parcourut les muscles de sa poitrine, une vibration agita ses mains et, enfin, tout fut terminé.

Il fut déclaré mort à zéro heure trente et une. On ferma les rideaux noirs. On fit sortir les témoins de la salle. Une fois dehors, Butch et Léon s'adossèrent à la construction de brique rouge pour fumer une cigarette.

Dans la salle d'exécution, on ouvrit la trappe au-dessus de la chambre à gaz et les émanations s'envolèrent dans la chape de chaleur qui écrasait Parchman. Un quart d'heure plus tard, des gardes munis de gants de caoutchouc détachèrent Raymond et sortirent son corps de la cabine. Ils découpèrent ses vêtements qui seraient ensuite brûlés. Puis ils passèrent son cadavre sous un jet d'eau froide, avant de l'essuyer, de le rhabiller en tenue blanche de prisonnier et de le coucher dans un cercueil ordinaire en pin.

Léon et Butch retournèrent s'asseoir près de leur mère et attendirent le directeur. Encore sous l'effet du sédatif, Inez était néanmoins parfaitement consciente de ce qui venait de se dérouler. Le visage enfoui entre ses mains, elle pleurait doucement en bredouillant parfois des paroles incompréhensibles. Un garde entra et demanda les clés de la fourgonnette de M. McBride. Une autre heure s'écoula.

Le directeur, sa déclaration à la presse terminée, entra enfin dans la pièce. Il leur présenta niaisement ses condoléances d'un ton à la fois triste et compatissant, puis demanda à Léon de signer quelques papiers. Il lui expliqua que Raymond laissait environ mille dollars sur son compte et qu'un chèque leur serait adressé dans la semaine. Il ajouta qu'on avait déposé son cercueil dans la camionnette ainsi que quatre cartons d'objets personnels comprenant sa guitare, ses vêtements, des livres, sa correspondance, des documents juridiques et des manuscrits. Ils pouvaient partir.

Ils durent pousser le cercueil sur le côté pour monter le fauteuil roulant d'Inez et quand elle le toucha, elle éclata de nouveau en sanglots. Ensuite Léon et Butch calèrent les cartons, attachèrent le fauteuil et remirent la bière en place. Ces préparatifs achevés, ils suivirent une voiture remplie de gardes jusqu'à l'entrée du pénitencier. Quand ils s'engagèrent sur la nationale 3, ils passèrent devant les derniers manifestants. Les équipes de télévision étaient parties. Léon et Butch allumèrent une cigarette, mais Inez était trop bouleversée pour en faire autant. Personne ne parla pendant des kilomètres tandis qu'ils fonçaient à travers les champs de coton et de soja. Près de Marks, Léon repéra une épicerie ouverte la nuit. Il acheta du soda pour Butch et deux grands cafés pour sa mère et lui-même.

Lorsque le Delta céda la place aux collines, leur soulagement devint presque palpable.

— Qu'est-ce qu'il a dit à la fin ? demanda Inez, la langue pâteuse.

— Il s'est excusé, répondit Butch. Il a demandé à Charlene de lui pardonner.

— Elle est venue ?

— Oh, oui ! Tu penses bien qu'elle ne voulait pas rater ça.

— J'aurais dû y aller.

— Non, m'man, protesta Léon. Tu peux remercier le ciel jusqu'à la fin de tes jours de ne pas avoir assisté à son exécution. Ton dernier souvenir de Raymond, c'est quand il t'a embrassée tendrement pour te dire adieu. Je t'en supplie, ne va pas imaginer que tu as manqué quelque chose.

— C'était horrible ! murmura Butch.

— J'aurais dû y aller.

À Batesville, ils passèrent devant un fast-food qui vantait ses sandwichs au poulet et son service vingt-quatre heures sur vingt-quatre. Léon se tourna vers sa mère.

— J'irais bien aux toilettes, dit-elle.

Il n'y avait pas d'autre client à trois heures et quart du matin. Butch poussa sa mère jusqu'à une table sur le devant et ils mangèrent en silence, la fourgonnette avec le cercueil de Raymond garée à moins de dix mètres de là.

Inez réussit à avaler quelques bouchées, puis elle perdit tout appétit. Butch et Léon dévorèrent comme des réfugiés.

Ils pénétrèrent dans le comté de Ford à cinq heures à peine passées et il faisait encore très sombre sur les routes désertes. Ils roulèrent jusqu'à Pleasant Ridge, au nord du comté. Ils se garèrent sur le parking gravillonné de la petite église pentecôtiste et attendirent. Aux premiers rayons du soleil, ils entendirent un moteur démarrer quelque part dans le lointain.

— Attends-moi là, dit Léon à Butch avant de quitter la fourgonnette et de disparaître.

Derrière l'église se trouvait un cimetière. Dans le fond, une pelleteuse venait juste de commencer à creuser une tombe. L'engin appartenait au patron d'un cousin. À six heures et demie, plusieurs employés de l'église arrivèrent sur les lieux. Léon conduisit la fourgonnette par un chemin de terre jusqu'à la pelleteuse qui venait de terminer et attendait. Des hommes tirèrent le cercueil de la fourgonnette. Butch et Léon descendirent doucement leur mère et le suivirent en la poussant sur son fauteuil roulant.

Les croque-morts descendirent la bière dans la tombe avec des cordes qu'ils retirèrent après l'avoir posée sur quatre tasseaux. Le pasteur lut un court verset des Écritures et prononça ensuite une prière. Léon et Butch jetèrent une poignée de terre sur le cercueil puis remercièrent les employés de leur aide.

Dès qu'ils s'éloignèrent, la pelleteuse entreprit de refermer la tombe.

La maison était vide : aucun voisin compatissant ne les attendait, aucun parent n'était venu partager leur deuil. Ils descendirent Inez et la conduisirent directement à sa chambre. Elle s'endormit très vite. Ils posèrent les quatre cartons dans une remise où leur contenu allait moisir et se faner avec le souvenir de Raymond.

Il fut décidé que Butch resterait à la maison afin de prendre soin de leur mère et de repousser les journalistes. Il y avait eu de nombreux coups de fil la semaine précédente et il y aurait bien quelqu'un pour se pointer avec un appareil photo. Butch travaillait dans une scierie et il avait un patron compréhensif.

Léon retourna à Clanton. Après s'être arrêté à l'entrée de la ville pour faire le plein d'essence, il pénétra à huit heures pile sur le parking de l'atelier de tapisserie McBride pour rendre la fourgonnette. Un employé lui expliqua que M. McBride n'était pas encore arrivé, il devait être encore au café. En principe, il venait travailler vers neuf heures. Léon lui remit les clés, le remercia et partit.

Il gagna la fabrique d'ampoules, à l'est de la ville, et pointa à huit heures et demie comme d'habitude.

Dossiers poisseux

Après dix-sept ans de labeur acharné dans un cabinet qui, sans qu'on sût pourquoi, s'était peu à peu limité aux affaires de faillite et de divorce, il était sidéré, même des années après, de ce qu'un simple coup de fil pouvait entraîner comme changement. En tant qu'avocat chargé de résoudre les problèmes désespérés des autres, Mack Stafford avait donné et reçu toutes sortes de communications téléphoniques qui transformaient une vie, qu'il s'agisse de lancer ou de conclure une procédure de divorce, de transmettre les tristes décisions de la cour sur la garde d'un enfant ou d'annoncer à d'honnêtes citoyens qu'ils ne seraient jamais dédommagés. Des appels pour la plupart désagréables. Mais jamais il n'aurait imaginé qu'un unique coup de téléphone pût si rapidement et si radicalement conduire à son propre divorce et à sa propre faillite.

Cet appel survint pendant l'heure du déjeuner, par un mardi maussade et peu agité du début février. Comme il était midi passé, ce fut lui qui décrocha. Freda, sa secrétaire, était sortie faire une course et acheter un sandwich. Sa petite officine n'employant qu'elle, Mack était resté pour répondre au téléphone. Vu la suite, il valait mieux qu'il fût seul. Si Freda avait pris cette communication, elle aurait posé des questions, trop de questions. En fait, presque rien de ce qui allait découler de cet appel ne serait arrivé si Freda avait occupé son poste à la réception, dans l'entrée du petit local abritant la SARL Cabinet Jacob McKinley Stafford.

Mack saisit le combiné sur son bureau à la troisième sonnerie.

— Cabinet Stafford, annonça-t-il d'une voix bourrue sans se présenter.

Il recevait en moyenne une cinquantaine de coups de fil par jour, provenant en majorité d'époux en colère et de créanciers mécontents : il avait donc depuis longtemps pris l'habitude de déguiser sa voix quand il se voyait forcé de prendre un appel sans que Freda l'eût filtré. Il détestait répondre directement, cependant il avait besoin de travailler. Comme n'importe quel avocat de Clanton, et ils étaient nombreux, il ne pouvait savoir quand tomberait l'appel important, le gros coup, l'affaire du siècle, celle qui rapporterait de juteux honoraires et qui lui permettrait peut-être de s'en sortir. Mack en rêvait depuis plus longtemps qu'il ne voulait l'admettre.

Et ce fut donc par une froide journée d'hiver où il menaçait de neiger que cet appel arriva enfin.

— Oui, pourrais-je parler à M. Mack Stafford, s'il vous plaît ? demanda une voix mâle à l'accent du Nord.

— Lui-même à l'appareil, répondit Mack, rassuré par le ton déférent et lointain.

— Maître Mack Stafford ?

— En personne. À qui ai-je l'honneur ?

— Je m'appelle Marty Rosenberg et je travaille pour le cabinet Durban & Lang de New York.

— New York City ? s'exclama-t-il malgré lui.

Bien sûr que c'était New York City ! Même si ses affaires ne l'avaient jamais entraîné jusqu'à New York, il avait entendu parler de Durban & Lang. Tous les avocats d'Amérique connaissaient cette firme.

— Exactement. Vous me permettez de vous appeler Mack ?

Le ton était vif mais poli et Mack eut soudain la vision de M. Rosenberg assis dans un magnifique bureau agrémenté de tableaux sur les murs, entouré de confrères et de secrétaires empressés à satisfaire ses moindres désirs. Pourtant, en dépit d'une telle puissance, il s'appliquait à paraître sympathique. Une vague d'inquiétude submergea Mack tandis qu'il contemplait son misérable cabinet. Il se demanda si M. Rosenberg ne le prenait pas déjà pour un avocaillon de campagne simplement parce qu'il avait lui-même répondu au téléphone.

— Bien sûr. Et permettez-moi de vous appeler Marty.

— Super !

— Désolé, Marty, de vous avoir répondu directement, mais ma secrétaire vient de partir déjeuner, précisa-t-il bien décidé à clarifier ce point sans attendre et à lui faire comprendre qu'il avait affaire à un véritable avocat doté d'une véritable secrétaire.

— Ah, c'est vrai, j'ai oublié que vous aviez une heure de retard sur nous, répondit son interlocuteur d'un ton légèrement condescendant, laissant entendre pour la première fois que le décalage entre eux n'était pas uniquement une question d'horaire.

— Que puis-je faire pour vous ? enchaîna Mack, prenant le contrôle de la conversation.

Assez bavardé. Tous deux étaient d'importants hommes de loi surchargés de travail. L'esprit en ébullition, il essayait de deviner quelle affaire, quel dossier, quelle question juridique pouvait lui mériter l'intérêt d'une firme aussi importante et prestigieuse.

— Eh bien, nous représentons une compagnie suisse qui vient de racheter le groupe sud-coréen Tinzo. Ça vous dit quelque chose, Tinzo ?

— Bien sûr ! s'empressa-t-il de répondre pendant qu'il se creusait la cervelle pour trouver où diable il avait déjà entendu ce nom.

— D'après leurs archives, vous avez représenté autrefois des bûcherons qui se plaignaient de blessures provoquées par des tronçonneuses défectueuses fabriquées par une filiale de Tinzo aux Philippines.

Ah, ce Tinzo-là ! À présent tout s'éclaircissait, même si les détails lui échappaient encore. Une vieille affaire qu'il avait tout fait pour oublier.

— Elles ont provoqué de terribles blessures, ajouta-t-il néanmoins.

Terribles, certes, cependant pas au point de le pousser à intenter un procès. Il y était allé au bluff, espérant en tirer des dommages et intérêts avant de s'en désintéresser en comprenant qu'il n'obtiendrait pas gain de cause si facilement. Non seulement il n'avait pas réussi à établir clairement la responsabilité de Tinzo, mais les tronçonneuses en question étaient réputées pour leur sûreté. En outre, les procès pour vices de fabrication étaient compliqués, coûteux, bien au-delà de ses capacités et, à force de recours, entraînaient souvent des jugements par jury, ce qu'il essayait toujours d'éviter. Il trouvait un certain confort à se cantonner aux divorces et aux faillites personnelles tout en s'occupant à l'occasion d'une succession ou d'un contrat. Cela ne rapportait pas de gros honoraires, toutefois, lui et les autres avocats de Clanton arrivaient ainsi à gagner leur vie sans prendre trop de risques.

— Nous n'avons aucune trace de procédures intentées à ce sujet, poursuivit Marty.

— Pas encore, bluffa Mack du mieux qu'il put.

— Combien de ces plaintes avez-vous reçues, Mack ?

— Quatre, répondit-il sans en être bien certain.

— Oui, c'est ce que révèlent nos dossiers. Nous avons les quatre courriers que vous avez adressés à la société. Mais cela remonte déjà à un certain temps et je n'ai pas l'impression que ces affaires aient beaucoup évolué depuis cette correspondance.

— Elles suivent leur cours, mentit Mack. (Certes, ces dossiers n'étaient toujours pas classés, d'un point de vue technique, mais il ne les avait pas touchés depuis des années. C'était ce qu'il appelait les « dossiers poisseux » : plus longtemps ils restaient en souffrance, plus ils puaient.) Ici, la prescription qui s'applique à la durée de recevabilité des actions en justice est de six ans, ajouta-t-il d'un ton suffisant comme s'il pouvait brusquement décider d'activer la cadence et, dès le lendemain, lancer une sanglante action en justice.

— Il n'y a pas eu le moindre mouvement dans ces affaires en quatre ans. C'est assez inhabituel, permettez-moi de vous le dire, continua Marty.

— Mais où voulez-vous en venir, Marty ? s'enquit Mack, pressé de détourner la conversation de son inefficacité en la matière.

— Eh bien, nos clients suisses aimeraient classer ces dossiers et se débarrasser de tout le contentieux. Ce sont des Européens, et évidemment ils ne comprennent pas notre droit de la responsabilité. En fait, il les terrifie.

— Non sans raison, renchérit Mack, comme s'il soutirait régulièrement d'énormes sommes à des industriels indélicats.

— Ils veulent donc faire table rase et m'ont demandé de voir s'il y aurait une possibilité de règlement à l'amiable.

Le cœur battant la chamade, Mack se leva d'un bond et, le combiné coincé entre son menton et son épaule, les mains tremblantes, se mit à fouiller le capharnaüm qui encombrait la desserte branlante derrière son bureau, à la recherche frénétique du nom de ses clients blessés des années auparavant par des tronçonneuses défectueuses Tinzo. De quoi Marty avait-il parlé ? De règlement à l'amiable ? Voulait-il dire que de l'argent passerait des mains des riches dans celles des pauvres ? Mack n'en croyait pas ses oreilles.

— Vous êtes toujours là, Mack ? demanda Marty.

— Oui, oui, je feuilletais le dossier que j'ai justement sous les yeux. Voyons voir, il s'agissait de tronçonneuses du même modèle, le Lazer Cut 58X, de vingt-quatre pouces, un modèle à usage professionnel dont le capteur de chaîne s'est avéré défectueux et dangereux.

— C'est bien ça, Mack. Mais je n'appelle pas pour discuter de ce qui était défectueux ou pas, c'est à ça que servent les procès. Je vous parle d'un arrangement, Mack, vous me suivez ?

Tu parles que je te suis ! faillit lui répondre Mack.

— Tout à fait. Je serais ravi d'étudier la question avec vous. À l'évidence, vous avez déjà votre petite idée alors je vous écoute.

Il s'était rassis et feuilletait le dossier, cherchant les dates, priant le ciel qu'aucune de ces affaires, devenues subitement d'une importance critique, n'ait dépassé les six ans de prescription.

— Voilà, Mack, j'ai une proposition à vous faire, mais je vous préviens tout de suite, mon client refuse toute négociation. Si nous pouvons régler ces questions rapidement et très discrètement, nous rédigerons les chèques. Mais au moindre marchandage, l'argent se volatilisera, c'est bien clair, Mack ?

Oh oui ! Clair comme de l'eau de roche ! Dans son beau bureau sur Manhattan, M. Marty Rosenberg n'imaginait pas avec quelle rapidité, quelle discrétion et pour quel prix modique, il pouvait faire disparaître les dossiers poisseux. Mack accepterait n'importe quoi. Il y avait longtemps que les pauvres victimes avaient cessé de l'appeler.

— Très clair, opina-t-il.

Marty enclencha aussitôt la vitesse supérieure et se fit encore plus précis.

— Nous avons calculé que la défense de ces cas devant votre cour fédérale coûterait dans les cent mille dollars, à condition qu'on puisse les grouper et n'avoir qu'un procès. Bon, d'accord, c'est chercher un peu loin puisqu'aucune plainte n'a encore été déposée. Et, franchement, un procès me semble peu probable, vu la minceur du dossier. Ajoutez encore cent mille dollars pour les dommages corporels, pour lesquels nous n'avons d'ailleurs reçu aucun constat, dois-je préciser, mais nous avons cru comprendre que quelques doigts, voire quelques mains avaient été perdus. Quoi qu'il en soit, nous sommes prêts à payer cent mille dollars par plaignant plus cent mille dollars pour les frais de défense, ce qui fait un total de cinq cent mille dollars sur la table.

Mack en resta bouche bée et faillit avaler son combiné. Lui qui avait prévu, en bon avocat qui se respecte, de tripler le montant que Marty proposerait, se retrouva quelques secondes incapable de parler ou même de respirer.

— Payé d'avance, discrètement, sans reconnaissance de responsabilité, continua Marty. Et l'offre est valable trente jours, jusqu'au 10 mars.

Une proposition de dix mille dollars par plaignant aurait déjà été une sacrée surprise et une aubaine. Mack, le souffle toujours coupé, ne savait pas quoi répondre.

— Une fois de plus, Mack, nous voulons juste apurer le bilan. Qu'en pensez-vous ?

Ce que j'en pense ? répéta intérieurement Mack. *Je pense que ma part est de quarante pour cent et le calcul est donc vite fait. L'an dernier, j'ai réalisé un chiffre d'affaires de quatre-vingt-quinze mille dollars et j'en ai claqué la moitié en frais, entre le salaire de Freda et les factures du cabinet, ce qui m'a laissé environ quarante-six mille dollars nets avant impôts, et donc un peu moins que ce que gagne ma femme comme directrice*

adjointe du lycée de Clanton. Je pense en fait à beau-
coup de choses en vrac comme :

1) Est-ce une blague ?

2) Qui parmi mes anciens potes de la fac de droit
pourrait me jouer un tour pareil ?

3) Et si c'est vrai, comment tenir les requins à l'écart
de ce merveilleux magot ?

4) Ma femme et mes deux filles vont claquer ce fric
en moins d'un mois.

5) Freda va vouloir un sérieux bonus.

6) Comment pourrais-je recontacter mes clients après
les avoir négligés toutes ces années ? Etc.

Bref, j'en pense bien des choses, monsieur Rosen-
berg !

— Votre offre est généreuse, Marty, réussit-il enfin
à articuler lorsque, sa stupeur passée, son cerveau se
remit à fonctionner. Je suis certain que mes clients
seront ravis.

— Parfait. Alors on peut considérer que l'affaire est
réglée ?

— Voyons, laissez-moi réfléchir. Il va falloir évidemment que je commence par leur transmettre votre
offre et cela pourra prendre quelques jours. Puis-je vous
rappeler dans une semaine ?

— Bien sûr. Mais nous sommes pressés d'en finir,
alors ne perdons pas de temps. Et Mack, je n'insisterai
jamais assez sur le fait que tout cela doit absolument
rester confidentiel. Sommes-nous d'accord pour garder
ces négociations secrètes, Mack ?

Mack était prêt à tout pour une somme pareille.

— C'est évident ! Motus et bouche cousue.

Il était sincère. Il songeait déjà à tous les gens qui ne
sauraient jamais qu'il avait décroché le gros lot.

— Super ! Vous m'appelez dans une semaine ?

— Comptez sur moi, Marty. Mais méfiez-vous, ma
secrétaire ne sait pas tenir sa langue. Il vaut mieux éviter

de me téléphoner au cabinet. C'est moi qui vous rap-
pellerai mardi. À quelle heure ?

— Que diriez-vous de onze heures, heure de l'Est ?

— C'est d'accord, Marty.

Ils échangèrent leurs numéros de téléphone et leurs
adresses et raccrochèrent. D'après le cadran digital de
son combiné, Mack vit que l'appel avait duré huit
minutes et quarante secondes.

Le téléphone se remit à sonner presque aussitôt. Mack
resta à le fixer sans oser décrocher, de peur de forcer sa
chance. Puis il s'approcha de la grande baie vitrée sur
laquelle était apposé son nom et contempla le vieux
tribunal du comté de Ford, de l'autre côté de la rue, où,
en cet instant précis, des confrères de seconde zone
déjeunaient de sandwichs ou s'écharpaient pour cinquante dollars en plus ou en moins sur une pension
alimentaire ou pour savoir si la femme garderait la
Honda et le mari la Toyota. Oui, il y avait toujours une
foule d'avocats qui traînaient là-bas et il en faisait souvent partie. Sans compter tous ceux qui, dans le bureau,
au fond du hall, consultaient les livres du cadastre et de
la conservation des hypothèques ou de vieux registres
poussiéreux tout en échangeant des plaisanteries éculées
qu'il avait entendues des centaines de fois. Un ou deux
ans auparavant, quelqu'un avait recensé cinquante et un
avocats dans la ville de Clanton et ils se retrouvaient
pratiquement tous groupés autour de la grand-place,
leurs cabinets éparpillés autour du palais de justice. Ils
mangeaient dans les mêmes restaurants, se retrouvaient
dans les mêmes cafés, buvaient dans les mêmes bars,
brassaient les mêmes clients, et la plupart nourrissaient
les mêmes griefs et les mêmes plaintes envers la profession qu'ils avaient choisie. L'un dans l'autre, les dix
mille habitants de l'agglomération fournissaient assez de
conflits pour faire vivre ces cinquante et un avocats alors
qu'en réalité la moitié aurait suffi.

Mack s'était rarement senti indispensable. Sans doute sa femme et ses filles avaient-elles besoin de lui, mais il se demandait souvent si elles ne seraient pas plus heureuses sans lui. Une chose était sûre, la ville et le tribunal pouvaient se passer de sa présence. Il avait compris depuis longtemps que, s'il mettait la clé sous la porte, peu de gens s'en apercevraient. Aucun client ne serait en peine de se faire représenter. Ses confrères souriraient dans leur barbe, ravis d'avoir un concurrent de moins. Et, au bout d'un mois, plus personne ne se souviendrait de lui au tribunal. Cela l'avait attristé pendant des années. Mais ce qui le déprimait encore plus, ce n'était pas de penser au présent ou au passé mais à l'avenir. L'idée de se réveiller un jour à soixante ans et devoir toujours aller travailler à contrecœur, sans doute dans le même local, afin d'y remplir inlassablement des demandes de divorces et des déclarations de faillites minables pour des clients à peine capables de payer ses misérables honoraires, l'aigrissait de jour en jour. Oui, cette simple pensée le rendait profondément malheureux.

Il voulait tout plaquer. Et il voulait le faire pendant qu'il était encore jeune.

Un avocat du nom de Wilkins passa sur le trottoir sans un regard pour sa devanture. Cet abruti travaillait quatre numéros plus loin. Des années auparavant, au cours d'un après-midi bien arrosé avec trois de ses confrères, dont ce fameux Wilkins, Mack, la langue déliée par l'alcool, s'était vanté des fortunes qu'il allait gagner grâce à l'affaire des tronçonneuses. Hélas, Mack n'avait su convaincre aucun des gros cabinets du pays de le suivre et ses dossiers sur les tronçonneuses avaient commencé à sentir mauvais. Wilkins, fidèle à lui-même, avait alors pris l'habitude de lui demander à chaque fois qu'il le croisait en présence d'autres avocats : « Au fait,

Mack, comment se présente ton procès sur les tronçonneuses ? » ou alors « Salut, Mack, alors ça y est, ça se
débloque ton histoire de tronçonneuses ? ». Avec le
temps, heureusement, même Wilkins avait fini par
oublier l'affaire.

Hé, Wilkins, vise un peu ce règlement à l'amiable,
mon pote ! Un demi-million de dollars sur la table dont
deux cent mille au moins vont tomber directement dans
ma poche. Je parie que t'as pas gagné autant d'argent
au cours des cinq dernières années !

Mais Wilkins ne le saurait jamais. Personne ne le
saurait et cela convenait parfaitement à Mack.

Freda ferait bientôt son entrée bruyante habituelle.
Mack se précipita à son bureau, appela le numéro à New
York, demanda à parler à Marty Rosenberg et dès qu'on
lui passa sa secrétaire, raccrocha en souriant. Il consulta
son planning de l'après-midi. Il le trouva aussi triste que
le temps : un nouveau divorce à deux heures et demie,
un autre déjà en cours à quatre heures et demie ; une
liste de quinze coups de fil à passer tous plus barbants
les uns que les autres ; des dossiers poisseux qui pour-
rissaient sur la desserte. Il attrapa son pardessus, laissa
sa mallette et sortit discrètement par la porte de derrière.

Il avait comme voiture une petite BMW avec cent
soixante mille kilomètres au compteur dont le crédit
expirait dans cinq mois. Il se demandait déjà par quoi
il la remplacerait. Les avocats, même au bord de la
ruine, étant censés conduire des véhicules qui en impo-
saient, il avait discrètement entrepris ses recherches sans
rien dire. Sa femme critiquerait son choix, quel qu'il
soit, et il ne se sentait pas prêt à se battre pour ça.

Selon son habitude, il commença par faire le plein de
bière chez son fournisseur favori, l'alimentation générale Parker's, à une douzaine de kilomètres de la ville,
dans un petit village où il ne risquait pas de tomber sur

une connaissance. Il choisit un pack de six bouteilles vert vif, de la bière d'importation et de bonne qualité, pour fêter ce jour pas comme les autres. Puis il poursuivit son chemin vers le sud par des petites routes étroites et finit par ne plus croiser personne, bercé par les chansons de Jimmy Buffett. Elles parlaient de bateau à voile, de rhum et de la vie dont Mack rêvait depuis quelque temps. L'été précédant son entrée à la fac de droit, il avait passé deux semaines à faire de la plongée sous-marine dans les Bahamas. C'était son premier voyage à l'étranger et il mourait d'envie de recommencer. Au fil des années, peu à peu lassé par son métier, déçu par son mariage qui lui apportait de moins en moins de satisfactions, il s'était mis à écouter Buffett de plus en plus souvent. Il se sentait prêt à vivre sur un voilier.

Il s'arrêta sur une aire de pique-nique perdue au bord du lac Chatulla, la plus grande étendue d'eau à quatre-vingts kilomètres à la ronde, et laissa son moteur tourner, avec le chauffage en marche, la vitre à peine entrouverte. Il sirota sa bière en contemplant le lac, qui, s'il était couvert de hors-bord et de petits catamarans en été, se trouvait désert en février.

La voix de Marty résonnait encore clairement à ses oreilles. Il se repassa sans mal leur conversation, presque mot à mot, parlant tout seul et se mit à chanter avec Jimmy Buffett.

Son moment de gloire était enfin arrivé, une occasion comme il n'en rencontrerait sans doute jamais. Il réussit enfin à se convaincre qu'il ne rêvait pas, que l'argent était posé sur la table. Il refit ses calculs encore et encore.

Il se mit à neiger très légèrement. Les flocons fondaient dès qu'ils touchaient le sol. La seule perspective de quelques centimètres de neige mettait la ville en transe : les enfants devaient trépigner à l'école, debout devant les fenêtres, fous de joie à l'idée d'être renvoyés chez eux. Sa femme devait déjà l'appeler au cabinet pour lui demander de passer prendre les filles. Freda le cherchait. Après la troisième bière, il s'assoupit.

Il manqua son rendez-vous de deux heures et demie sans le moindre remords. Il rata aussi celui de quatre heures et demie. Après avoir bu sa dernière bière sur le trajet du retour, il regagna son bureau à cinq heures et quart, par la porte de derrière et se trouva nez à nez avec sa secrétaire folle de rage.

— Où étiez-vous passé ? explosa-t-elle.

— Je suis allé faire un tour, répondit-il en retirant son pardessus qu'il accrocha dans le couloir.

Elle le suivit dans son bureau, les mains sur les hanches, exactement comme l'aurait fait son épouse.

— Vous avez manqué deux rendez-vous, les Madden et les Garner, et ils n'étaient pas contents du tout. Non seulement vous empestez la bière, mais ça fait mille dollars d'honoraires que vous avez bêtement perdus !

— Et alors ? demanda-t-il en se laissant tomber sur son siège et en renversant les dossiers posés devant lui.

— Et alors ? Eh bien, nous avons besoin de tout l'argent que nous pouvons faire rentrer. Vous n'êtes pas en position de renvoyer les clients. Nous n'avons pas couvert nos frais, le mois dernier, et ce mois-ci s'annonce encore plus calme, débita-t-elle d'une voix criarde dans laquelle perçait le venin accumulé depuis des heures. Mon bureau croule sous les factures et nous n'avons plus un sou sur le compte. Et la banque voudrait que vous fassiez des efforts pour rembourser le nouveau découvert qu'elle vous a accordé, allez savoir pourquoi.

— Depuis combien de temps travaillez-vous ici, Freda ?

— Cinq ans.

— Cela a assez duré. Faites vos paquets et partez. Tout de suite.

Elle retint un cri, les deux mains plaquées sur la bouche.

— Vous me renvoyez ? réussit-elle à articuler.

— Non, je diminue les frais. Je réduis les effectifs.

— Et qui va répondre au téléphone ? contra-t-elle aussitôt avec un petit ricanement nerveux. Qui va taper le courrier, payer les factures, ranger les dossiers, ménager les clients et vous empêcher de faire des bêtises ?

— Personne.

— Vous avez bu, Mack.

— Pas assez.

— Vous ne survivrez jamais sans moi.

— Je vous en prie, partez. Je ne veux pas discuter.

— Vous allez y laisser votre chemise, gronda-t-elle.

— C'est déjà fait.

— Vous perdez la tête !

— Oui, ça aussi. Je vous en prie, allez-vous-en.

Elle poussa un énorme soupir. Mack posa les pieds sur son bureau. Elle claqua les tiroirs et arpenta la pièce pendant dix minutes.

— Vous n'êtes qu'un pauvre minable, vous savez ! finit-elle par hurler.

— J'avais cru comprendre. Au revoir.

La porte d'entrée claqua et tout redevint calme. Il venait de franchir le premier pas.

Une heure plus tard, il partit à son tour. Il faisait sombre et froid, la neige avait fini par s'arrêter. Il aurait bien pris encore un verre, mais n'avait pas plus envie de rentrer chez lui que d'être vu dans l'un des trois bars du centre-ville.

À l'est de Clanton, sur la grande route de Memphis, se trouvait le Riviera, un motel minable des années 1950 doté de chambres minuscules (le bruit courait qu'on pouvait les louer à l'heure), d'une cafétéria et d'un bar.

Mack s'installa au comptoir et commanda un demi pression. Il y avait de la country au juke-box, du basket interuniversitaire sur l'écran suspendu au plafond, et dans la salle l'assortiment habituel de voyageurs fauchés et de désœuvrés du coin, tous la cinquantaine bien tassée. Mack ne reconnut que le barman, un vieux briscard dont le nom lui échappait. Mack ne faisait pas vraiment partie des habitués.

Il demanda un cigare, l'alluma, sirota sa bière et, au bout de quelques minutes, sortit un petit carnet sur lequel il se mit à griffonner. Afin de dissimuler ses problèmes financiers à sa femme et comme il était alors de bon ton chez les avocats, il avait organisé son cabinet en SARL dont il était le seul propriétaire. Quant à ses dettes, elles se montaient à vingt-cinq mille dollars de découvert, consenti six ans plus tôt et qu'il n'arrivait pas à rembourser ; à deux cartes de crédit au nom de sa société qui servaient aux petites dépenses, personnelles et professionnelles, plafonnées à dix mille dollars, et qu'il arrivait à conserver en procédant à des paiements minimaux ; et aux emprunts usuels effectués pour équiper le cabinet. La plus grosse dette de la SARL tenait en un emprunt hypothécaire sur le local que Mack avait acheté huit ans plus tôt, contre les objections véhémentes de sa femme. Une charge fixe de mille quatre cents dollars par mois que Mack devait assurer en totalité, faute d'avoir pu louer le premier étage comme il l'espérait au moment de l'achat.

Et en ce merveilleux jour glacial de février, Mack se trouvait en retard de deux mensualités.

Il commanda une autre bière tout en calculant son passif. Il pouvait se déclarer en faillite, transmettre la totalité de ses dossiers à un confrère et partir la tête haute, car lui, Mack Stafford, ne serait plus là pour se voir montré du doigt ni entendre les rumeurs qui couraient sur son compte.

S'il lui était facile de se libérer de son cabinet, il en allait tout autrement de son mariage.

Il but jusqu'à dix heures puis rentra chez lui. Il se gara dans l'allée de sa modeste petite maison située dans un vieux quartier de Clanton, coupa le moteur et les phares et resta assis derrière son volant à contempler les lieux. Le salon était allumé. Elle l'attendait.

Ils avaient racheté cette maison à la grand-mère de sa femme peu après leur mariage, il y avait quinze ans de cela. Et depuis quinze ans, Lisa rêvait d'une habitation plus spacieuse. Sa sœur avait épousé un médecin et vivait dans une jolie demeure, près du country club, là où habitaient tous les autres médecins et banquiers ainsi que quelques avocats. L'existence était bien plus agréable dans ces constructions récentes, dotées de piscines, de courts de tennis et d'un terrain de golf au coin de la rue. Mack avait passé la majeure partie de son mariage à se faire reprocher la lenteur de leur ascension sur l'échelle sociale. En fait d'ascension, ils glissaient sur la mauvaise pente. Et plus ils restaient chez la grand-mère, moins leur situation avait de chances de se redresser.

La famille de Lisa avait possédé pendant des générations la seule usine de ciment de Clanton, et si cela leur avait permis de rester au sommet de l'échelle sociale ils n'avaient pas rempli leur compte en banque pour autant. Ils avaient de l'argent de famille, comme on disait dans le Sud, un statut plus défini par le snobisme que par une quelconque fortune. Épouser un avocat avait paru judicieux à Lisa à l'époque, mais quinze ans plus tard, elle commençait à déchanter, Mack le sentait.

Le porche s'alluma.

Si cette querelle s'apparentait aux autres, les filles, Helen et Margo, se trouveraient aux premières loges. Il devait y avoir déjà plusieurs heures que leur mère donnait des coups de fil et balançait des objets à travers la maison et, au cours du carnage, elle n'oubliait jamais de leur faire savoir qui avait raison et qui avait tort. Les deux adolescentes laissaient déjà transparaître une forte ressemblance avec leur mère. Mack les aimait, bien sûr, mais il avait décidé, dès sa troisième bière au bord du lac, qu'il pourrait vivre sans elles.

La porte d'entrée s'ouvrit et Lisa apparut. Elle avança sur le porche étroit, croisa ses bras nus, et ses prunelles assassines survolèrent la pelouse glaciale avant de se planter dans les yeux vacillants de Mack. Il soutint son regard, ouvrit sa portière, et après être descendu lentement, la claqua derrière lui.

— Où étais-tu ? l'accueillit-elle d'un ton mauvais.

— Au cabinet, répondit-il tout en s'avançant avec prudence, veillant à ne pas tituber comme un ivrogne sur l'allée qui descendait en pente douce de la rue vers la maison.

Il mâchouillait un chewing-gum à la menthe sans espérer tromper qui que ce soit.

— Où étais-tu ? répéta-t-elle, un ton plus haut.

— Je t'en prie, les voisins ! protesta-t-il.

Au même moment, il posa le pied sur une plaque de verglas qu'il n'avait pas vue et la situation lui échappa totalement. Il plongea en avant en poussant un cri et se cogna le front sur le pare-chocs arrière de la voiture de Lisa. Tout devint noir. Quand il revint à lui, quelques secondes plus tard, au milieu d'un concert de voix féminines, il entendit l'une d'entre elles affirmer d'un ton glacial :

— Il a bu !

Merci, Lisa.

Il s'était ouvert le crâne et ne parvenait plus à accommoder. Lisa se pencha sur lui.

— Oh, mon Dieu, il saigne ! Votre père est ivre mort. Appelez le 911 !

Heureusement, il sombra de nouveau dans l'inconscience et lorsqu'il recouvra ses esprits, une voix mâle avait pris la direction des opérations. Il reconnut celle de M. Browning, leur voisin.

— Faites attention au verglas, Lisa, et passez-moi cette couverture. Il saigne beaucoup.

— Il a bu, répéta-t-elle, ne ratant pas une occasion de se faire des alliés.

— Il ne doit rien sentir, précisa obligeamment M. Browning.

Mack et lui s'étaient toujours détestés.

Bien que groggy, Mack aurait pu protester, mais il préféra, alors qu'il gisait dans le froid, fermer les yeux et laisser les autres s'occuper de lui. Bientôt, il entendit une ambulance.

Il adora l'hôpital. Les calmants lui faisaient un bien fou, les infirmières le trouvaient charmant et ce séjour lui fournissait une excellente excuse pour ne plus mettre les pieds au cabinet. Il avait six points de suture et un vilain bleu sur la tête mais, comme il avait entendu Lisa le dire au téléphone alors qu'elle le croyait endormi, il ne souffrait d'aucune lésion cérébrale. Dès qu'elle avait su avec certitude que ses blessures n'avaient aucune gravité, elle avait évité l'hôpital et en avait éloigné leurs filles. Il n'était pas pressé de partir, pas plus qu'elle n'était pressée de le voir rentrer à la maison. Hélas, à peine deux jours plus tard, le médecin signait sa sortie. Alors qu'il s'apprêtait à rassembler ses affaires et à faire ses adieux aux infirmières, Lisa entra dans la chambre et referma la porte derrière elle. Elle s'assit sur l'unique chaise et croisa les bras et les jambes comme si elle avait l'intention de rester là des heures. Mack se relaxa sur son lit. La dernière dose de Percocet faisait encore de l'effet et il se sentait merveilleusement détendu.

— Tu as renvoyé Freda ? attaqua-t-elle, les mâchoires crispées, les sourcils froncés.

— Oui.

— Pourquoi ?

— Parce que j'en avais assez de sa grande gueule. Qu'est-ce que ça peut te faire ? Tu ne pouvais pas la voir.

— Que va devenir ton cabinet ?

— Il sera déjà bigrement plus calme. Et ce n'est pas la première fois que je vire une secrétaire. Il n'y a pas de quoi en faire un drame.

Il y eut une pause tandis qu'elle décroisait les bras et enroulait une mèche de cheveux autour de ses doigts, signe certain qu'elle avait une grave décision à lui annoncer.

— Nous avons rendez-vous avec le Dr Juanita demain à cinq heures.

Elle ne lui laissait pas le choix. Ce n'était pas négociable.

Le Dr Juanita était l'un des trois conseillers conjugaux de Clanton. Mack les connaissait sur le plan professionnel par le biais des divorces dont il s'occupait. Et sur le plan personnel, parce que Lisa l'avait traîné chez les trois afin qu'il se fît aider, lui. Elle, bien sûr, n'en avait pas besoin. Le Dr Juanita prenait toujours la défense des femmes. Que Lisa l'eût choisie ne le surprenait donc pas.

— Comment vont nos filles ? demanda-t-il.

Il savait déjà que la réponse serait cinglante, mais s'il ne posait pas la question, elle se plaindrait plus tard au Dr Juanita qu'il n'avait même pas pris des nouvelles des enfants.

— Elles sont mortes de honte. Leur père rentre le soir à la maison ivre mort, tombe dans l'allée, se fracasse le crâne et se retrouve à l'hôpital où on s'aperçoit qu'il a dans le sang deux fois plus d'alcool qu'il n'est autorisé. Toute la ville est au courant.

— Si la ville est au courant, c'est parce que tu t'es empressée de le crier sur les toits. Tu ne pouvais pas la fermer pour une fois ?

Le visage de Lisa vira au violet et ses yeux étincelèrent de haine.

— Tu... tu... tu n'es qu'un minable ! Un pauvre alcoolique minable, tu le sais ?

— Je proteste.

— Tu bois beaucoup ?

— Pas assez.

— Tu as besoin de te faire aider, Mack, sérieusement.

— Et tu penses que c'est le Dr Juanita qui va le faire ?

Elle se leva d'un bond et gagna la porte à grands pas.

— Je ne veux pas me disputer dans un hôpital.

— Bien sûr que non. Tu préfères le faire à la maison devant nos filles.

— Demain après-midi à cinq heures ! clama-t-elle en sortant dans le couloir. Tu as intérêt à y être !

— J'y songerai.

— Et inutile de rentrer à la maison ce soir !

Elle claqua la porte et Mack l'entendit s'éloigner dans un cliquetis rageur de hauts talons.

Le premier client concerné par l'action de groupe que Mack voulait intenter contre le fabricant de tronçonneuses était un bûcheron du nom d'Odell Grove. Cela ferait bientôt cinq ans que le fils d'Odell Grove avait poussé la porte de son cabinet, mû par un urgent besoin de divorcer. En s'occupant des affaires du fils, également bûcheron de son état, Mack avait appris les mésaventures du père avec une tronçonneuse particulièrement dangereuse. Alors qu'il s'en servait tout à fait normalement, la chaîne s'était rompue, le protège-lame n'avait pas joué son rôle et Odell y avait perdu l'œil gauche. Il portait désormais un bandeau, bandeau qui permit d'ailleurs à Mack de reconnaître ce client oublié depuis longtemps lorsqu'il se rendit, le lendemain de sa sortie de l'hôpital, dans un petit routier des environs de Karraway peu après huit heures du matin. Il venait de passer la nuit dans son cabinet et il avait attendu le départ de ses filles à l'école pour aller chez lui en douce se changer. Voulant se fondre dans les gens du coin, il portait des bottes et une tenue de camouflage qu'il mettait parfois pour aller chasser le chevreuil. Il avait dissimulé sa blessure à la tête sous un bonnet de laine enfoncé jusqu'aux yeux, ce qui ne cachait hélas qu'un tiers de ses hématomes. Il prenait encore des analgésiques et souffrait de bourdonnements, mais les calmants lui avaient bizarrement donné le courage d'assumer cette pénible rencontre. De toute façon, il ne pouvait s'y dérober.

À trois tables de là, Odell mangeait des pancakes tout en parlant d'une voix forte, sans prêter la moindre attention à Mack. D'après son dossier, ils s'étaient rencontrés dans ce même routier quatre ans et dix mois auparavant, lorsque Mack était venu lui annoncer qu'il détenait suffisamment de preuves pour attaquer le fabricant de tronçonneuses. Leur dernier contact remontait à presque deux ans, quand Odell avait appelé le cabinet en posant des questions d'une précision embarrassante sur la progression de son affaire. Depuis le dossier pourrissait.

Mack but un café au comptoir tout en feuilletant le journal, attendant le départ au travail de la clientèle matinale. Enfin, Odell et ses deux collègues finirent leur petit déjeuner et passèrent à la caisse. Mack laissa un dollar près de sa tasse et les suivit dehors. Les voyant se diriger vers leur camion de grumes, il rassembla son courage.

— Odell !

Les trois hommes pilèrent. Mack les rattrapa et les salua d'un ton enjoué.

— Odell, c'est moi, Mack Stafford. Je me suis occupé du divorce de votre fils Luke.

— L'avocat ? s'exclama le bûcheron, visiblement déconcerté par ses bottes, sa tenue de chasse et son bonnet enfoncé sur les yeux.

— C'est ça, l'avocat de Clanton. Vous avez une minute ?

— Qu'est-ce…

— Ça ne prendra qu'un instant. J'ai juste un petit mot à vous dire.

Odell regarda ses compagnons et ils échangèrent un haussement d'épaules.

— On t'attend dans le camion, dit l'un de ses copains.

Comme la plupart des types qui passent leur vie dans les bois à abattre des arbres, Odell était très large de poitrine et d'épaules avec des bras musclés et d'énormes paluches.

— Qu'est-ce que vous me voulez ? gronda-t-il avant de cracher par terre, réussissant avec son œil unique à exprimer plus de mépris qu'un homme normal avec ses deux yeux.

Il avait un cure-dents fiché au coin de la bouche. Une cicatrice, petit cadeau de Tinzo, lui barrait la joue gauche. L'accident lui avait coûté un œil et la perte d'un mois de travail, tout au plus.

— Je ferme mon cabinet, annonça Mack.

— Qu'est-ce que vous voulez que ça me fasse ?

— Je ferme, c'est tout. Et je pense pouvoir tirer un peu d'argent de votre affaire.

— J'ai déjà entendu ça quelque part.

— Voilà ma proposition. Je peux vous obtenir vingt-cinq mille dollars cash, en espèces sonnantes et trébuchantes, dans deux semaines, mais à la condition que cela demeure très, très confidentiel. Vous devez rester muet comme une tombe. Personne ne doit être au courant.

Pour un homme qui n'avait jamais vu ne serait-ce que cinq mille dollars en liquide, la proposition avait de quoi séduire. Odell regarda autour de lui pour s'assurer qu'ils étaient seuls et se mit à mâchonner son cure-dents comme si cela l'aidait à réfléchir.

— Y a un truc louche là-dessous, grommela-t-il tandis que le bandeau tressaillait sur son œil.

— Ce n'est pas compliqué, Odell. Ils veulent régler l'affaire en vitesse parce que l'usine qui a fabriqué la tronçonneuse est rachetée par une autre société. Ça arrive fréquemment. Ils préfèrent se débarrasser du vieux contentieux.

— C'est légal ? insista Odell, comme s'il fallait se méfier des avocats.

— Bien sûr. Ils veulent bien payer, mais à condition que ça reste confidentiel. En plus, vous imaginez vos problèmes si les gens autour de vous apprenaient que vous avez un tel paquet de fric.

Odell fixa le camion de grumes et ses deux copains assis à l'intérieur. Il pensa à sa femme, à sa mère, à son fils en prison pour trafic de drogue, à son autre fils au chômage. Très vite, il vit surgir une cohorte d'individus qui seraient ravis de le délester de ce pactole.

— De l'argent liquide, Odell, insista Mack, lisant dans ses pensées. De ma poche à la vôtre sans que personne le sache. Même pas le percepteur.

— Et y aurait pas moyen d'avoir plus ?

Mack fronça les sourcils et donna un coup de pied dans une pierre.

— Non, pas un centime de plus, Odell. C'est vingt-cinq mille ou rien. Et il faut se décider rapidement. Je peux vous remettre l'argent dans moins d'un mois.

— Qu'est-ce que je dois faire ?

— Retrouvez-moi ici vendredi prochain, à huit heures du matin. J'aurais besoin d'une signature pour récupérer l'argent.

— Combien ça va vous rapporter ?

— Quelle importance ? Vous voulez le fric ou pas ?

— C'est pas cher payé pour un œil.

— Vous avez raison, mais c'est tout ce que vous pouvez espérer. Alors c'est oui ou c'est non ?

Odell cracha encore et déplaça son cure-dents d'un côté de la bouche à l'autre.

— C'est d'accord ! finit-il par lâcher.

— Parfait. Rendez-vous ici, vendredi prochain, à huit heures, et venez seul.

Lors de leur première rencontre, des années auparavant, Odell avait mentionné un autre bûcheron qui avait perdu une main en utilisant le même modèle de tronçonneuse Tinzo. C'était cette seconde blessure qui l'avait fait rêver d'une attaque plus large, une action de groupe intentée au nom de douzaines, voire de centaines de victimes. Il se voyait déjà palper les billets à cette époque.

Ce plaignant numéro deux vivait non loin de Clanton, dans le comté voisin de Polk, perdu au fin fond d'une forêt de pins. Il s'appelait Jerrol Baker et avait trente et un ans. Ne pouvant poursuivre l'abattage avec une seule main, il s'était associé à un cousin pour installer un laboratoire clandestin de méthamphétamine dans leur double mobile home. Jerrol le chimiste avait gagné ainsi beaucoup plus d'argent que Jerrol le bûcheron. Mais sa nouvelle carrière était apparue tout aussi dangereuse, car il avait échappé de peu à une mort atroce lorsque leur labo avait explosé, incinérant tout leur matériel, leur stock, le mobile home et le cousin. Quand il avait été condamné et envoyé en prison, il avait adressé plusieurs lettres restées sans réponse à son avocat pour savoir où en était leur action si prometteuse contre Tinzo. Il avait été libéré sur parole au bout de quelques mois et on le disait revenu dans la région. Mack ne lui avait pas parlé depuis deux ans.

Lui parler actuellement se révélait difficile voire impossible. La maison de sa mère était abandonnée. Le voisin qui habitait plus loin sur la route se montra d'abord peu coopératif. Mack lui expliqua qu'il voulait remettre à Jerrol un chèque de trois cents dollars en règlement d'une dette. Comme Jerrol devait sans doute de l'argent à tous les voisins de sa mère et que Mack n'avait certes pas l'allure d'un agent de la brigade des stupéfiants, ni d'un huissier, ni d'un contrôleur judiciaire, l'homme finit par parler. Il donna à Mack quelques indications en montrant la route et l'autre côté de la colline. Au fur et à mesure qu'il s'enfonçait dans les forêts de pins du comté de Polk, Mack continua à prétendre qu'il apportait de l'argent. Il était presque midi lorsque la route gravillonnée qu'il suivait s'acheva brutalement. Un vieux mobile home se dressait en retrait, posé sur des parpaings, recouvert de vigne vierge. Mack, son pistolet calibre 38 dans la poche, s'approcha prudemment.

La porte s'ouvrit lentement en s'affaissant sur ses gonds. Jerrol sortit sur la véranda en planches vermoulues et toisa Mack qui s'arrêta net à vingt pas de lui. Torse nu, les bras et la poitrine couverts de tatouages récoltés en prison, les cheveux longs et sales, son corps maigre ravagé par les méthamphétamines, manchot de la main gauche grâce à Tinzo, Jerrol tenait dans la droite un fusil à canon scié. Il hocha la tête sans dire un mot, fixant Mack de ses yeux de mort vivant profondément enfoncés dans leurs orbites.

— Je suis Mack Stafford, l'avocat de Clanton. Je suppose que vous êtes Jerrol Baker, c'est bien ça ?

Mack s'attendait presque à se faire mitrailler mais bizarrement, son client lui offrit un sourire édenté dont la vision l'effraya bien davantage que le fusil braqué sur lui.

— Ouais, c'est moi, grommela Jerrol.

S'ensuivit une conversation de dix minutes, d'une civilité étonnante vu le décor et le contexte. Dès que Jerrol comprit qu'il allait recevoir vingt-cinq mille dollars en liquide et que personne ne le saurait, il redevint un petit garçon et invita même Mack à entrer. Celui-ci refusa.

Le temps qu'ils s'installent sur les fauteuils en cuir devant le bureau du Dr Juanita, Mack comprit que la conseillère n'ignorait rien de leurs problèmes, et que son impartialité ne pouvait être que de façade. Il lui aurait bien demandé combien de fois elles s'étaient vues avec sa femme, mais il préféra éviter tout conflit.

Après quelques commentaires destinés à décontracter les deux époux et à instaurer un climat détendu et chaleureux, le Dr Juanita les invita à parler. Comme il fallait s'y attendre, ce fut Lisa qui commença. Pendant un quart d'heure, elle décrivit sa détresse, le vide de sa vie et ses frustrations et dépeignit sans mâcher ses mots le manque d'affection et d'ambition de son mari ainsi que sa dépendance grandissante à l'alcool.

Le front de Mack avait viré du bleu au noir et, comme l'énorme bandage qui lui enveloppait la tête n'en recouvrait qu'un tiers, non seulement il était décrit comme un ivrogne, mais il en avait l'allure. Il se mordit la langue pour ne pas répondre, se contentant de prendre un air sombre et déprimé. Quand ce fut son tour de s'exprimer, il exposa les mêmes inquiétudes, sans plus. La plupart de leurs problèmes venaient de lui et il était prêt à en endosser la responsabilité.

Quand il eut terminé, le Dr Juanita voulut les voir séparément. Lisa retourna dans la salle d'attente préparer sa prochaine attaque tout en feuilletant des magazines et laissa Mack seul avec la conseillère. La première fois qu'il avait enduré ce supplice, il tremblait de nervosité. Cela ne lui faisait plus ni chaud ni froid à présent. Rien de ce qu'il dirait ne pourrait sauver leur union, alors à quoi bon discuter ?

— J'ai l'impression que vous avez envie de mettre fin à ce mariage, commença doucement le Dr Juanita, d'un ton docte, guettant ses réactions.

— J'en ai envie parce qu'elle en a envie. Elle veut mener un plus grand train de vie, avoir une maison plus grande, un mari plus grand. Je suis trop étriqué pour elle.

— Vous ne riez jamais ensemble ?

— Ça nous arrive quand il y a un truc drôle à la télévision. Je ris, elle rit, les filles rient.

— Et votre vie sexuelle ?

— Eh bien, nous avons quarante-deux ans tous les deux, on fait ça en moyenne une fois par mois, et le plus triste c'est que ça dure à peine cinq minutes. C'est sans passion, sans romantisme, juste histoire de s'envoyer en l'air. Et j'ai l'impression qu'elle s'en dispenserait volontiers.

Le Dr Juanita prit quelques notes, comme Mack le faisait quand un client parlait peu mais qu'il fallait bien écrire quelque chose.

— Quelle quantité d'alcool buvez-vous par jour ?

— Moins qu'elle le prétend. Personne ne boit dans sa famille alors pour eux, descendre trois bières dans une soirée, c'est se soûler.

— Mais vous buvez trop ?

— L'autre soir, quand il a neigé, je me suis assommé en glissant bêtement sur une plaque de verglas devant chez moi, et à présent tout Clanton croit que je suis rentré chez moi ivre mort, que je me suis fendu le crâne en tombant dans mon allée et que depuis ma chute je me conduis bizarrement. Vous ne voyez donc pas qu'elle veut s'attirer la sympathie des autres, docteur ? Si elle raconte à tout le monde que je suis un minable, c'est parce qu'elle veut avoir les gens de son côté quand elle demandera le divorce. Son plan de bataille est déjà tout tracé. Il n'y a plus rien à faire.

— Vous abandonnez ?

— Je me rends. Totalement. Sans condition.

Le dimanche suivant se trouvait être le deuxième du mois, date haïe entre toutes par Mack. C'était le jour officiel du brunch chez les parents de sa femme. Tout le clan Bunning y était convoqué après l'office. Aucune excuse n'était acceptée, à moins qu'un membre de la famille ne fût retenu hors de la ville, auquel cas sa défection étant très mal perçue l'absent se trouvait livré aux pires commérages, mais jamais en présence des enfants, bien sûr.

Mack, avec son front de plus en plus bleu et toujours aussi enflé, ne put résister à la tentation d'un dernier adieu grandiose. Il sauta l'office, décida de ne pas se laver ni se raser, enfila un vieux jean et un sweat-shirt sale et, cerise sur le gâteau, retira le pansement qui couvrait sa blessure dans l'espoir que la vue des points de suture couperait l'appétit de sa belle-famille. Il arriva avec un peu de retard, mais assez tôt pour priver les adultes de leur délicieux jeu de massacre. Lisa l'ignora royalement, comme les autres, d'ailleurs. Ses filles se réfugièrent sous la véranda avec leurs cousins qui, bien sûr, avaient tous entendu parler du scandale et brûlaient d'en connaître les détails.

Juste avant de se mettre à table, Lisa passa près de lui et réussit à lui glisser, sans desserrer les dents : « Mais pourquoi tu ne pars pas ? » Ce à quoi Mack répondit avec entrain : « Parce que je meurs de faim et que je n'ai pas mangé de ragoût brûlé depuis le second dimanche du mois dernier. »

Tout le clan était réuni, seize personnes au total et, dès que le père de Lisa, toujours affublé de sa chemise blanche et de sa cravate qu'il avait pour l'église, eut béni cette journée par sa prière habituelle au Tout-Puissant, tout le monde se servit et le déjeuner commença. Comme d'habitude, trente secondes ne s'étaient pas écoulées que le père de Lisa se mettait à discuter du prix du ciment pendant que les femmes cancanaient entre elles. Les deux neveux assis en face de Mack fixaient ses points de suture sans pouvoir avaler une bouchée. La mère de Lisa, très grande dame, ne put tenir sa langue plus longtemps.

— Mack, mais c'est affreux cette blessure que vous vous êtes faite à la tête ! s'exclama-t-elle d'une voix tonitruante, profitant d'un silence. Vous devez souffrir terriblement.

Mack, qui avait anticipé cette réflexion, rétorqua sans ciller :

— Pas du tout. Je prends des médicaments absolument fabuleux !

— Que vous est-il arrivé ?

La question venait du beau-frère médecin, la seule personne à la table à avoir accès à son dossier médical à l'hôpital. Il devait le connaître par cœur et avait sans doute cuisiné tout le corps médical jusqu'aux filles de salle au point d'en savoir plus sur son compte que Mack lui-même. Son seul regret d'abandonner le barreau, c'était peut-être de ne jamais avoir attaqué son beau-frère pour erreur médicale. D'autres l'avaient fait et s'en étaient mis plein les poches.

— J'avais bu, répondit-il fièrement. Je suis rentré à la maison très tard, j'ai glissé sur le verglas et je me suis ouvert la tête.

Les dos de ces farouches antialcooliques se raidirent à l'unisson autour de la table.

— Ne me dites pas que vous n'êtes pas au courant, poursuivit Mack. Lisa, qui a assisté à la scène, l'a racontée à tout le monde.

— Mack, je t'en prie, protesta-t-elle en laissant tomber son couvert.

Toutes les fourchettes s'immobilisèrent subitement, sauf celle de Mack qui piqua un morceau de poulet caoutchouteux et l'enfourna dans sa bouche.

— Mais qu'est-ce que j'ai dit de mal ? demanda-t-il, la bouche pleine, le poulet bien visible. Personne ici n'ignore ta version des événements, continua-t-il en agitant sa fourchette en direction de sa femme, assise à l'autre bout de la table, près de son père. Et je parie que tu leur as aussi raconté notre visite chez la conseillère conjugale, non ?

— Oh, mon Dieu ! s'exclama-t-elle.

— Comme vous devez tous le savoir, je dors à mon cabinet. Je ne peux plus rentrer chez moi, parce que, eh bien, évidemment, je risquerais encore de tomber, ou allez savoir… je pourrais prendre une cuite et taper sur mes filles. N'ai-je pas raison, Lisa ?

— Ça suffit, Mack ! lui intima son beau-père, d'un ton autoritaire.

— Oui, monsieur. Je suis désolé. Et ce poulet est à peine cuit ! Qui l'a préparé ?

Sa belle-mère se hérissa, le dos plus raide que jamais, les sourcils haussés.

— Eh bien, c'est moi, Mack. Vous avez d'autres reproches à formuler sur la nourriture ?

— Oh, des tonnes, mais on s'en fout !

— Surveillez votre langage, Mack ! intervint le beau-père.

— Vous voyez ce que je vous disais ! s'écria Lisa, prenant sa famille à témoin. Il a disjoncté.

Les autres hochèrent gravement la tête. Helen, leur fille cadette, se mit à pleurer.

— On dirait que ça te plaît de dire ça ! s'écria Mack. Tu l'as dit à la conseillère conjugale. Tu le répètes à qui veut t'entendre. Mack s'est cogné la tête et maintenant il pète les plombs.

— Mack, je ne saurais tolérer un tel langage, intervint le beau-père. Je vous prie de quitter cette table.

— Rien ne saurait me faire plus plaisir, répliqua-t-il en se levant et en repoussant sa chaise d'un coup de pied. Et vous serez ravi d'apprendre que je ne reviendrai jamais. Vous allez avoir de quoi jaser, hein ?

Un silence de mort s'abattit sur la table tandis qu'il s'éloignait. La dernière chose qu'il entendit fut Lisa qui murmurait : « Je suis vraiment navrée... »

Dès le lundi, il traversa la place pour se rendre au cabinet prospère de son ami Harry Rex Vonner. Considéré comme l'avocat en divorce le plus féroce du comté de Ford, ce bagarreur doublé d'une grande gueule mâchouillait d'énormes cigares noirs, enguirlandait ses secrétaires comme les greffiers, contrôlait les rôles d'audience, intimidait les juges et terrorisait la partie adverse. Son cabinet était un vrai dépotoir, avec des caisses de dossiers empilées dans le hall, des corbeilles à papier qui débordaient, des porte-revues qui croulaient sous les vieux magazines, un nuage de fumée constamment en suspension sous le plafond, les meubles et les étagères noyées sous une couche de poussière et en permanence une foule disparate de clients qui attendaient désespérément près de l'entrée. C'était un vrai souk. Rien n'était fait à temps. On y entendait continuellement des éclats de voix. Les téléphones n'arrêtaient pas de sonner. La photocopieuse tombait perpétuellement en panne et tout le reste était à l'avenant. Mack y venait souvent pour affaire et il adorait cette ambiance dantesque.

— Alors, il paraît que t'as pété les plombs, fiston !
l'accueillit gaiement Harry Rex depuis le seuil de son
bureau.

La pièce était grande, sans fenêtre et située sur
l'arrière du cabinet, loin de la salle d'attente. Elle débordait d'étagères, de cartons d'archives, de pièces
déposées aux procès, d'agrandissements de clichés et de
piles de longues dépositions ; les murs étaient couverts
de photographies de mauvaise qualité, représentant souvent Harry Rex posant fièrement, son fusil à la main,
devant la dépouille d'un animal. Mack n'aurait su dire
à quand remontait sa dernière visite, mais il était certain
d'une chose : rien n'avait changé.

Ils s'assirent, Harry Rex derrière un bureau massif
couvert de papiers qui tombaient de tous côtés et Mack
dans un vieux fauteuil en toile branlant.

— Je me suis cogné la tête, c'est tout, répondit-il.

— Tu as une mine de déterré.

— Merci.

— Elle a déjà demandé le divorce ?

— Non, je viens de vérifier. Elle veut faire appel à
un type de Tupelo ; elle prétend qu'elle ne peut faire
confiance à personne ici. Mais je ne veux pas me battre,
Harry Rex. Elle peut tout garder, les filles, la maison et
tout ce qu'il y a dedans. Je vais me déclarer en faillite,
fermer le cabinet et mettre les voiles.

Harry Rex coupa lentement le bout d'un nouveau
cigare et le planta au coin de ses lèvres.

— Tu as pété les plombs, fiston.

Paraissant plus que ses cinquante ans, Harry Rex se
plaisait à jouer les vieux sages et appelait affectueusement « fiston » tous ceux qui étaient plus jeunes que lui.

— Disons que c'est la crise de la cinquantaine. J'ai
quarante-deux ans et j'en ai marre de jouer les avocats.
Mon mariage ne me donne aucune satisfaction et ma

carrière non plus. Il est temps de changer de décor et d'aller voir ailleurs.

— Écoute, fiston, j'ai été marié trois fois. Ce n'est pas parce qu'on largue une bonne femme qu'il faut prendre la fuite.

— Je ne suis pas venu pour que tu me donnes des conseils, Harry Rex. Je t'engage pour que tu règles mon divorce et ma faillite. J'ai déjà préparé tous les papiers. Il ne te reste plus qu'à demander à un de tes larbins de tout enregistrer après avoir vérifié que j'ai protégé mes arrières.

— Où pars-tu ?

— Très loin. Je ne sais pas encore où, mais je te le dirai quand j'y serai. Je reviendrai quand il le faudra. Je reste un père, tu sais.

Harry Rex se tassa sur son siège. Il souffla la fumée et contempla les piles de dossiers entassés n'importe comment par terre, son téléphone où cinq lumières rouges clignotaient...

— Je peux venir avec toi ?

— Désolé, tu dois rester ici pour me représenter. J'ai onze affaires de divorce en cours, la plupart sans problème, plus huit faillites, une adoption, deux successions, un accident de la route, un accident du travail et deux litiges entre de petites sociétés. Ce qui fait à peu près vingt-cinq mille dollars d'honoraires sur les six prochains mois. J'aimerais que tu t'en occupes.

— C'est de la merde.

— Oui et ça fait dix-sept ans que je ne remue que ça. Tu n'as qu'à la refiler à un de tes petits jeunes en lui donnant un bonus. Crois-moi, y a rien de compliqué là-dedans.

— Combien de pension alimentaire peux-tu verser pour les enfants ?

— Au maximum trois mille par mois, ce qui est déjà bigrement au-dessus de mes moyens à l'heure qu'il est.

Commence à deux mille et on verra si ça passe. Elle peut demander le divorce pour incompatibilité d'humeur, je suis d'accord. Je lui laisse la garde des filles, mais je veux pouvoir les voir quand que je passerai dans le coin. Je lui laisse la maison, sa voiture, les comptes en banque, tout. Elle n'est pas impliquée dans ma faillite, nos biens communs non plus.

— Sur quoi porte ta faillite ?

— Sur la SARL cabinet Jacob McKinley Stafford. Qu'elle repose en paix.

Harry Rex examina la déclaration de cessation de paiements en mâchouillant son éternel cigare. Elle ne révélait rien de surprenant : l'escalade progressive des cartes de crédit, le découvert constant, l'emprunt écrasant.

— Tu n'es pas forcé d'en arriver là. Ta situation n'a rien de dramatique.

— J'ai déjà rempli ma demande, Harry Rex. Ma décision est prise sur ce sujet comme sur d'autres. Je me casse, d'accord ? Je suis déjà parti.

— C'est sacrément courageux.

— Non, la plupart des gens trouvent que c'est lâche de s'enfuir.

— Et toi, qu'est-ce que t'en penses ?

— Je m'en fous complètement. Si je ne pars pas tout de suite, je ne partirai jamais. C'est ma seule chance.

— Bravo, mon gars !

Mack rappela l'avocat new-yorkais à dix heures précises le mardi, une semaine après son premier appel. Sourire aux lèvres, il enfonça les touches du clavier, très fier du travail stupéfiant qu'il avait accompli au cours des sept derniers jours. Son plan fonctionnait à merveille, sans la moindre anicroche jusqu'à présent, sauf peut-être sa blessure à la tête, quoique cet accident permettrait finalement de justifier sa fuite. Il avait été hospitalisé pour une commotion cérébrale, il ne fallait pas s'étonner s'il faisait n'importe quoi.

— Monsieur Marty Rosenberg ? demanda-t-il d'un ton enjoué.

Marty prit rapidement la ligne et ils échangèrent les politesses d'usage. Mais le New-Yorkais n'avait pas l'air pressé de mettre fin à ces bavardages et Mack craignit brusquement que le peu d'efficacité dont il avait fait preuve n'eût entraîné un changement de stratégie. Redoutant de mauvaises nouvelles, il alla droit au but.

— Dites-moi, Marty, j'ai vu mes quatre clients et, comme vous vous en doutez peut-être, ils se sont tous empressés d'accepter votre offre. Nous sommes donc prêts à enterrer la hache de guerre pour un demi-million de dollars.

— Attendez, vous êtes sûr qu'il s'agissait d'un demi-million de dollars, Mack ? demanda Marty d'une voix hésitante.

Le sang de Mack ne fit qu'un tour. Son cœur cessa de battre.

— Bien sûr, Marty ! explosa-t-il avant de s'esclaffer du style « Ah, sacré Marty, tu m'feras toujours rire ! ». Vous avez offert cent mille pour chacun des plaignants plus cent pour les dépens.

Mack entendit un froissement de papiers à l'autre bout du fil, à New York.

— Hem… laissez-moi une seconde, Mack. Nous parlons bien de l'affaire Tinzo, n'est-ce pas ?

— Oui, c'est bien cela, Marty, répondit Mack, partagé entre la peur et la colère… et le désespoir aussi : l'homme qui tenait les cordons de la bourse ne savait même plus de quelle affaire il s'agissait alors qu'une semaine plus tôt il s'était montré d'une efficacité redoutable.

Non content de patauger, il lui fit alors une confidence qui acheva de le terrifier :

— J'ai bien peur d'avoir confondu cette affaire avec une autre.

— Vous plaisantez ! aboya Mack sans pouvoir se contenir.

Du calme, se dit-il, *du calme, mon garçon.*

— Nous vous avons vraiment offert tant que ça ? continua Marty qui devait toujours chercher ses notes.

— Je peux vous en assurer. Et c'est en toute bonne foi que j'ai transmis ces chiffres à mes clients. Nous avons conclu un marché, Marty. Vous nous avez fait des offres raisonnables, nous les avons acceptées. Vous ne pouvez plus reculer à présent.

— Ça me paraît juste un peu élevé, c'est tout. Je travaille sur tellement de cas similaires ces derniers temps !

Plaignez-vous ! faillit répondre Mack. *Vous avez des clients qui vous paient des tonnes de dollars pour faire des tonnes de travail !* Il s'essuya le front, voyant déjà tous ses beaux projets s'envoler. Non, il ne devait pas paniquer !

— Ce n'est pas du tout élevé, Marty, riposta-t-il. Vous devriez voir Odell Grove avec son œil en moins ; et Jerrol Baker à qui il manque la main gauche ; et Doug Jumper avec sa main droite mutilée dont il ne peut plus se servir ; et Travis Johnson, avec des moignons à la place des doigts. Oui, vous devriez parler avec eux, Marty, et voir combien leur existence s'est dégradée depuis qu'ils ont été mutilés par des tronçonneuses Tinzo. Je suis sûr que vous seriez alors d'avis que votre offre d'un demi-million de dollars est non seulement raisonnable, mais peut-être même sous-évaluée.

Il reprit son souffle et sourit intérieurement. Pas mal comme conclusion ! Il aurait peut-être dû passer davantage de temps au prétoire.

— Je n'ai pas le temps de discuter de ces détails ni de questions de responsabilité, Mark, je…

— C'est Mack. Mack Stafford, avocat à Clanton, Mississippi.

— Oui, excusez-moi.

Nouveaux bruissements de papier à New York. Des murmures dans le lointain puis il entendit M. Rosenberg s'adresser à d'autres personnes avant de revenir, la voix de nouveau pleine d'assurance.

— Vous devez savoir, Mack, qu'il y a eu déjà quatre procès intentés contre Tinzo pour cette tronçonneuse et que Tinzo a gagné à chaque fois, haut la main, sans que sa responsabilité soit jamais mise en cause.

Évidemment, comme Mack avait laissé tomber sa petite action de groupe, il l'ignorait.

— Oui, répondit-il, en désespoir de cause. J'ai étudié ces procès de près. Mais je croyais que vous ne deviez pas discuter de responsabilité, Marty.

— C'est vrai, vous avez raison. Je vous faxe tout de suite l'accord sur les termes de la transaction.

Mack inspira profondément.

— Dans combien de temps pensez-vous pouvoir me les renvoyer ? continua Marty.

— Deux ou trois jours.

Ils débattirent de la formulation des documents. Puis ils revinrent sur la façon de distribuer l'argent aux intéressés. Ils passèrent ainsi une bonne vingtaine de minutes à faire leur boulot d'avocats.

Lorsque Mack raccrocha enfin, il ferma les yeux, mit ses pieds sur son bureau et se renversa dans son fauteuil pivotant. Il était vidé, épuisé, encore secoué, mais il se remettait déjà. Il sourit et se mit à fredonner une chanson de Jimmy Buffett.

Son téléphone continua de sonner.

En fait, il n'avait retrouvé ni Travis Johnson ni Doug Jumper. On racontait que Travis conduisait un camion dans l'Ouest, un métier qu'il pouvait exercer avec seulement sept doigts entiers. Travis avait laissé une ex-femme avec une maison pleine d'enfants et un long registre de pensions alimentaires impayées.

Elle travaillait la nuit dans une supérette de Clanton et Mack eut une courte conversation avec elle. Elle se souvenait que, lorsque Travis s'était coupé trois doigts, il lui avait promis un gros dédommagement. Travis avait pris la fuite un an auparavant et, d'après de vagues copains, n'avait aucune intention de revenir dans le comté de Ford.

Le bruit courait que Doug Jumper était mort. Il avait été incarcéré dans le Tennessee à la suite d'une agression et nul ne l'avait revu depuis trois ans. Il n'avait jamais connu son père. Sa mère avait déménagé. Et ses rares proches disséminés dans le comté n'avaient pas plus envie de parler de Doug que d'avoir affaire à un avocat, fût-il en treillis de chasse, en vieux jean et en bottes, ou dans une des autres tenues que Mack enfilait pour se fondre parmi les autochtones. Il agita en vain la carotte d'un chèque qu'il devait à Doug Jumper. Au bout de deux semaines infructueuses, il finit par abandonner ses recherches en entendant pour la énième fois : « Y a longtemps que le pauvre garçon doit être mort. »

Il obtint en toute légitimité les signatures d'Odell Grove et de Jerrol Baker (cette dernière se limitant à un pathétique gribouillis de la main droite), avant de commettre sa première infraction. Marty Rosenberg de New York avait exigé que l'accord soit authentifié devant un officier ministériel, ce qui était très courant dans ce genre de procédure. Hélas, Mack avait renvoyé le sien, et se procurer les services d'un autre se révélait trop compliqué.

Installé à son bureau, les portes du cabinet bien verrouillées, Mack contrefit la signature de Freda comme agent assermenté, puis il appliqua le sceau avec un vieux cachet périmé qu'il conservait dans un classeur fermé à clé. Il certifia l'authenticité de la signature d'Odell, puis celle de Jerrol, et contempla son œuvre. Il préparait son coup depuis des jours, convaincu de ne jamais se faire prendre. Ses faux étaient magnifiques : on distinguait à peine les altérations qu'il avait apportées au cachet et personne à New York ne prendrait le temps de les inspecter. M. Rosenberg et son équipe de choc étaient si pressés de clore ce dossier qu'ils ne parcourraient ces documents que pour s'assurer que tout était en ordre avant d'envoyer le chèque.

La liste de ses infractions s'alourdit encore quand il contrefit les signatures de Travis Johnston et Doug Jumper. Ceci, bien sûr, se justifiait : n'avait-il pas en toute bonne foi cherché à les retrouver ? Et, si jamais ils réapparaissaient, il serait ravi de leur offrir vingt-cinq mille dollars comme à Odell et à Jerrol. À condition, bien sûr, de se trouver dans les parages quand ils referaient surface.

Seulement Mack n'avait aucune intention de s'attarder dans le coin.

Le lendemain matin, il utilisa sans vergogne les services postaux américains (autre violation possible de la loi, fédérale cette fois) pour envoyer le paquet par exprès à New York.

Puis il fit sa déclaration de dépôt de bilan et, par la même occasion, enfreignit une nouvelle loi en omettant de mentionner les honoraires que sa magistrale affaire de tronçonneuses allait lui rapporter. Il pourrait toujours arguer, s'il se faisait prendre, qu'il n'avait pas encore été payé, mais lui-même ne croyait pas à cette ligne de défense. Quelle importance ? Personne ne verrait la couleur de cet argent ni à Clanton, ni dans le Mississippi.

Il ne se rasait plus depuis quinze jours et trouvait d'ailleurs sa barbe poivre et sel assez seyante. Il ne mangeait plus et ne portait plus de costume ni de cravate. Toute trace de ses ecchymoses et de ses points de suture avait disparu. Quand il se promenait en ville, ce qui n'arrivait pas souvent, les gens chuchotaient sur son passage, le bruit courant toujours que le pauvre Mack avait perdu la tête. L'annonce de sa faillite avait secoué le tribunal et, quand les avocats, les secrétaires et les greffiers apprirent également que Lisa demandait le divorce, il devint le centre de toutes les conversations. Son cabinet restait obstinément fermé et il ne répondait plus au téléphone.

L'argent des tronçonneuses fut transféré sur un nouveau compte, à Memphis, d'où il fut discrètement dispersé. Mack retira cinquante mille dollars en liquide et, sans le moindre remords, paya Odell Grove et Jerrol Baker. Bien sûr, ils auraient dû toucher plus, ne serait-ce qu'au terme des contrats que Mack avait agités sous leur nez quand ils l'avaient engagé. Mais les circonstances, du moins de l'avis de Mack, appelaient à une interprétation plus flexible de ces engagements et cela pour plusieurs raisons. Premièrement, ses clients étaient très contents. Deuxièmement, ils auraient tout claqué s'ils avaient touché davantage, donc pour préserver cet argent, mieux valait qu'il en garde la majeure partie. Troisièmement, ces vingt-cinq mille dollars représentaient une compensation équitable en considération de leurs blessures, et surtout en considération du fait qu'ils n'auraient rien reçu du tout si Mack n'avait pas eu l'intelligence d'imaginer qu'il y avait matière à entreprendre une action groupée pour cette histoire de tronçonneuses.

Ses quatrième, cinquième et sixième raisons étaient du même acabit. Mack en avait déjà assez de chercher à se justifier. Il avait arnaqué ses clients et il le savait.

C'était un escroc. Faux, dissimulation de revenus, malversation. S'il s'était laissé aller à réfléchir à ce qu'il venait de faire, il aurait eu le bourdon. En réalité, la perspective de sa fuite le réjouissait tellement qu'il se surprenait à rire sans raison. Le mal était fait, impossible de revenir en arrière, et c'était mieux ainsi.

Il remit à Harry Rex un chèque de cinquante mille dollars afin de couvrir les premiers frais du divorce, puis il signa les papiers nécessaires permettant à son avocat d'agir en son nom pour régler ses affaires. Le reste de l'argent fut viré sur un compte en Amérique centrale.

Le dernier acte de ses adieux parfaitement orchestrés fut l'ultime entrevue avec ses deux filles. Après plusieurs conversations téléphoniques désagréables, Lisa avait finalement consenti à le laisser venir une heure à la maison, le jeudi soir : elle lui abandonnerait la place soixante minutes, pas une de plus.

Les règles de la décence voulaient qu'un être humain digne de ce nom se plie à ces formalités. Mack s'en serait volontiers dispensé si cela n'avait fait de lui un lâche en sus d'un escroc. Certes, il n'était plus à une faute près, cependant il se devait de donner à ses filles une occasion de vider leur sac, de pleurer, de demander des explications. Il n'aurait pas dû s'inquiéter. Lisa les avait tellement bien briefées qu'elles l'embrassèrent à peine. Il leur promit de venir les voir aussi souvent que possible, même s'il quittait la ville. Elles accueillirent cette déclaration avec un scepticisme qui le sidéra. Au bout d'une demi-heure interminable et pénible, il serra une dernière fois ses filles crispées dans ses bras et regagna précipitamment sa voiture. Il repartit, persuadé que les trois femmes se préparaient déjà à une vie heureuse sans lui.

S'il s'était appesanti sur ses échecs et ses défauts, il aurait sans doute sombré dans la mélancolie. Il s'interdit donc de penser à ses deux filles quand elles étaient petites et quand ils étaient heureux. Mais avait-il jamais été heureux ? Il n'en avait aucune idée.

Il revint à son cabinet en entrant, selon ses nouvelles habitudes, par la porte de derrière et passa une dernière fois ses bureaux en revue. Tous les dossiers en cours avaient été transmis à Harry Rex. Les anciens avaient été brûlés. Les livres de droit, le matériel de bureau, les meubles et les tableaux bon marché qui décoraient les murs avaient été vendus ou donnés. Il prit une valise de taille moyenne dont il avait soigneusement sélectionné le contenu. Pas de costumes, de cravates, de chemises ni de chaussures habillées : il avait offert toutes ces frusques à une œuvre de bienfaisance. Il emportait le minimum

Il prit un car jusqu'à Memphis, d'où il s'envola pour Miami et de là pour Nassau où il passa la nuit, avant de repartir par un autre avion jusqu'à Belize City, en Amérique centrale. Il attendit une heure dans l'aérogare surchauffée en sirotant une bière au minuscule bar et, tout en rêvant à ce qui l'attendait, écouta des Canadiens parler avec enthousiasme de pêche au *bonefish*. Il ne savait pas exactement ce qu'il allait trouver, mais cela lui semblait nettement plus séduisant que les décombres qu'il laissait derrière lui.

Son argent avait été transféré au Belize, un pays qui avait conclu avec les États-Unis un traité d'extradition de pure convenance. Au cas où on retrouvait sa trace, ce qu'il jugeait impossible, il aurait toujours la ressource de passer au Panamá. Il courait peu de risque de se faire démasquer, mais si jamais quelqu'un commençait à fouiner autour de Clanton, Harry Rex le saurait très vite.

L'avion pour Ambergris Cay était un vieux Cessna Caravan, un vingt places rempli de Nord-Américains bien nourris trop gros pour les sièges étroits. Mack s'en moquait. Il regardait par le hublot, mille mètres plus bas, les eaux turquoise et chaudes dans lesquelles il allait bientôt nager. Une fois sur l'île, il prit une chambre au Rico's Reef Resort, un petit hôtel pittoresque en bord de mer, au nord de la capitale San Pedro. Toutes les chambres, des cases au toit de chaume, étaient agrémentées d'une petite véranda. Et sur chaque véranda se balançait un grand hamac, ce qui ne laissait aucun doute sur les priorités du Rico's. Mack paya en liquide une semaine d'avance (jamais plus il n'emploierait de carte de crédit), et enfila en vitesse son nouvel uniforme : un T-shirt, un vieux short en jean, une casquette de baseball, pas de chaussures. Il trouva rapidement le bar, commanda un rhum et fit la connaissance d'un certain Coz. Ses longs cheveux gris attachés en queue-de-cheval, la peau tannée comme du cuir, un reste d'accent de la Nouvelle-Angleterre, Coz semblait avoir jeté l'ancre au comptoir depuis un bout de temps, à voir son état. Fumant cigarette sur cigarette tout en sirotant du vieux rhum, il dit en passant qu'il avait autrefois travaillé pour une vague firme de Boston. Quand il commença à poser des questions à Mack, ce dernier se referma comme une huître.

— Vous êtes là pour longtemps ? insista Coz.

— Juste le temps de bronzer.

— Ça peut prendre un moment. Méfiez-vous du soleil. Il est mauvais.

Coz connaissait bien Belize. Voyant que son copain de bar n'était guère loquace, il lui donna un conseil :

— Z'êtes un petit malin. Vaut mieux tenir sa langue ici. Y a beaucoup d'Amerloques en cavale.

Plus tard, dans son hamac balancé par la brise, alors qu'il contemplait l'océan et écoutait les vagues tout en savourant un rhum-limonade, Mack se demanda s'il était réellement en fuite. Il n'avait pas de mandat d'arrêt lancé contre lui, ni d'injonction du tribunal, ni de créanciers à ses trousses, du moins pas à sa connaissance. Et il ne risquait pas d'en avoir. Il pouvait rentrer chez lui le lendemain s'il le voulait, mais il frémit à cette pensée. Il n'avait plus de foyer. Il venait juste de s'en échapper.

Il n'avait pas encore encaissé le choc de son départ, mais le rhum l'aidait à le supporter.

Mack passa la première semaine entre le hamac et la piscine, ne s'exposant que prudemment au soleil avant de vite retourner s'abriter sous sa véranda. Quand il n'était pas occupé à bronzer, à faire un somme ou à prendre un verre au bar, il se promenait longuement au bord de l'eau. Ce serait bien d'avoir de la compagnie, songea-t-il. Il bavarda avec les touristes des autres petits hôtels et finit par faire la connaissance d'une charmante jeune femme de Detroit. Il lui arrivait de s'ennuyer, mais s'ennuyer à Belize c'était cent fois mieux qu'à Clanton.

Mack se réveilla d'un horrible cauchemar le 25 mars. Pour une obscure raison, il se souvint que c'était le jour où s'ouvrait la nouvelle session de la cour d'équité à Clanton. En temps normal, il aurait dû aller prendre connaissance du rôle d'audience. Là, avec une vingtaine d'autres avocats, il aurait répondu à l'appel de son nom et informé le juge que M. et Mme Untel étaient prêts à divorcer. Il avait au moins trois affaires prévues ce jour-là. Le plus triste c'est qu'il se souvenait encore des noms de ses clients. Et pourtant il ne s'agissait que d'un travail à la chaîne, et lui n'avait jamais été qu'un ouvrier mal payé et facilement remplaçable.

Allongé nu entre les draps légers, il ferma les yeux. Quand il inspira, il sentit les relents de chêne et de cuir du vieux tribunal. Il entendit les voix des autres avocats qui se querellaient avec des airs importants sur des broutilles de dernière minute. Il vit le juge dans sa robe noire élimée assis sur son imposant fauteuil, attendant impatiemment la signature des papiers pour, une fois de plus, prononcer la dissolution d'un mariage entre deux êtres qui s'étaient pourtant crus destinés l'un à l'autre.

Puis il ouvrit les yeux et, bercé par les bruits de l'océan dans le petit matin, le regard rivé sur les pales du ventilateur qui tournaient lentement au plafond,

Mack Stafford se sentit brutalement envahi par la joie indicible d'être libre. Il enfila un short en vitesse, traversa la plage ventre à terre, courut jusqu'au bout de la jetée qui s'avançait d'une cinquantaine de mètres sur l'océan et, riant aux éclats, sauta dans l'eau chaude avec un énorme plouf, remonta à la surface et se mit à nager.

Casino

L'arnaqueur le plus ambitieux de Clanton était un concessionnaire de tracteurs du nom de Bobby Carl Leach. À partir d'un terrain industriel au bord de la nationale, au nord de la ville, Bobby Carl avait bâti un empire qui avait, à une époque ou à une autre, englobé un atelier d'entretien d'engins de travaux publics, une flotte de camions de transport de bois, deux petits restaurants de poisson avec buffet à volonté, un motel, une exploitation forestière sur laquelle le shérif avait trouvé des cultures de marijuana, et un patrimoine immobilier constitué principalement d'immeubles vides, disséminés autour de Clanton, dont la plupart avaient fini par brûler. Bobby Carl était poursuivi par les incendies criminels comme par les tribunaux. Grand habitué des procès, il se vantait de la quantité d'avocats qu'il faisait travailler. Avec sa vie tumultueuse ponctuée de contrats véreux, de divorces, de contrôles fiscaux, d'escroqueries à l'assurance, sans compter les nombreuses fois où il avait échappé de peu à des condamnations, Bobby Carl représentait une petite industrie à lui tout seul, du moins pour le barreau local. Pourtant, bien que vivant constamment en marge de la légalité, il n'avait jamais été sérieusement inquiété et, avec le temps, ce talent pour échapper aux lois n'avait fait qu'accroître sa réputation et presque tout Clanton se plaisait à colporter et à embellir les hauts faits de Bobby Carl.

Il roulait en Cadillac DeVille, sa voiture de prédilection, toujours marron, neuve et rutilante : il en changeait tous les douze mois pour prendre le dernier modèle. Personne n'osait conduire la même. Il avait acheté une fois une Rolls-Royce, la seule à trois cents kilomètres à la ronde, mais l'avait gardée moins d'un an : dès qu'il s'était aperçu que ce genre de véhicule exotique n'avait guère d'impact sur les autochtones, il s'en était débarrassé. Les gens n'avaient aucune idée de l'endroit où elle était fabriquée ni du prix qu'elle coûtait. Aucun mécanicien de la ville ne voulait y toucher, ce qui n'avait finalement aucune importance puisque les pièces détachées étaient de toute façon introuvables.

Il portait des bottes de cow-boy dangereusement pointues, des chemises d'un blanc immaculé et des costumes trois pièces foncés, aux poches toujours bourrées de billets. Il accompagnait chacune de ses tenues d'un impressionnant étalage de bijoux en or : énormes montres, chaînes à gros maillons, gourmettes, boucles de ceinture, épingles et pinces à cravate. Bobby Carl collectionnait l'or comme certaines femmes amassent les chaussures. Il en agrémentait ses voitures, ses bureaux, ses valises, ses couteaux, ses cadres de tableaux et même sa robinetterie. Il aimait également les diamants. Les contrôleurs du fisc ne pouvaient garder la trace de valeurs aussi mouvantes et Bobby Carl préférait tout naturellement se fournir au marché noir.

Pourtant, s'il aimait s'afficher en public, il veillait jalousement sur sa vie privée. Il vivait retiré dans une mystérieuse maison contemporaine perdue dans les collines, à l'est de Clanton ; comme très peu de personnes la connaissaient, le bruit courait que c'était un lieu de débauche et de dépravation. Il y avait du vrai dans ces rumeurs. Un tel homme ne pouvait qu'attirer les femmes de mœurs légères et Bobby Carl adorait les jolies filles. Il en avait épousé plusieurs et s'en était mordu les doigts. Il aimait l'alcool, mais sans excès. Et si, effectivement, il recevait des gens pas toujours recommandables au cours de folles soirées, jamais il n'avait manqué une seule heure de travail à la suite d'une gueule de bois. L'argent avait beaucoup trop d'importance pour lui.

Chaque matin à cinq heures, même le dimanche, sa DeVille marron faisait rapidement le tour du tribunal du comté et du centre-ville de Clanton. Il jubilait de voir les magasins et les bureaux vides plongés dans l'obscurité. Qu'ils dorment les banquiers, les avocats, les agents immobiliers, les commerçants et tous ceux qui déblatéraient sur son compte et qui jalousaient sa richesse alors qu'eux n'étaient jamais au travail à cinq heures du matin ! Il savourait l'obscurité, la tranquillité et l'absence de compétition de cette heure matinale. Après ce tour de piste du vainqueur, il fonçait à son bureau, sans doute le plus grand de tout le comté. Situé sur sa concession de tracteurs, il occupait la totalité du second étage d'un vieil immeuble en brique rouge qui datait d'avant Pearl Harbor. Derrière ses vitres teintées, Bobby Carl pouvait surveiller à la fois ses engins et la circulation sur la route nationale.

Dans la sérénité et la solitude du petit matin, il commençait chaque journée avec un pot de café bien fort qu'il vidait en lisant les journaux. Il était abonné à tous les quotidiens de Memphis, Jackson et Tupelo ainsi qu'aux hebdomadaires des comtés voisins. Il les épluchait du début à la fin, à l'affût non pas des nouvelles mais des bonnes affaires : les immeubles à vendre, les saisies, les ouvertures ou fermetures d'usines, les ventes aux enchères, les faillites, les liquidations, les appels d'offres, les fusions de banques, les travaux publics à venir. Les murs de son bureau étaient couverts de plans et de photos aériennes des villes et des comtés. Il avait le cadastre sur son ordinateur. Il savait qui n'avait pas payé ses taxes foncières, depuis combien de temps et à combien sa dette se montait ; et il collationnait et enregistrait toutes ces informations aux aurores, alors que tout le monde dormait.

Son point faible, bien avant les femmes et l'alcool, c'était le jeu. Il avait essuyé de fortes pertes à Las Vegas, dans les clubs de poker et auprès des bookmakers. Il claquait régulièrement de grosses sommes d'argent aux courses de chiens de West Memphis et avait même failli se ruiner totalement lors d'une croisière dans les Bermudes. Avec l'arrivée inopinée des jeux de casino dans le Mississippi, son empire avait fini par atteindre un niveau d'endettement préoccupant. De toute façon, il n'y avait plus qu'une banque dans les environs qui acceptait de travailler avec lui et, quand celle-ci avait refusé de couvrir ses pertes au craps, il s'était vu contraint de mettre un peu de son or au clou à Memphis pour régler ses employés. Puis un de ses immeubles était parti en fumée, il avait plus ou moins forcé la compagnie d'assurances à payer, ce qui lui avait permis d'enrayer momentanément sa crise financière.

Les Indiens choctaws avaient construit l'unique casino de l'État, dans le comté de Neshoba, à deux heures de route de Clanton, et c'est là que Bobby Carl avait joué pour la dernière fois. Fou furieux d'avoir perdu une petite fortune, il s'était juré, lors de son retour en état d'ivresse, qu'on ne l'y reprendrait plus. Ça suffisait ! Il en avait marre de se faire avoir ! Si les casinos continuaient à proliférer, c'était bien parce que ça rapportait gros aux petits malins qui les construisaient.

Or Bobby Carl se considérait comme un petit malin.

Ses recherches lui révélèrent bientôt que le département de l'Intérieur reconnaissait cinq cent soixante-deux tribus d'Amérindiens à travers le pays, mais uniquement les Choctaws dans le Mississippi. Certes, autrefois l'État comptait une multitude d'Indiens (au moins dix-neuf tribus importantes), mais la plupart avaient été déportés dans l'Oklahoma dans les années 1830. Seuls restaient ces trois mille Chocktaws qui s'en mettaient plein les poches grâce à leur casino[1].

Il était temps de leur faire concurrence. Des recherches plus approfondies lui révélèrent qu'à une époque, les Yazoos constituaient la seconde population la plus importante du Mississippi et que, bien avant l'arrivée de l'homme blanc, leur territoire couvrait la moitié nord de l'État, y compris le comté de Ford. Bobby Carl refila quelques dollars à une société de recherches en généalogie qui lui fournit, comme par hasard, un arbre généalogique démontrant que l'arrière-grand-père de son père possédait un seizième de sang yazoo.

Son projet commercial commençait à prendre forme.

À une cinquantaine de kilomètres à l'ouest de Clanton, à la limite du comté de Polk, se trouvait une alimentation générale tenue par un vieil homme à la peau légèrement sombre arborant une longue natte et des turquoises à tous les doigts. On l'appelait tout simplement Chef Larry, car il se prétendait pur Indien et disait posséder des papiers qui le prouvaient. Yazoo et fier de l'être, il n'hésitait pas pour convaincre les gens de l'authenticité de son origine à vendre, à côté des œufs et de la bière, toutes sortes d'objets artisanaux et de souvenirs indiens de pacotille. Un tipi fabriqué en Chine montait la garde au bord de la nationale et un vieil ours

1. Afin de fournir des emplois et une source de revenu aux Indiens, le Congrès américain a voté en 1988 le Indian Gaming Regulatory Act, une loi qui permet aux tribus indiennes de construire des casinos sur leurs réserves. *(N.d.T.)*

noir et amorphe somnolait dans une cage près de l'entrée. Comme c'était le seul magasin à quinze kilomètres à la ronde, Chef Larry arrivait tant bien que mal à subsister grâce à la clientèle du coin, la pompe à essence et en laissant d'éventuels touristes égarés le photographier.

Chef Larry était un activiste en son genre. Souriant rarement, il donnait toujours l'impression de porter le poids des souffrances de son peuple depuis longtemps oublié. Il adressait des lettres courroucées aux députés, aux gouverneurs et aux bureaucrates et épinglait leurs réponses sur le mur derrière la caisse. À la moindre provocation, il se lançait dans une violente diatribe contre la dernière série d'injustices infligées à « son peuple ». L'histoire était un de ses sujets favoris et il pouvait palabrer pendant des heures sur la façon cruelle dont on l'avait dépouillé de « ses terres ancestrales ». Si la plupart de ses clients réglaient leurs achats en évitant prudemment tout commentaire, quelques-uns aimaient s'asseoir pour l'écouter fulminer.

Depuis deux décennies, Chef Larry recherchait frénétiquement des descendants yazoos autour de lui. La plupart de ceux qu'il contactait ignoraient tout de leurs ascendances indiennes et ne voulaient surtout pas en entendre parler. Ils étaient totalement assimilés, mélangés, croisés… et fermés à toutes ses insinuations sur leur patrimoine génétique. Ils étaient des Blancs ! Il ne fallait pas oublier qu'on se trouvait au Mississippi et, dans cet État, la moindre goutte de sang de couleur évoquait des images bien plus sombres que de simples ébats entre ancêtres blancs et indigènes. Ceux qui prenaient la peine de lui répondre se prétendaient presque tous de descendance anglaise. Il avait même reçu deux menaces de poursuites et une menace de mort. Mais il s'était acharné et quand il avait enfin réussi à réunir deux maigres douzaines de paumés, il avait fondé la nation yazoo et adressé une demande de statut au département de l'Intérieur.

Les années avaient passé. Les jeux d'argent avaient débarqué dans toutes les réserves du pays et soudain la valeur des territoires indiens était montée en flèche.

Ayant décidé qu'il avait du sang yazoo, Bobby Carl commença à s'investir discrètement. Avec l'aide d'un puissant cabinet d'avocats de Tupelo, il exerça des pressions là où il fallait à Washington et c'est ainsi que le statut de tribu fut officiellement accordé aux Yazoos. Ils n'avaient aucun territoire. Qu'importe ! Le règlement fédéral stipulait que ce n'était pas indispensable.

Bobby Carl, lui, possédait des terres. Seize hectares de broussailles et de pins, au bord de la nationale, non loin du tipi de Chef Larry.

Lorsque la charte arriva de Washington, la nouvelle tribu toute fière se réunit dans l'arrière-boutique de Chef Larry pour la cérémonie. Ils avaient invité leur député : celui-ci était retenu au Capitole. Ils avaient invité le gouverneur : ils n'obtinrent aucune réponse. Ils avaient invité d'autres représentants officiels de l'État : ils étaient appelés par des devoirs plus importants. Ils avaient invité les hommes politiques des environs : eux aussi œuvraient à d'autres tâches. Seul un vague et pâle sous-secrétaire du département de l'Intérieur s'était déplacé pour leur remettre leur reconnaissance officielle. Les Yazoos, la plupart aussi clairs de peau que le bureaucrate, se sentirent néanmoins très émus. Comme de bien entendu, Larry fut aussitôt élu chef à vie. Il ne fut pas question de salaire. Mais ils discutèrent longuement de la nécessité de posséder un territoire bien à eux, un morceau de terre natale où établir un bureau, le siège de leur nation, le berceau de leur identité et de leurs idéaux.

Le lendemain, la DeVille marron de Bobby Carl se gara sur le parking de Chef Larry. Bobby Carl n'avait jamais rencontré Chef Larry ni mis les pieds dans son magasin. Il nota le faux tipi, la peinture qui s'écaillait sur les murs, considéra d'un œil méprisant les vieilles pompes à essence, s'arrêta devant la cage de l'ours le temps de vérifier que la pauvre créature était vivante et enfin il entra faire la connaissance de son frère de sang.

Heureusement, Chef Larry n'avait jamais entendu parler de Bobby Carl Leach. Sinon, il se serait contenté de lui dire au revoir après lui avoir fait payer son soda. Mais voyant son client boire tranquillement quelques gorgées, visiblement peu pressé de s'en aller, il engagea la conversation.

— Vous habitez par ici ?

— Non, de l'autre côté du comté, répondit Bobby Carl en tripotant une fausse lance qui faisait partie d'un costume de guerrier apache accroché à un portant, près du comptoir. Félicitations pour votre charte !

Chef Larry bomba aussitôt le torse et concéda son premier sourire.

— Merci. Mais comment vous êtes au courant ? On en a parlé dans les journaux ?

— Non, je viens de l'apprendre. Je suis moi-même d'origine yazoo.

À ces mots, le sourire de Chef Larry s'évanouit et ses yeux noirs se durcirent tandis qu'ils balayaient le coûteux costume trois-pièces, le manteau, la chemise blanche immaculée, la cravate à gros imprimé cachemire, les bracelets, la montre, les boutons de manchettes et la boucle de ceinture en or avant de descendre jusqu'aux bottes de cow-boy à bouts pointus. Puis il examina les cheveux, teints et permanentés avec des petites mèches qui frisottaient autour des oreilles, puis les yeux bleu vert d'Irlandais qui fuyaient son regard. Chef Larry aurait évidemment préféré quelqu'un qui lui ressemble, quelqu'un doté au moins de quelques traits caractéristiques des Amérindiens. Mais il lui fallait bien se contenter de ce qui se présentait. Le patrimoine génétique était devenu si ténu que se prétendre yazoo lui suffisait.

— C'est vrai, insista Bobby Carl en tapotant la poche intérieure de son pardessus. J'ai les papiers.

— Non, ce n'est pas nécessaire, l'arrêta Chef Larry. C'est un plaisir, monsieur...

— Leach. Bobby Carl Leach.

Et c'est autour d'un sandwich que Bobby Carl expliqua qu'il connaissait bien le chef de la nation choctaw et suggéra une rencontre entre les deux grands hommes. Chef Larry enviait depuis longtemps le statut social des Choctaws et la façon dont ils s'étaient préservés. Par les journaux, il était au courant des fabuleux bénéfices de leur casino qui leur permettaient de subvenir aux besoins de la tribu, de construire des écoles et des hôpitaux et d'envoyer leurs enfants à l'université. Bobby Carl, grand démagogue, souligna que les Choctaws avaient obtenu ces avances sociales en tirant intelligemment parti des faiblesses de l'homme blanc pour le jeu et l'alcool.

Le lendemain, ils partirent visiter la réserve choctaw. Bobby Carl parla tout au long du trajet et, le temps d'arriver au casino, il avait convaincu Chef Larry qu'eux, les fiers Yazoos, pouvaient devenir une nation prospère sur le même schéma. Le chef choctaw se trouvant bizarrement retenu par d'autres préoccupations, ce fut un sous-fifre qui leur fit faire de mauvaise grâce le tour du casino et de l'hôtel gigantesques ainsi que des deux parcours de golf de dix-huit trous, du centre de congrès, du terrain d'aviation privé, tout cela perdu au fin fond du comté de Neshoba.

— Il a peur de la concurrence, chuchota Bobby Carl à Chef Larry, tandis que leur guide continuait à les balader sans enthousiasme.

Sur le chemin du retour, Bobby Carl proposa son marché. Il faisait donation de ses seize hectares aux

Yazoos. La tribu aurait enfin une terre natale ! Et sur ce territoire, ils construiraient un casino. Bobby Carl connaissait un architecte, un entrepreneur et un banquier, il connaissait les politiciens du coin et, à l'évidence, il avait longuement réfléchi au sujet. Chef Larry était trop stupéfait et trop naïf pour poser beaucoup de questions. L'avenir lui paraissait soudain riche de promesses et ce n'était pas l'argent qui l'intéressait. Seule comptait la reconnaissance des siens. Chef Larry avait rêvé d'un point d'ancrage pour son peuple, un territoire identifiable où ses frères et sœurs pourraient vivre, prospérer et tenter de reconquérir leur héritage.

Bobby Carl rêvait lui aussi, mais ses rêves n'avaient rien à voir avec la gloire d'une tribu disparue depuis longtemps.

Ce marché lui octroyait la moitié des parts du casino et, lui, en contrepartie, faisait donation des seize hectares, assurait le financement du casino et engageait les avocats nécessaires aux transactions avec les organismes de contrôle. Comme le casino serait construit sur un territoire indien, il y aurait en fait peu de contrôles à effectuer. Ni le comté ni l'État ne pouvaient les arrêter. Ces points avaient déjà été clairement établis par de précédentes jurisprudences à travers tout le pays.

À la fin d'une journée de dur labeur, les deux frères de sang se serrèrent la main et, autour d'un soda, trinquèrent à leur avenir.

Les seize hectares changèrent de propriétaires, les bulldozers les aplanirent jusqu'au dernier centimètre carré, les avocats foncèrent tête baissée, le banquier finit par y voir son intérêt et, moins d'un mois plus tard, l'abominable nouvelle s'abattit sur Clanton : on allait construire un casino dans le comté de Ford ! Pendant des jours et des jours, les rumeurs firent rage dans les cafés autour de la grand-place ; au tribunal et dans les bureaux de la ville, on ne parlait plus que de ce scandale. Le nom de Bobby Carl y fut associé dès le début, ce qui ne rendit la menace que plus crédible. Cela lui correspondait si bien, c'était exactement le genre d'entreprise immorale et profitable propre à le séduire. Il le niait en public pour le confirmer en privé, prenant un malin plaisir à se confier aux plus susceptibles de le répéter.

Lorsqu'on coula les premières dalles de béton deux mois plus tard, il n'y eut ni pose de première pierre par une quelconque personnalité du coin, ni discours promettant la création d'emplois, ni sourires devant les photographes. Tout se déroula au contraire le plus discrètement possible et, si un journaliste débutant n'avait pas eu vent de l'affaire, le lancement de la construction serait passé inaperçu. C'est ainsi qu'une grande photo d'un camion de ciment entouré d'une équipe d'ouvriers s'étala le lendemain à la une du *Ford County Times* avec, en gros titre : LE CASINO, C'EST POUR BIENTÔT ! L'article, très bref, donnait peu de détails, tout simplement parce que personne n'avait voulu s'étendre sur le sujet. Chef Larry était bien trop occupé par son rayon boucherie et Bobby Carl avait été appelé hors de la ville par une affaire urgente. Le bureau des Affaires indiennes au sein du département de l'Intérieur se montra particulièrement peu coopératif. Heureusement, une source anonyme affirmait, tout à fait confidentiellement bien sûr, que le casino ouvrirait dix mois plus tard.

La photo et l'article à la une confirmant les rumeurs, la ville entière se souleva. Les prédicateurs baptistes s'organisèrent et, dès le dimanche suivant, condamnèrent le jeu et ses viles répercussions sur leurs congrégations. Ils appelèrent leurs ouailles à réagir. Écrivez des lettres ! Appelez vos élus ! Tenez votre voisin à l'œil afin de l'empêcher de succomber à la tentation du jeu !

Il fallait arrêter ce cancer qui menaçait leur communauté. Voilà que les Indiens attaquaient à nouveau !

L'édition suivante du *Times* débordait de lettres véhémentes des lecteurs. Pas une seule ne défendait l'idée du casino. Satan sonnait la charge et tous les citoyens dignes de ce nom se devaient de contrer ses actes démoniaques. Le lundi matin, la foule de protestataires était telle qu'il fallut déplacer la réunion hebdomadaire du conseil du comté dans la grande salle du tribunal pour les accueillir. Les cinq représentants locaux se cachaient derrière leur avocat qui tenta d'expliquer que le comté ne pouvait rien faire pour interdire le casino. Cela relevait du niveau fédéral, point final. Les Yazoos avaient été officiellement reconnus. Le terrain leur appartenait. Les Indiens avaient construit des casinos dans au moins vingt-six autres États, presque toujours malgré l'opposition locale. Et tous les procès intentés par des concitoyens inquiets avaient été perdus.

Bobby Carl Leach était-il réellement l'instigateur de ce projet de casino ? demanda quelqu'un.

L'avocat avait bu un verre avec Bobby Carl l'avant-veille. Il ne pouvait nier ce que la ville entière soupçonnait.

— Je le pense, répondit-il prudemment. Mais nous ne sommes pas censés savoir quoi que ce soit sur ce casino. Par ailleurs, M. Leach est d'origine yazoo.

Des éclats de rire bruyants accueillirent cette déclaration, aussitôt suivis par des huées et des sifflements.

— Il serait prêt à dire qu'il est nain pour gagner un dollar ! lança une voix, ce qui provoqua de nouveaux rires et de nouveaux sarcasmes.

Ils eurent beau hurler, siffler et vociférer pendant une heure, la réunion finit par s'essouffler. Il fallait se rendre à l'évidence : le comté ne pouvait rien faire pour empêcher la construction du casino.

La lutte se poursuivit. On adressa de nouvelles lettres au journal, on prononça de nouveaux sermons, on téléphona de nouveau aux élus, de nouvelles mises au point parurent dans la presse. Les semaines passèrent, puis les mois ; et l'opposition retomba. Bobby Carl, soudain très discret, ne se montrait que rarement en ville. En revanche, il se trouvait chaque matin sur le chantier dès sept heures, à hurler contre le contremaître ou à brandir des menaces de renvoi.

Le casino Lucky Jack fut achevé un an après la réception de la charte de Washington. Tout avait été réalisé au moindre coût. La salle de jeux était constituée de trois préfabriqués métalliques juxtaposés, dissimulés par de fausses façades en brique blanche couvertes de néons. On y accola un hôtel de cinquante chambres conçu pour être le plus imposant possible. Avec ses six étages de petites chambres exiguës à quarante-neuf dollars quatre-vingt-quinze la nuit, c'était l'immeuble le plus haut du comté. La décoration intérieure déclinait le thème du Far West, avec des cow-boys, des Indiens, des hors-la-loi, des convois de chariots, des saloons et des tipis. Les murs étaient couverts de tableaux aux couleurs criardes où étaient peints des combats dans lesquels, si l'on y prêtait attention, les Indiens avaient légèrement l'avantage du nombre. Une moquette criarde et peu épaisse imprimée de chevaux et de bétail s'étalait sur le sol. Résultat, on se serait cru dans une salle de foire bruyante, construite à la va-vite pour recevoir les joueurs. La conception en revenait presque entièrement à Bobby Carl. Le personnel avait été formé à la hâte. « Une centaine de nouveaux emplois », rétorquait Bobby Carl à tous ceux qui critiquaient son casino. Chef Larry était habillé en tenue de cérémonie yazoo, du moins selon l'idée qu'il s'en faisait, et son rôle consistait à sillonner la salle de jeux et à parler avec les clients afin de leur donner l'impression qu'ils se trouvaient en véritable territoire indien. Sur les deux douzaines de Yazoos officiels recensés, quinze avaient été embauchés. On leur avait donné des bandeaux et des plumes et on les avait formés au black jack, l'un des emplois les plus lucratifs.

Les Yazoos faisaient de grands projets d'avenir : un terrain de golf, un centre de congrès, une piscine couverte et ainsi de suite. Mais auparavant, ils devaient gagner de l'argent. Il leur fallait donc des joueurs.

L'inauguration se fit sans fanfare. Bobby Carl savait que trop de battage avec photographes et journalistes risquait d'effaroucher les nombreux curieux et le Lucky Jack ouvrit donc ses portes discrètement. Bobby Carl fit de la publicité dans les journaux des comtés environnants en promettant des gains plus gros, des machines à sous plus chanceuses, et « la plus grande salle de poker du Mississippi ». C'était un mensonge éhonté, mais personne n'osa le contester publiquement. Les affaires débutèrent très doucement : à l'évidence, les gens du coin l'évitaient. La plupart des clients venaient des comtés périphériques et peu de joueurs choisissaient d'y passer la nuit. L'hôtel restait vide. Chef Larry ne trouvait pas grand monde à qui parler quand il arpentait la salle.

Les prédicateurs jubilaient du haut de leurs chaires : Satan avait été vaincu et les Indiens écrasés, une fois encore.

Au bout de deux semaines de marasme, Bobby Carl décida qu'il était temps de ruser. Il alla trouver une de ses anciennes petites amies qui accepta de voir son visage étalé à la une des journaux, puis il truqua une de ses machines à sous de façon qu'elle décroche la somme faramineuse de quatorze mille dollars avec un seul jeton d'un dollar. Un autre complice, venu du comté de Polk, remporta huit mille dollars aux « machines à sous les plus chanceuses de ce côté de Las Vegas ». Les deux gagnants furent photographiés avec Chef Larry leur remettant solennellement de gigantesques chèques et Bobby Carl en fit des publicités pleine page dans huit hebdomadaires dont le *Ford County Times*.

Stimulées par l'attrait de gains imminents, les affaires doublèrent puis triplèrent. Au bout de six semaines, le Lucky Jack rentrait dans ses frais. L'hôtel qui proposait des chambres gratuites avec des formules week-end se trouvait souvent complet. Des réservations commencèrent à arriver des États voisins. Le nord du Mississippi se couvrit d'immenses affiches invitant à venir profiter de la vie au Lucky Jack.

Stella, elle, ne profitait pas de la vie. À quarante-huit ans, sa fille partie, elle se retrouvait mariée à un homme qu'elle n'aimait plus. Quand elle avait épousé Sydney deux décennies plus tôt, elle savait qu'il était terne, tranquille, pas particulièrement beau ni ambitieux, et à présent qu'elle approchait de la cinquantaine, elle se demandait vraiment ce qui avait pu l'attirer en lui. La passion et le désir s'étaient vite dissipés et, à la naissance de leur fille, ils avaient déjà sombré dans la routine. Le jour de son trentième anniversaire, Stella avait confié à une de ses sœurs qu'elle n'était franchement pas heureuse. Celle-ci, qui avait déjà divorcé et s'apprêtait à recommencer, lui conseilla de larguer Sidney et de trouver un homme de caractère, un bon vivant, quelqu'un qui avait de l'argent. Au lieu de quoi, Stella avait préféré se consacrer à sa fille et prendre la pilule en cachette. La pensée d'un autre enfant, porteur ne serait-ce que de quelques gènes de Sidney, ne l'enthousiasmait pas.

Dix-huit ans s'étaient écoulés, sa fille était partie. Sidney, désormais nanti de kilos et de cheveux gris supplémentaires, se faisait plus pantouflard et plus ennuyeux que jamais. Il travaillait comme collecteur de données pour une petite compagnie d'assurance-vie et y consacrait tout son temps tout en rêvant d'une merveilleuse retraite qu'il imaginait, allez savoir pourquoi, mille fois plus intéressante que les soixante-cinq premières années de son existence. Stella ne s'en laissait pas conter. Elle savait que Sidney, en activité ou à la retraite, resterait éternellement un homme effacé et falot dont les exaspérants rituels quotidiens ne changeraient jamais et finiraient par la rendre folle.

Elle voulait partir.

Certes il l'aimait toujours, il l'adorait même, cependant elle se trouvait dans l'incapacité de lui rendre son affection. Pendant des années, elle avait essayé de se convaincre que leur mariage était de ces unions profondes qui, n'étant pas bâties sur la passion, survivaient au passage du temps. Elle avait fini par abandonner cette idée trompeuse.

Elle s'en voulait terriblement de lui briser le cœur, mais il s'en remettrait.

Elle perdit dix kilos, se fit teindre les cheveux, se maquilla un peu plus et caressa l'idée de se faire refaire les seins. Sidney regardait tout cela en souriant. Sa jolie petite femme paraissait dix ans de moins. Il en avait de la chance !

Sa chance prit fin le soir où il rentra chez lui pour découvrir la maison vide. La plupart des meubles étaient encore là, mais pas sa femme. Les placards de Stella étaient vides et elle avait seulement emporté un peu de linge et de vaisselle, juste le minimum. En fait, Stella ne voulait rien de Sidney si ce n'est le divorce.

Les papiers se trouvaient sur la table de la cuisine : une demande conjointe pour incompatibilité d'humeur. Déjà rédigée par un avocat ! C'était un coup monté ! Il pleura en la lisant et sanglota encore davantage quand il découvrit les deux courtes pages d'adieux qui l'accompagnaient. Ensuite ils passèrent une bonne semaine à se quereller sans fin au téléphone. Il la supplia de revenir. Elle refusa : tout était fini et elle lui serait reconnaissante de bien vouloir signer les documents et cesser de pleurer.

Ils vivaient depuis des années à la lisière de Karraway, un trou perdu qui convenait parfaitement à un homme comme Sidney. Stella, elle, en avait soupé. Elle habitait Clanton à présent, le siège du comté, une ville plus importante avec un country club et quelques bars. Elle s'était installée chez une vieille amie, dormait dans le sous-sol et cherchait du travail. Sidney tenta de la retrouver, mais elle l'évita. Leur fille appela du Texas et prit rapidement le parti de sa mère.

Leur maison, déjà située dans un quartier tranquille, faisait à présent l'effet d'une tombe à Sidney qui ne le supportait pas : il prit l'habitude d'attendre la nuit pour aller sillonner en voiture les rues de Clanton et faire le tour de la grand-place, les yeux aux aguets, espérant ardemment l'apercevoir, et qu'elle le verrait, que son cœur cruel fondrait et que la vie lui sourirait de nouveau. Comme il ne la croisait jamais, il continuait à rouler et une fois sorti de Clanton, parcourait la campagne.

Un soir, il passa devant le magasin de Chef Larry et s'engagea sur la route qui menait au parking bondé du Lucky Jack. Peut-être se trouvait-elle ici. Peut-être la grande vie et les lumières de la ville lui avaient-elles manqué au point qu'elle s'abaissait à fréquenter ce casino ringard. Ce n'était qu'une pensée, une vague excuse pour venir voir l'endroit dont tout le monde parlait. Qui aurait imaginé qu'on construirait un casino au fin fond du comté de Ford ? Sidney s'avança sur la moquette criarde, parla avec Chef Larry, regarda un groupe de culs-terreux perdre leur paie au craps, ricana en voyant de vieux schnoques engloutir leurs économies dans des machines à sous trafiquées et écouta brièvement un abominable chanteur de country qui tentait vainement d'imiter Hank Williams, sur une petite scène, dans le fond. Quelques noceurs sur le retour et plus qu'obèses dansaient mollement sur la piste devant l'orchestre. Sacrés fêtards ! Stella n'était pas parmi eux. Ni au bar. Ni au buffet. Ni dans la salle de poker. Sidney en fut soulagé même si ça ne le consolait pas pour autant.

Il n'avait pas joué aux cartes depuis des années, cependant il se souvenait des règles de base du vingt et un, un jeu que son père lui avait enseigné. Après avoir tourné autour des tables de black-jack pendant une demi-heure, il trouva le courage de s'asseoir à la table à cinq dollars et de changer un billet de vingt. Il joua pendant une heure et gagna quatre-vingt-cinq dollars. Il passa la journée du lendemain à étudier les règles du black-jack (les cotes de base, quand doubler la mise ou faire un split, les avantages et les inconvénients de l'assurance) et retourna le soir à la même table que la veille où il gagna quatre cents dollars. Il étudia encore. Le troisième soir, il joua pendant trois heures en ne buvant rien d'autre que du café noir et repartit avec mille sept cent cinquante dollars. Il trouvait ce jeu simple et clair. Il existait une façon parfaite de jouer chaque main en se basant sur ce que le croupier montrait. En suivant simplement les cotes standard, un joueur pouvait remporter six mains sur dix. Si on ajoutait le fait qu'on touchait une fois et demie sa mise initiale en cas de black-jack, ce jeu offrait les meilleures chances de gagner contre la maison.

Alors pourquoi tant de joueurs perdaient-ils ? Sidney était sidéré du manque de connaissance des autres joueurs et de la stupidité de leurs paris. Certes, l'alcool servi à flots ne les aidait pas, mais dans un pays où sa consommation était réprimée et toujours considérée comme un péché capital, la distribution gratuite qui en était faite au Lucky Jack attirait plus d'un client.

Sidney étudia, joua tout en buvant le café noir gratuit apporté par les serveuses et joua encore. Il acheta des livres, des vidéos d'entraînement et apprit à compter les cartes, une stratégie délicate qui fonctionnait à merveille, même si elle risquait de faire expulser un joueur de la plupart des casinos. Et surtout, il s'imposa une discipline de fer : calculer ses cotes, s'arrêter quand il perdait, et changer radicalement ses paris au fur et à mesure que le paquet s'amenuisait.

Ainsi, au lieu de continuer à chercher sa femme dans Clanton, prit-il l'habitude de se rendre directement au Lucky Jack où, au bout d'une heure ou deux de jeu, il repartait presque chaque soir avec au moins mille dollars. Plus il gagnait, plus il remarquait les froncements de sourcils des croupiers. Il avait l'impression que les jeunes costauds en costume bon marché (des agents de la sécurité, sans aucun doute) le surveillaient de plus près. Il refusait constamment d'être classé, procédé consistant à devenir « membre du club » et qui offrait toutes sortes de bonus aux gros joueurs. Il refusait de s'inscrire à quoi que ce soit. Son livre favori était *Comment faire sauter la banque du casino*, et l'auteur, un ancien flambeur devenu écrivain, prônait la discrétion et la dissimulation. Ne jamais porter les mêmes vêtements, bijoux, chapeaux, casquettes, lunettes. Ne jamais rester à la même table plus d'une heure. Ne jamais donner son nom. Changer souvent de boisson sans jamais prendre d'alcool. Venir parfois avec un ami et lui dire de vous appeler Frank, Charlie ou Tartempion. Jouer parfois de façon stupide. La raison en était simple ; la loi autorisait tous les casinos du pays à demander à un joueur de s'en aller. Si vous étiez soupçonné de compter les cartes ou de tricher, ou si vous gagniez trop à leur goût, ils pouvaient vous mettre dehors sans avoir à fournir de motif. En affichant plusieurs identités, on les déroutait.

Si son succès au jeu donnait à Sidney un nouveau but dans la vie, il lui arrivait encore de se réveiller en pleine nuit et de chercher Stella près de lui. Le juge avait prononcé le divorce. Elle ne reviendrait pas et pourtant il continuait à tâter les draps, tout en rêvant de celle qu'il ne cesserait jamais d'aimer.

Stella ne souffrait pas de la solitude. La nouvelle qu'une jeune divorcée séduisante venait de s'installer en ville s'était rapidement répandue et, très vite, Stella fut invitée à une soirée où elle fit la connaissance de l'infâme Bobby Carl Leach. Bien qu'elle fût un peu plus âgée que les femmes auxquelles il s'intéressait habituellement, il la trouva séduisante et sexy. Il la charma avec son baratin habituel et fit mine de boire ses paroles. Ils dînèrent ensemble le lendemain et se retrouvèrent au lit juste après le dessert. Même s'il était fruste et vulgaire, cette expérience la grisa. Cela la changeait si merveilleusement des étreintes glaciales et dignes que Sidney lui avaient fait subir !

Très rapidement, Stella obtint un emploi fort bien payé de secrétaire assistante de M. Leach, dernière en date d'une longue liste de jeunes femmes ajoutées au registre du personnel pour d'autres raisons que leurs talents d'organisatrices. Mais si M. Leach s'attendait à ce qu'elle se contente de répondre au téléphone et de se déshabiller à la demande, il se trompait lourdement. Elle passa rapidement son empire en revue et n'y trouva pas grand-chose d'intéressant. Du bois de construction, des terres en friche, des locaux à louer, de l'équipement agricole et des motels bon marché, bref, tout lui parut aussi ennuyeux que Sidney, surtout comparé aux fastes d'un casino. Sa place se trouvait au Lucky Jack et elle réquisitionna rapidement un bureau au-dessus de la salle de jeux, où Bobby Carl venait traîner en fin de soirée, un gin tonic à la main, pour contempler les innombrables écrans vidéo ou compter son argent. Nommée directrice des opérations, elle commença à envisager l'extension de la zone de restauration et peut-être même la construction d'une piscine couverte. Elle avait beaucoup d'idées et Bobby Carl était ravi d'avoir une compagne de lit à la fois facile et aussi passionnée par ses affaires que lui.

Lorsque le bruit courut à Karraway que sa Stella adorée s'était installée avec ce chien de Leach, Sidney se sentit encore plus déprimé. Il en tomba malade. Il songea au meurtre, au suicide. Il rêvait de mille façons de l'impressionner pour la reconquérir. Quand il apprit que c'était elle qui dirigeait le casino, il cessa d'y aller. Il n'arrêta pas de jouer pour autant, au contraire, il élargit le terrain de ses exploits en allant passer de longs week-ends dans le comté de Tunica, au bord du Mississippi. Il gagna quatorze mille dollars lors d'une cession marathon au casino choctaw du comté de Neshoba et on lui demanda de quitter le Grand Casino de Biloxi quand il dépouilla deux tables de trente-huit mille dollars. Il prit une semaine de vacances pour se rendre à Las Vegas, où il joua toutes les quatre heures dans un casino différent avant de quitter la ville avec soixante mille dollars de gains. Il démissionna de son emploi et partit deux semaines aux Bahamas, où il ratissa les piles de jetons de cent dollars dans tous les casinos de Freeport et de Nassau. Il s'acheta un camping-car et parcourut le pays à la recherche des réserves indiennes nanties d'un casino. Sur la douzaine qu'il visita, toutes se félicitèrent de le voir repartir. Puis il retourna passer un mois à Las Vegas, pour étudier à la table privée du plus grand professeur du monde, celui qui avait écrit *Comment faire sauter la banque du casino*. Ce cours particulier lui coûta cinquante mille dollars, mais il les valait jusqu'au dernier centime. Son professeur réussit à le convaincre qu'il avait le talent, la discipline et le cran pour jouer au black-jack au niveau professionnel. Il faisait rarement un tel compliment.

Au bout de quatre mois, le Lucky Jack s'était fondu en douceur dans le paysage local. Il ne rencontrait plus aucune opposition ; il était désormais évident qu'il resterait. Il devint le lieu de prédilection des associations locales, des réunions d'anciens élèves, des enterrements de vie de célibataire et même de quelques mariages. Chef Larry qui envisageait la construction du siège social de la nation yazoo, voyait avec bonheur sa tribu s'agrandir. Ceux qui renâclaient autrefois à se reconnaître des origines indiennes se prétendaient à présent purs Yazoos. La plupart voulaient des emplois et lorsque Chef Larry émit l'idée de partager les bénéfices sous la forme de bonus mensuels, sa tribu dépassa la centaine de membres.

Bobby Carl, bien entendu, empocha sa part de gains, mais dans les limites du raisonnable au départ. Ensuite, poussé par Stella, il emprunta encore davantage pour financer la construction d'un terrain de golf et d'un centre de congrès. La banque, agréablement surprise par l'argent qui affluait, s'empressa d'augmenter le montant de ses crédits. Six mois après son ouverture, le Lucky Jack était endetté de deux millions de dollars sans que personne ne s'en inquiétât.

Au cours de ses vingt-six ans de vie commune avec Sidney, Stella n'avait jamais quitté les États-Unis et n'en connaissait qu'une petite partie. Avec son ex-mari, les vacances s'étaient toujours résumées à une location bon marché sur une plage de Floride et jamais plus de cinq jours. Le nouvel homme de sa vie, au contraire, adorait le bateau, ce qui lui donna l'idée d'organiser une tombola de la Saint-Valentin avec, comme prix, une croisière dans les Caraïbes pour dix couples chanceux. Elle fit de la publicité dans les journaux et, truquant les tirages, choisit les heureux élus parmi ses nouveaux amis et ceux de Bobby Carl, puis annonça le nom des gagnants par un nouvel encart publicitaire dans la presse locale. Vint le départ. Bobby Carl et Stella, une poignée de responsables du casino (à leur grand soulagement, Chef Larry avait décliné l'invitation) et les dix heureux couples quittèrent Clanton dans des limousines qui les conduisirent à l'aéroport de Memphis. De là, ils volèrent jusqu'à Miami où ils embarquèrent à bord d'un navire avec quatre mille autres passagers pour une petite virée intime à travers les îles.

Dès qu'ils eurent quitté le pays, le massacre de la Saint-Valentin commença. Le Lucky Jack était bondé (Stella avait fait à cette occasion de la réclame pour toutes sortes de cadeaux de pacotille romantiques) et Sidney n'avait plus rien à voir avec le personnage que connaissait le personnel du casino. Ses cheveux longs et clairsemés, teints en brun, lui recouvraient les oreilles. Il ne s'était plus rasé depuis un mois et il avait utilisé la même teinture à bas prix pour se colorer la barbe. Il portait de grosses lunettes rondes à monture d'écaille, teintées elles aussi, derrière lesquelles il était difficile de distinguer son regard. Vêtu d'un blouson de motard et d'un jean, il arborait six bagues en différents métaux ornées de pierres. Un étonnant béret noir, incliné sur la gauche, lui couvrait la tête. À l'intention des hommes de la sécurité assis à l'étage derrière leurs écrans, il avait le dessus de ses deux mains couvert d'ignobles faux tatouages.

Tel quel, Sidney était méconnaissable.

Sur les vingt tables de black-jack, trois seulement étaient réservées aux flambeurs. Avec des enjeux de cent dollars minimum, ces tables se voyaient peu fréquentées. Sidney s'installa à l'une d'elles et sortit un paquet de dollars.

— Cinq mille en jetons de cent, lança-t-il.

Le croupier prit la liasse en souriant et l'étala sur la table. Le chef de salle regardait par-dessus son épaule.

On échangea des coups d'œil et des hochements de tête autour de la salle de black-jack et, à l'étage, les espions sortirent de leur torpeur. Les deux autres joueurs à la table ne remarquèrent rien : ils buvaient l'un comme l'autre et arrivaient au bout de leurs jetons.

Sidney joua comme un amateur et perdit deux mille dollars en vingt minutes. Le chef de salle se détendit, ses angoisses apaisées.

— Avez-vous la carte du club ? demanda-t-il à Sidney.

— Non, lui fut-il répondu d'un ton laconique. Et inutile de m'en proposer.

Les deux autres joueurs s'en allèrent. Sidney étendit ses opérations. Jouant sur trois mains à la fois et misant cinq cents dollars sur chacune, il récupéra rapidement ses deux mille dollars auxquels il en ajouta quatre mille cinq cents. Le chef de salle se mit à faire les cent pas pour ne pas donner l'impression qu'il le surveillait. Pendant que le croupier mélangeait les cartes, une serveuse apporta une vodka orange que Sidney ne toucha que du bout des lèvres. Jouant quatre mains à mille dollars chacune, il se maintint pendant un quart d'heure, puis gagna six mains d'affilée, réalisant un total de vingt-quatre mille dollars.

— Passons aux violets, lança-t-il quand il trouva trop long de compter les jetons de cent.

La table ne possédait que vingt jetons de mille dollars. Le croupier se vit forcé de demander une pause, le temps que le chef de salle en fasse venir d'autres.

— Voulez-vous dîner ? proposa ce dernier d'une voix quelque peu tendue.

— J'ai pas faim, répondit Sidney. J'vais juste faire un saut aux toilettes.

Lorsque la partie reprit, Sidney, toujours seul à la table, avait attiré quelques curieux ; il joua quatre mains à deux mille dollars chacune. Il se maintenait depuis un quart d'heure lorsqu'il se tourna brusquement vers le chef de salle.

— Je pourrais avoir un autre croupier ?

— Certainement.

— Une femme de préférence.

— Pas de problème.

Une jeune Hispanique prit place avec un petit « Bonne chance ! » du bout des lèvres. Sidney ne répondit pas. Il joua mille dollars sur chacune de ses quatre mains, perdit trois parties d'affilée, monta ses mises à trois mille dollars et gagna les quatre parties suivantes.

Le casino avait perdu soixante mille dollars. Au Lucky Jack, le record de gains au black-jack en une soirée se montait à cent dix mille dollars. Le médecin de Memphis qui avait réalisé cette belle prise s'était empressé, dès le lendemain, de tout perdre avec une rallonge en plus.

— Laissez-les gagner ! se plaisait à dire Bobby Carl. On aura vite fait de tout récupérer.

— J'voudrais une glace, lança Sidney vaguement dans la direction du chef de salle qui, aussitôt, claqua dans ses doigts.

— Quel parfum ?

— Pistache.

On la lui apporta rapidement dans un bol en plastique et Sidney donna à la serveuse son dernier jeton de cent dollars en guise de pourboire. Il prit une petite bouchée, puis plaça cinq mille dollars sur quatre mains. Jouer des parties de vingt mille dollars n'était guère courant et la rumeur fit rapidement le tour du casino. Un attroupement se forma derrière lui, mais il l'ignora. Sur les dix parties suivantes, il en remporta sept et ses gains atteignirent cent deux mille dollars. Tandis que la croupière mélangeait les cartes, Sidney mangea lentement sa glace, sans quitter le jeu des yeux.

Avec le nouveau sabot, il monta ses paris de dix à vingt mille dollars par main.

— Ça suffit ! intervint le chef de salle lorsqu'il gagna quatre-vingt mille dollars de plus. Vous comptez les cartes.

— Jamais de la vie ! protesta Sidney.

— Laissez-le tranquille ! lança quelqu'un derrière lui, mais le chef de salle l'ignora.

— Vous comptez, répéta-t-il tandis que la croupière se taisait, évitant la confrontation.

— C'est pas illégal ! rétorqua Sidney.

— Non, mais nous avons nos règles à nous.

— C'est que des conneries !

— Ça suffit. Je vous demande de partir.

— Très bien. Je veux mon argent.

— Nous allons vous faire un chèque.

— Pas question. Je suis venu ici avec du liquide, et je repartirai avec du liquide.

— Voulez-vous me suivre, monsieur ?

— Où ça ?

— Nous allons régler ce problème avec le caissier.

— Parfait ! Mais j'exige du liquide.

La foule les regarda disparaître. Dans le bureau du caissier, Sidney donna un faux permis de conduire au nom de Jack Ross, demeurant à Rotham, en Alabama. Le caissier et le chef de salle remplirent le formulaire du fisc et, après une âpre discussion, Sidney ressortit du casino avec un sac en toile de la banque contenant cent quatre-vingt-quatre mille dollars en coupures de cent.

Il revint le lendemain soir en costume sombre, chemise blanche et cravate, avec une allure tout à fait différente : la barbe, les cheveux longs, les bagues, les tatouages, le béret et les lunettes de clown avaient disparu. Il avait la tête rasée et portait une fine moustache grise et des lunettes de lecture à monture métallique perchées sur le bout de son nez. Il choisit une autre table avec un autre croupier. Le chef de salle de la veille ne travaillait pas. Sidney posa de l'argent sur la table et demanda vingt-quatre jetons de mille dollars. Il joua pendant une demi-heure, remporta douze parties sur quinze et réclama alors une table privée. Le chef de salle le conduisit à une petite pièce particulière près de la salle de poker. En haut, les gars de la sécurité se tenaient aux aguets.

— J'aimerais avoir des jetons de dix mille dollars et un croupier masculin.

Pas de problème.

— Voulez-vous boire quelque chose ?

— Un Sprite avec des bretzels.

Il sortit de nouveaux billets de sa poche et compta les jetons qu'on lui remit en échange. Il y en avait vingt. Il joua trois mains simultanément et, un quart d'heure plus tard, se trouva en possession de trente-deux jetons. Un autre chef de salle et le directeur de garde les avaient rejoints et, debout derrière le croupier, suivaient le jeu, la mine sévère.

Sidney grignotait tranquillement des bretzels comme s'il jouait des jetons de deux dollars alors qu'il pariait désormais dix mille dollars sur quatre mains. Il passa ensuite à vingt mille, revint à dix mille. Lorsque le sabot diminua, il se mit brusquement à parier cinquante mille dollars sur six mains. Le croupier sortit un cinq, la pire des cartes pour lui. Sidney sépara calmement deux sept et doubla sur un dix. Le croupier retourna une reine puis, lentement, la carte suivante. C'était un neuf : il sautait avec un total de vingt-quatre. La main rapportait quatre cent mille dollars à Sidney et le premier chef de salle faillit avoir une attaque.

— On pourrait peut-être faire une pause ? proposa le directeur.

— Je préfère d'abord finir le sabot, répondit Sidney.

— Non, tout de suite, insista le directeur.

— Vous ne voulez pas récupérer votre argent ? Le croupier hésita et jeta un regard désespéré à son supérieur. Où était Bobby Carl quand on avait besoin de lui ?

— Allons, reprit Sidney avec une grimace. Ce n'est que de l'argent ! Bon sang, c'est la première fois que je repars d'un casino les poches pleines !

— Pouvons-nous savoir votre nom ?

— Bien sûr. Sidney Lewis.

Il sortit son portefeuille et en tira son véritable permis de conduire : il se moquait de leur révéler sa véritable identité, car il n'avait aucune intention de revenir. Le directeur et le chef de salle examinèrent le document, cherchant à gagner du temps.

— Êtes-vous déjà venu ici ? s'enquit le directeur.

— Oui, il y a quelques mois. Alors, on joue ? C'est quoi, ce casino ? Allez, distribuez les cartes !

Le directeur lui rendit à contrecœur son permis et Sidney le posa sur la table à côté de son imposant tas de jetons. Le directeur fit ensuite un signe de tête au croupier. Sidney, qui avait déjà mis un jeton de dix mille dollars sur chacune de ses six mains en ajouta prestement quatre de plus sur chaque. Trois cent mille dollars se trouvaient brusquement en jeu. S'il remportait la moitié de ses mains, il prévoyait de rester. S'il perdait, il partirait avec un bénéfice net de six cent mille dollars en deux soirées, une jolie somme qui lui permettrait d'assouvir quelque peu sa haine contre Bobby Carl Leach.

Le croupier distribua lentement les cartes et se donna un six. Sidney sépara deux valets, un geste audacieux déconseillé par la plupart des experts, et resta. Le croupier retourna sa carte cachée et révéla un neuf, Sidney demeura impassible alors que le directeur et les deux chefs de salle blêmissaient. Avec quinze, le croupier devait encore tirer, ce qu'il fit avec une réticence évidente. Il retourna un sept et sauta avec un total de vingt-deux.

Le directeur s'avança.

— Ça suffit ! Vous comptez, dit-il en essuyant la sueur qui perlait à son front.

— Vous plaisantez, j'espère ? protesta Sidney. Qu'est-ce que c'est que ce tripot ?

— C'est fini, mon vieux, insista le directeur avec un regard vers les deux agents de sécurité qui venaient brusquement de se matérialiser derrière Sidney.

Celui-ci, nullement décontenancé, mit un bretzel dans sa bouche et le croqua bruyamment. Il sourit au directeur et aux chefs de salle et décida d'arrêter là.

— Je veux du liquide, dit-il.

— Cela risque de poser un problème, répondit le directeur.

Ils escortèrent Sidney jusqu'au bureau du directeur, à l'étage, où tout le monde s'enferma. Personne ne s'assit.

— J'exige du liquide, répéta Sidney.

— Nous allons vous faire un chèque, répondit le directeur.

— Vous n'avez pas l'argent, n'est-ce pas ? railla Sidney. Ce casino de pacotille n'a pas de quoi couvrir ses pertes potentielles.

— Nous avons l'argent, affirma le directeur sans la moindre conviction. Et nous serons ravis de vous donner un chèque.

Sidney le dévisagea, puis il regarda les deux chefs de salle, les deux agents de la sécurité.

— Et il sera refusé, n'est-ce pas ?

— Bien sûr que non, mais je vous demanderais de ne l'encaisser que dans trois jours seulement.

— Quelle banque ?

— Merchants, à Clanton.

Le lendemain à neuf heures, Sidney et son avocat

entraient dans la banque Merchants sur la place de Clanton et demandaient à voir le président. Une fois dans son bureau, Sidney sortit le chèque du casino Lucky Jack d'un montant de neuf cent quarante-cinq mille dollars, postdaté de trois jours. Le président l'examina, se frotta le visage et dit d'une voix fêlée :

— Je suis désolé, mais nous ne pouvons honorer ce chèque.

— Et dans trois jours ? s'enquit l'avocat.

— Cela me paraît fort improbable.

— Les avez-vous eus au téléphone ?

— Oui, à plusieurs reprises.

Une heure plus tard, Sidney et son avocat se présentaient au tribunal du comté de Ford, au bureau du greffier de la cour d'équité, où ils déposèrent une demande d'injonction de fermeture immédiate du Lucky Jack et de paiement immédiat de la dette. Le juge, l'honorable Willis Bradshaw, fixa une audience exceptionnelle le lendemain à neuf heures.

Bobby Carl abandonna le navire à Porto Rico où il eut bien du mal à trouver des vols pour rentrer à Memphis. Il arriva dans le comté de Ford tard dans la soirée, au volant d'une petite voiture de chez Hertz, et se rendit directement au casino. Il y trouva peu de joueurs et encore moins d'employés ayant assisté aux événements de la veille : le directeur avait démissionné et nul ne savait où le trouver ; le bruit courait qu'un des chefs de salle qui avait eu affaire à Sidney avait fui le comté. Bobby Carl menaça de virer tous ceux qui restaient, excepté Chef Larry, anéanti par la catastrophe. À minuit, Bobby Carl rencontra le président de la banque et une équipe de juristes et le degré d'anxiété atteignit des sommets.

Stella, qui se trouvait toujours sur le bateau, n'avait guère le cœur à s'amuser. Lorsque la bombe avait éclaté, et que Bobby Carl beuglait au téléphone en jetant tout ce qui lui tombait sous la main, elle l'avait entendu hurler : « Sidney Lewis ! Merde, mais qui c'est ce Sidney Lewis ? »

Elle n'avait rien dit, en tout cas rien sur le Sidney Lewis qu'elle connaissait, ne pouvant imaginer une seconde son ex-mari capable de faire sauter le casino. Mais l'inquiétude la taraudait et, lorsque le navire avait fait escale à George Town sur Grand Cayman, elle avait pris un taxi pour l'aéroport, impatiente de rentrer chez elle.

Le juge Bradshaw souhaita la bienvenue à la foule de spectateurs qui se pressaient à son audience. Il les remercia d'être venus, les encouragea à récidiver, puis il demanda aux avocats si l'on pouvait commencer.

Bobby Carl, les yeux rouges, hagard, pas rasé, était assis à une table avec trois de ses avocats ainsi que Chef Larry qui mettait les pieds pour la première fois de sa vie dans un tribunal ; il avait tellement peur qu'il avait fermé les yeux et donnait l'impression de méditer. Bobby Carl, grand habitué des prétoires, n'en menait pas large pour autant. Il avait hypothéqué tout ce qu'il possédait afin d'obtenir le prêt de la banque et l'avenir de son casino et de ses autres biens se trouvait gravement compromis.

— Oui, monsieur le juge, nous sommes prêts, s'empressa de répondre un de ses avocats, cependant nous avons déposé une demande de recours pour incompétence de la cour. Cette affaire doit être traitée par une cour fédérale, pas par une cour d'État.

— J'ai lu votre requête, répondit le juge Bradshaw d'un ton qui ne laissait aucun doute sur le déplaisir qu'il avait eu à le faire, et je me déclare compétent pour juger de cette affaire.

— Alors nous introduirons tout à l'heure une requête devant la cour fédérale, riposta l'avocat.

— Je vous en prie.

Le juge Bradshaw ayant passé la plus grande partie de sa carrière à essayer de régler des disputes sanglantes entre époux, il en était venu, au fil des années, à exécrer toutes les causes de divorce : l'alcool, la drogue, l'adultère, le jeu… Il menait un combat permanent contre le péché. Il enseignait à l'école du dimanche de l'église méthodiste, avec une opinion très arrêtée sur le bien et le mal. Considérant le jeu comme une abomination, il était ravi de s'y attaquer.

L'avocat de Sidney cria haut et clair que le casino n'était pas doté de fonds suffisants et n'avait pas les réserves de liquide nécessaires ; il représentait donc un danger pour les autres joueurs. Il annonça qu'il engagerait une procédure en bonne et due forme dès cinq heures de l'après-midi si le casino n'honorait pas sa dette envers son client. Et, entre-temps, il exigeait la fermeture du casino.

Le juge Bradshaw parut l'approuver.

La foule aussi. Parmi les spectateurs se trouvaient quelques prédicateurs et leurs ouailles, tous d'honnêtes électeurs qui avaient toujours soutenu le juge, et qui frétillaient de joie à l'idée de voir fermer le Lucky Jack. C'était le miracle qu'ils appelaient de leurs prières. Tout en condamnant Sidney Lewis pour ses vices, ils ne pouvaient s'empêcher d'admirer ce gars du pays qui avait fait sauter le casino. Bravo, Sidney !

Au cours des débats, il apparut que le Lucky Jack disposait d'environ quatre cent mille dollars de liquidités auxquels on pouvait ajouter un fonds de réserve de cinq cent mille dollars garanti par des obligations. Bobby Carl reconnut également à la barre des témoins que le casino avait engrangé une moyenne mensuelle de quatre-vingt mille dollars de bénéfices au cours des sept

derniers mois et que ce chiffre augmentait régulièrement.

Après une éprouvante audience de cinq heures, le
juge Bradshaw ordonna au casino de payer immédiatement la totalité des neuf cent quarante-cinq mille dollars
et de rester fermé jusqu'à ce que cette dette soit honorée.
Il ordonna également au shérif de bloquer l'accès de la
salle sur la route nationale et d'arrêter tout joueur qui
essaierait d'entrer. Les avocats du Lucky Jack se précipitèrent à la cour fédérale, à Oxford, pour réclamer que
l'affaire soit à nouveau examinée. Une autre audience
demanderait plusieurs jours. Comme promis, Sidney
engagea une procédure à la fois devant la cour de l'État
et devant la cour fédérale.

Au cours des jours suivants, d'autres procédures
furent lancées. Sidney assigna la compagnie d'assurances qui avait émis les obligations ainsi que la banque.
Cette dernière, soudain très inquiète pour les deux millions de dollars qu'elle avait prêtés au casino, se
retourna contre cette industrie du jeu qui lui avait pourtant paru si juteuse. Elle révoqua aussitôt le prêt et
poursuivit en justice la nation yazoo, Chef Larry et
Bobby Carl Leach. Ils contre-attaquèrent, alléguant
toutes sortes de pratiques illégales. Cette prolifération
de litiges galvanisa les avocats de la ville, tous anxieux
de récupérer une part de cette manne.

Lorsque Bobby Carl découvrit que Sidney était en
fait l'ex-mari de Stella, il la jeta dehors en l'accusant
d'avoir comploté avec Sidney contre lui. Elle lui fit un
procès. Les jours passaient, le Lucky Jack restait fermé.
Les deux douzaines d'employés qui n'avaient pas été
payés portèrent plainte. Les organismes de réglementa-
tion fédéraux délivrèrent des citations à comparaître. Le
juge fédéral, peu désireux de se mêler de ce véritable
foutoir, débouta le casino de sa demande de réouverture
du dossier.

Au bout d'un mois de frénétiques manoeuvres juridiques, la réalité s'imposa.

L'avenir du casino semblant définitivement compromis, Bobby Carl convainquit Chef Larry qu'il n'avait d'autre choix que de se placer sous la protection de la loi sur les faillites. Deux jours plus tard, il se résigna à l'imiter. Après deux décennies de magouilles, d'arnaques et de malversation, il finissait par plonger.

Sidney se trouvait à Las Vegas quand il reçut l'appel de son avocat l'informant que la compagnie d'assurances acceptait d'honorer la totalité de ses engagements, soit cinq cent mille dollars. Par ailleurs, les comptes bloqués du Lucky Jack seraient débloqués le temps d'émettre un chèque de quatre cent mille dollars également en sa faveur. Il sauta aussitôt dans son camping-car et revint triomphalement dans le comté de Ford, par le chemin des écoliers, non sans s'arrêter dans trois casinos indiens au passage.

Les incendiaires préférés de Bobby Carl étaient un couple de l'Arkansas. Contact fut pris, l'argent changea de main. Les clés et des plans des lieux furent transmis. L'équipe de gardiens de nuit du casino fut renvoyée. L'eau fut coupée. Le bâtiment ne possédait aucun système d'extincteurs automatiques à eau car ce n'était pas obligatoire.

Le temps que la brigade d'incendie de Springdale arrive sur les lieux, à trois heures du matin, le Lucky Jack n'était plus qu'un brasier, ses structures métalliques fondaient. Plus tard, les inspecteurs soupçonnèrent un incendie criminel sans pouvoir cependant trouver trace d'essence ni d'autres produits combustibles. On conclut qu'une fuite de gaz devait être à l'origine du sinistre. Au cours du procès qui suivit, les enquêteurs de la compagnie d'assurances présentèrent la preuve que les réservoirs de gaz du casino avaient été mystérieusement remplis à peine une semaine avant l'incendie.

Chef Larry regagna son magasin et tomba dans une profonde dépression. Une fois encore, sa tribu avait été décimée par la cupidité de l'homme blanc. Sa nation yazoo était définitivement anéantie.

Sidney resta quelque temps à Karraway, mais finit par se lasser d'être le centre d'attraction et la cible des commérages. Depuis qu'il avait quitté son emploi et fait sauter le casino, les gens le considéraient comme un joueur professionnel, une rareté dans cette partie reculée du Mississippi. Même si Sidney ne correspondait pas à l'idée qu'on pouvait se faire d'un flambeur, on ne pouvait s'empêcher de jaser à son sujet. Par ailleurs, il était le seul homme de la ville à posséder un million de dollars, ce qui ne cessait de lui poser des problèmes. De vieux amis se matérialisaient. Des femmes célibataires de tous âges cherchaient coûte que coûte à le rencontrer. Il était constamment sollicité par les bonnes oeuvres de tout bord. Sa fille du Texas reprit contact avec lui, non sans s'être excusée d'avoir pris parti contre lui lors de son divorce. Quand il mit un écriteau « À vendre » devant sa maison, tout Karraway ne parla plus que de ça. Aussitôt courut le bruit qu'il partait vivre à Las Vegas.

Il attendit.

Il jouait au poker en ligne pendant des heures. Dès qu'il s'ennuyait, il partait en camping-car faire la tournée des casinos de Tunica ou du golfe du Mississippi. Il gagnait plus qu'il ne perdait tout en se gardant d'attirer l'attention : il s'était vu interdire dans deux casinos de Biloxi le mois précédent. Et il revenait toujours à Karraway malgré son impatience de le quitter à jamais.

Il attendait.

Ce fut sa fille qui fit le premier geste. Elle l'appela un soir et, au hasard des méandres de la conversation, glissa que sa mère se sentait seule et regrettait sa vie avec lui. À l'en croire, Stella, rongée de remords, rêvait de faire la paix avec le seul homme qu'elle aimerait jamais. Tout en écoutant le verbiage de sa fille, Sidney s'aperçut que Stella lui manquait encore plus qu'il ne la détestait. Cependant, il ne fit aucune promesse.

Le coup de téléphone suivant se fit plus précis. La fille tenta de négocier une rencontre entre ses parents, un premier pas vers la réconciliation en quelque sorte. Elle était prête à venir à Karraway jouer les médiateurs s'il le fallait. Tout ce qu'elle souhaitait, c'était que ses parents se retrouvent. Comme c'est étrange ! songea Sidney. Elle pensait exactement le contraire avant d'apprendre qu'il avait fait sauter le casino.

Après une bonne semaine de tractations, Stella passa un soir prendre un verre. Au cours de cette rencontre émouvante, elle confessa ses péchés et implora son pardon. Elle revint le lendemain pour une autre discussion. Le troisième soir, ils couchèrent ensemble et Sidney retomba amoureux.

Sans parler mariage, ils chargèrent le camping-car et partirent pour la Floride. La tribu séminole venait d'ouvrir un fabuleux casino, près d'Ocala, et Sidney avait hâte de s'y attaquer. Il sentait que la chance lui souriait.

Huit ans après

Cette rencontre était sans doute inévitable dans une ville de dix mille habitants. Tôt ou tard, on finit par croiser tout le monde, même ceux dont on a oublié le nom depuis des lustres, mais dont le visage reste vaguement familier. Il y a des patronymes et des physionomies que l'on retient et qui résistent à l'érosion du temps alors que d'autres, non sans raison, s'effacent presque aussitôt de notre mémoire.

Pour Stanley Wade, cette rencontre fut provoquée, entre autres, par la grippe interminable de sa femme conjuguée à son besoin de s'alimenter. Après sa longue journée de bureau, il avait appelé pour prendre de ses nouvelles et savoir ce qu'elle avait prévu pour le dîner. Elle lui avait sèchement répondu qu'elle n'avait pas plus envie de faire la cuisine que de manger. S'il avait faim, libre à lui de passer au supermarché. Bien sûr qu'il avait faim, quelle question ! Ils convinrent rapidement qu'une pizza congelée ferait l'affaire (c'était le seul plat que Stanley était capable de préparer et la seule chose qu'elle aimerait peut-être grignoter), à la saucisse et au fromage de préférence. Et surtout, qu'il rentre par la porte de la cuisine et qu'il empêche les chiens d'aboyer, ajouta-t-elle, au cas où elle se serait endormie sur le canapé.

L'alimentation la plus proche était le Rite Price, un vieux magasin discount, non loin de la grand-place, avec des allées crasseuses, des produits bon marché et des cadeaux publicitaires de pacotille qui attiraient les classes populaires. La plupart des Blancs qui se respectaient préféraient aller se servir au nouveau Kroger, au sud de la ville, pas du tout sur son chemin. Il ne s'agissait que d'une pizza congelée. Alors quelle importance ? Ce n'était pas comme s'il cherchait des aliments frais. Il avait faim et voulait juste rapporter chez lui de quoi se caler l'estomac.

Sans prendre de caddie ni de panier, il se dirigea droit vers le rayon congélation où il sélectionna une pizza de trente-cinq centimètres de diamètre au nom italien et à la fraîcheur garantie. Il refermait la porte vitrée lorsqu'il perçut une présence tout près de lui, quelqu'un qui l'avait suivi et dont il sentait pratiquement la respiration. Quelqu'un de bien plus costaud que lui. Et qui ne s'intéressait pas du tout aux produits congelés, du moins en cet instant. Stanley pivota sur sa droite et se retrouva nez à nez avec un visage hostile et narquois, vaguement familier. L'homme, nettement plus carré que lui (Stanley était mince, presque frêle, pas le moins du monde sportif), devait avoir une quarantaine d'années – soit dix de moins que Stanley – et mesurer dix bons centimètres de plus.

— Vous êtes bien maître Wade ? demanda l'inconnu sur un ton plus accusateur qu'interrogatif.

Même cette voix ne lui était pas étrangère : bizarrement haut perchée pour un homme aussi massif, avec des intonations paysannes sans être pour autant dénuée d'éducation, une voix qu'il avait, sans conteste, déjà entendue.

Stanley en déduisit avec justesse qu'ils n'avaient pu se rencontrer qu'au cours d'un procès. Et nul besoin d'être grand clerc pour comprendre qu'ils ne s'étaient pas trouvés dans le même camp. Tous les avocats des petites villes couraient le risque de tomber un jour ou l'autre sur des gens contre lesquels ils avaient plaidé.

Bien que la tentation fût forte, Stanley n'osa nier son identité.

— C'est exact. Et vous êtes ? demanda-t-il, les doigts crispés sur sa pizza.

À ces mots, l'inconnu passa brusquement devant Stanley en lui donnant un vigoureux coup d'épaule qui le projeta contre la porte givrée qu'il venait de refermer. La pizza tomba par terre et, tandis que Stanley se rattrapait puis se baissait pour ramasser son dîner, il vit l'homme disparaître dans son dos en direction du rayon petit déjeuner et café. Il reprit sa respiration, regarda autour de lui, commença à lui lancer une insulte bien sentie avant de se raviser précipitamment. Il lui fallut quelques instants pour assimiler ce qui venait de lui arriver. C'était la première fois de sa vie d'adulte qu'il se faisait bousculer. Il n'avait jamais été un bagarreur, ni un athlète, ni un buveur, ni un semeur de discorde. Non, ce n'était pas son genre. Lui, c'était un penseur, un intello, sorti troisième de sa promo à la fac de droit.

Oui, il s'agissait d'une agression pure et simple. À tout le moins, d'un geste de colère. N'ayant pas eu de témoins, Stanley décida sagement de l'oublier ou du moins d'essayer. Étant donné leur différence de taille et de constitution, cela aurait pu être bien pire.

Et ce le serait, très bientôt…

Il passa les dix minutes suivantes à se ressaisir tout en traversant le magasin avec prudence, s'assurant que la voie était libre avant de s'engager dans une allée, faisant semblant de regarder les étiquettes ou de s'intéresser à la viande, le temps de vérifier que son agresseur, ou un autre mécontent, ne figurait pas parmi les clients. Quand il fut convaincu que l'homme était parti, il se précipita vers la seule caisse ouverte, paya sa pizza en vitesse, et quitta la supérette. Il regagna sa voiture, sans cesser de jeter des regards inquiets autour de lui, et ce ne fut qu'une fois qu'il eut démarré, bien en sécurité à l'intérieur de son véhicule, les portes verrouillées, qu'il comprit que ses ennuis ne faisaient que commencer.

Un pick-up venait de s'arrêter derrière sa Volvo et la bloquait. La camionnette garée en face de lui l'empêchait de partir vers l'avant. Cela le mit hors de lui. Il coupa le contact, ouvrit sa portière à toute volée, bondit de sa voiture et vit le conducteur du pick-up se précipiter à sa rencontre. Il remarqua alors qu'il braquait sur lui un gros pistolet noir.

À peine eut-il le temps d'articuler d'une voix faible « Mais c'est quoi ce cirque ? » que l'homme le giflait à toute volée de sa main libre et l'assommait contre sa portière. Pendant un instant, il ne vit plus rien, mais il sentit qu'on le saisissait, qu'on le traînait, qu'on le jetait dans le pick-up et qu'on le poussait sur le siège avant en vinyle. Des doigts épais, robustes et brutaux écrasaient son cou maigre et chétif. Dans l'horreur du moment, il songea que cet homme pourrait facilement lui briser la nuque d'une seule main.

Il eut juste le temps d'entrevoir un autre individu au volant, très jeune, à peine un gamin. La portière claqua. Le canon glacial plaqué au bas de son crâne lui maintint la tête courbée vers le plancher.

— Vas-y ! ordonna son agresseur et le pick-up démarra avec une secousse. Et toi, tu bouges pas et tu dis pas un mot sinon je te fais sauter la cervelle ! ajouta-t-il d'une voix aiguë.

— D'accord, d'accord, bredouilla Stanley.

Il avait déjà le bras gauche tordu dans le dos ; pour faire bonne mesure, l'homme le remonta encore jusqu'à ce qu'il tressaille de douleur. Une souffrance qui dura environ une minute avant que son tortionnaire ne le lâche brusquement et n'écarte le pistolet de son crâne.

— Redresse-toi !

Stanley obtempéra, secoua la tête et ajusta ses lunettes tout en essayant de rassembler ses idées. Ils se trouvaient dans les faubourgs de la ville et roulaient vers l'ouest. Quelques secondes s'écoulèrent sans que fût prononcé un seul mot. Sur sa gauche se tenait le jeune conducteur, un garçon fluet qui devait avoir tout juste seize ans, avec une frange, des taches de rousseur et des yeux dans lesquels se lisaient autant d'étonnement que de perplexité. Bizarrement sa jeunesse et son innocence le réconfortèrent : ce malade n'oserait jamais le tuer devant un gosse ! D'ailleurs, assis à sa droite, sa jambe contre la sienne, son agresseur avait posé l'arme sur son gros genou droit et ne menaçait plus personne.

Ils laissèrent Clanton derrière eux, toujours sans échanger un mot. Stanley prit de profondes inspirations et réussit à se calmer tout en s'habituant à l'idée qu'il s'était fait enlever. Dites-moi, maître Wade, au cours de vos vingt et une années d'exercice, qu'avez-vous fait pour mériter cela ? Qui avez-vous poursuivi ? Qui a été lésé par un testament ? Ou par un mauvais divorce ? Qui s'est trouvé du côté des perdants ?

— Je peux vous demander où nous allons ? se résolut-il enfin à demander, quand le garçon quitta la nationale pour s'engager sur une route de campagne.

— Je m'appelle Cranwell, déclara l'homme, éludant sa question. Jim Cranwell. Lui, c'est mon fils, Doyle.

Ce procès-là ! Stanley déglutit péniblement et remarqua pour la première fois que son cou et son col étaient moites. Il eut soudain l'impression d'étouffer dans son costume gris foncé, sa chemise en coton blanc et son insipide cravate bordeaux. Non seulement il transpirait, mais son cœur cognait comme un marteau-piqueur. L'affaire Cranwell contre Trane devait remonter à huit ou neuf ans. Stanley avait défendu le Dr Trane lors d'un pénible procès qui avait déchaîné les passions et qu'il avait finalement remporté. Une défaite douloureuse pour la famille Cranwell. Une grande victoire pour le Dr Trane et son avocat, même s'il se sentait beaucoup moins fier de lui à présent.

Le fait que M. Cranwell lui eût librement révélé son nom et celui de son fils ne pouvait signifier qu'une chose, du moins du point de vue de Stanley : s'il ne craignait pas de dévoiler son identité, c'était que sa victime ne pourrait bientôt plus parler. Il avait bien l'intention de se servir de ce pistolet noir en fin de compte. Un spasme lui souleva l'estomac et, l'espace d'une seconde, il se demanda où il allait vomir. Pas à droite… pas à gauche… non, juste devant lui, là, entre ses jambes. Il serra les dents, avala sa salive et sa nausée se dissipa.

— Je vous demandais où nous allions, reprit il, tentant faiblement de manifester de la résistance.

Mais ses mots sonnaient creux, il avait la bouche sèche, la voix éraillée.

— Tu ferais mieux de la fermer, rétorqua Jim Cranwell.

N'étant pas en position de discuter ni d'exiger des réponses, Stanley se résigna à se taire. Les minutes continuèrent à s'écouler tandis qu'ils s'enfonçaient dans l'arrière-pays le long de la route 32, une voie très fréquentée le jour, hélas déserte la nuit. Stanley connaissait bien la région. Il vivait dans le petit comté de Ford depuis vingt-cinq ans. Tandis que sa respiration et son pouls ralentissaient, il s'appliqua à relever un maximum de détails. Le pick-up, un Ford de la fin des années 1980, gris métallisé à l'extérieur, dans les tons bleu marine à l'intérieur. Un tableau de bord standard, sans rien d'exceptionnel. Sur le pare-soleil, du côté du conducteur, des papiers retenus par un gros élastique. Trois cent douze mille kilomètres au compteur, ce qui n'avait rien d'extraordinaire dans cette partie du monde. Le gamin roulait à une vitesse constante de quatre-vingts kilomètres à l'heure. Il quitta la route 32 pour s'engager sur Wiser Lane, une petite bande de goudron étroite qui serpentait à travers l'ouest du comté jusqu'à la Tallatchie qu'elle traversait pour se prolonger dans le comté de Polk. La route devenait de plus en plus étriquée, les bois de plus en plus épais, les choix de Stanley de moins en moins nombreux, ses chances de plus en plus réduites.

Il regarda le pistolet du coin de l'œil et pensa à sa brève carrière de procureur adjoint, de nombreuses années auparavant, et aux occasions qu'il avait eues de tenir l'arme du crime étiquetée, pour la montrer aux jurés et l'agiter dans le prétoire, tout en évoquant d'un ton tragique le drame, la peur, le besoin de vengeance.

Y aurait-il un procès pour son meurtre ? Ce gros pistolet (sans doute un 44 Magnum, capable de répandre sa cervelle sur deux mille mètres carrés) serait-il un jour brandi dans un tribunal, lorsque la justice statuerait sur son horrible homicide ?

— Pourquoi ne dites-vous rien ? reprit Stanley sans regarder Jim Cranwell.

Tout plutôt que ce silence. Sa seule chance de s'en sortir, c'était par la parole, par sa force de persuasion.

— Ton client, le Dr Trane, aurait quitté la ville, à ce qu'il paraît ? marmonna Cranwell.

Eh bien, au moins, avait-il situé le bon procès, même si ce n'était qu'une maigre consolation.

— Oui, il y a plusieurs années.

— Où est-il allé ?

— Je n'en sais rien.

— Il a eu des ennuis, n'est-ce pas ?

— Oui, c'est le moins qu'on puisse dire.

— Et c'est bien ce que j'dis. Quels ennuis exactement ?

— Je ne me souviens plus.

— Ça te servira à rien de mentir, maître Wade. Tu sais bigrement bien ce qui lui est arrivé. Le Dr Trane

191

était un ivrogne et un drogué qui se servait dans sa pharmacie. Il est devenu accro aux calmants, il a été radié et il est parti se terrer dans son Illinois natal.

Il fournissait ces détails comme s'ils étaient de notoriété publique et qu'on en discutait tous les matins dans les cafés du coin ou pendant le déjeuner des clubs de jardinage, alors que la déchéance du Dr Trane avait été discrètement gérée et étouffée par le cabinet de Stanley. Du moins l'avait-il cru. Que Jim Cranwell eût suivi de si près les faits et gestes du médecin après le procès lui donna des sueurs froides et il se trémoussa sur son siège, pris d'une nouvelle envie de vomir.

— C'est vrai.

— Tu as eu de ses nouvelles récemment ?

— Non, pas depuis des années.

— On raconte qu'il a disparu. T'étais au courant ?

— Non.

C'était un mensonge, Stanley et ses associés avaient entendu courir différentes rumeurs sur sa soudaine disparition. Après s'être réfugié à Peoria, sa ville natale, le médecin avait réussi à récupérer sa licence et à reprendre l'exercice de la médecine, ce qui ne l'avait pas empêché de replonger. Deux ans auparavant, son épouse de l'époque avait contacté ses anciennes connaissances de Clanton pour savoir si personne ne l'avait vu.

Le garçon bifurqua de nouveau pour prendre une petite route qui n'était pas indiquée, devant laquelle Stanley était sans doute déjà passé sans la remarquer. Quoique goudronnée, elle était juste assez large pour permettre à deux véhicules de se croiser. Le gamin n'avait toujours pas prononcé la moindre parole.

— On le retrouvera jamais, affirma Jim Cranwell, comme pour lui-même, d'un ton néanmoins sans appel.

Stanley sentit sa tête tourner. Sa vision se brouilla. Il cligna des yeux, se frotta les paupières et respira fortement, la bouche ouverte, les épaules soudain affaissées, tandis qu'il assimilait et digérait ce que venait de dire l'homme au pistolet. Devait-il en déduire que ces rustres du fin fond du comté avaient réussi à retrouver le Dr Trane et à le descendre sans se faire coincer ?

Oui.

— Arrête-toi devant chez Baker, ordonna Cranwell à son fils.

Une centaine de mètres plus loin, le pick-up s'immobilisa. Cranwell ouvrit sa portière et agita son pistolet.

— Descends !

Il attrapa Stanley par le poignet, le poussa vers l'avant de la camionnette et l'aplatit contre le capot, bras et jambes écartés.

— Pas un geste !

Puis il chuchota des ordres à son fils qui remonta dans le pick-up. Cranwell saisit de nouveau Stanley, le tira sans ménagement vers le fossé peu profond au bord de la route tandis que le véhicule repartait. Ils le suivirent des yeux jusqu'à ce que ses feux arrière disparaissent derrière un virage.

— Avance, ordonna Cranwell en montrant la route avec son arme.

— Vous finirez par vous faire prendre, vous savez, murmura Stanley.

— Contente-toi de marcher et ferme-la.

Ils avancèrent sur la route sombre creusée d'ornières, Stanley le premier, Cranwell deux pas derrière lui. La nuit était claire, la demi-lune donnait juste assez de clarté pour leur permettre de suivre le centre de la chaussée. Stanley regarda sur sa droite et sa gauche et encore derrière lui, cherchant désespérément des lumières indiquant une petite ferme. Rien.

— À la moindre tentative de fuite, t'es un homme mort, l'avertit Cranwell. Et n'approche pas tes mains de tes poches.

— Pourquoi ? Vous croyez que j'ai un revolver ?

— Boucle-la et marche.

— Où pourrais je m'enfuir ? rétorqua Stanley.

Sans un bruit, Cranwell bondit brusquement en avant et d'un coup violent sur la nuque chétive de Stanley le projeta à plat ventre sur l'asphalte. Il sentit de nouveau le canon du pistolet contre le bas de son crâne tandis que Cranwell l'écrasait de tout son poids.

— Tu sais quoi, Wade ? T'es une grande gueule, hein ? Tu étais déjà une grande gueule au procès. Tu l'es encore aujourd'hui. T'es né comme ça. Sûr que ta mère était une grande gueule, elle aussi, comme tes deux mômes d'ailleurs. Tu peux pas t'en empêcher, hein ? Mais écoute-moi bien, petit malin de mes deux, dans l'heure qui vient, tu vas pas faire le mariole. Compris, Wade ?

Stanley était sonné, groggy, endolori, au bord de la nausée. Voyant qu'il ne répondait pas, Cranwell l'attrapa par le col et le tira violemment en arrière pour le mettre à genoux.

— T'as compris ce que je viens de dire, maître Wade ? répéta-t-il en lui mettant le canon dans l'oreille.

— Ne faites pas ça, mon vieux, le supplia Stanley, soudain au bord des larmes.

— Et pourquoi ? siffla Cranwell au-dessus de lui.

— J'ai une famille. Je vous en supplie, ne faites pas ça.

— Moi aussi, j'ai des enfants, Wade. Tu les connais tous les deux. Doyle qui conduisait la camionnette. Et Michael que t'as vu au procès, ce garçon au cerveau endommagé qui ne pourra jamais conduire, marcher, parler, manger ou pisser tout seul. Et pourquoi, maître Wade ? Par la faute de ton cher client, le Dr Trane, qu'il aille brûler en enfer !

— Je suis désolé. Sincèrement. Je le pense. Je n'ai fait que mon travail. Je vous en prie.

194

Cranwell appuya si fort le pistolet contre la tempe de Stanley que celui-ci inclina la tête. Transpirant, haletant, il cherchait désespérément les mots qui pourraient le sauver.

Cranwell le saisit brutalement par ses cheveux clairsemés.

— Eh bien, tu fais un sale boulot, Wade, parce qu'il consiste à mentir et à dissimuler la vérité, et à maltraiter et à tromper sans aucune pitié de pauvres gens qui ont déjà bien souffert ! Je hais ton métier, Wade, presque autant que je te hais !

— Je vous en prie, je suis désolé !

Cranwell écarta le pistolet de son oreille, visa la route sombre et appuya sur la gâchette à moins de vingt centimètres de la tête de Stanley. Un canon aurait fait moins de bruit dans ce silence.

Stanley, qui ne s'était jamais fait tirer dessus, poussa un hurlement d'horreur, de douleur et d'agonie et s'effondra sur le bitume, les oreilles bourdonnantes, le corps agité de spasmes. Quelques secondes s'écoulèrent le temps que l'écho du coup de feu se perde dans l'épaisseur de la forêt.

— Lève-toi, salopard ! ordonna Cranwell.

Stanley, indemne sans en être bien certain, se rendait compte petit à petit de ce qui venait d'arriver. Il se releva maladroitement, le souffle court, sourd, incapable de parler. Il s'aperçut alors qu'il avait mouillé son pantalon. Face à la mort, il avait perdu le contrôle de sa vessie. Il se tâta l'entrejambe puis les jambes.

— Tu t'es pissé dessus, déclara Cranwell, mais Stanley l'entendit à peine tellement ses oreilles tintaient, surtout la droite. Pauvre garçon, te voilà tout trempé ! Michael se mouille cinq fois par jour. Et on n'a pas toujours de quoi lui acheter des couches. Avance maintenant !

Cranwell le poussa brutalement tout en montrant la route avec son arme. Stanley trébucha, faillit tomber, mais se rattrapa et fit quelques pas chancelants avant de retrouver suffisamment ses esprits et son équilibre pour se convaincre qu'il n'avait pas été touché.

— T'es pas près de mourir ! lança Cranwell derrière lui.

Dieu soit loué ! faillit-il s'exclamer, mais il se retint, de peur que l'autre n'aille encore penser qu'il voulait jouer les grandes gueules. Tout en titubant sur la chaussée, il se promit d'éviter tout commentaire qui pourrait être mal interprété. Il enfonça un doigt dans son oreille gauche pour qu'elle cesse de siffler. Il avait l'entrejambe et les cuisses froides là où son pantalon était mouillé.

Ils cheminèrent encore une dizaine de minutes qui parurent à Stanley une interminable marche vers la mort. À la sortie d'un virage, il aperçut des lumières et une habitation dans le lointain. Il accéléra le pas en se disant que Cranwell n'oserait pas tirer si on risquait de l'entendre.

La maison était une modeste construction en brique sur deux niveaux, en retrait d'une centaine de mètres de la route, avec une allée en gravier et une haie bien taillée juste sous ses fenêtres. Quatre véhicules stationnaient n'importe comment le long de l'allée et dans la cour, comme si des voisins étaient venus dîner à l'improviste. Le pick-up conduit par Doyle était arrêté devant le garage. Deux hommes fumaient sous un arbre.

— Par ici, fit Cranwell en poussant Stanley vers la maison. Regardez ce que j'ai trouvé ! lança-t-il à l'intention des deux hommes. (Ils soufflèrent des bouffées de fumée sans rien dire.) Il s'est pissé dessus, ajouta Cranwell, ce qui les fit sourire.

Cranwell et Stanley traversèrent la cour, passèrent devant la porte d'entrée, devant le garage, longèrent un côté de la maison et arrivèrent devant une grossière extension en bois, invisible de la route et collée sur l'arrière telle une tumeur cancéreuse. Avec ses fenêtres de guingois, ses tuyaux apparents, sa porte peu solide, elle donnait l'impression d'une pièce rajoutée à la vavite et au moindre coût possible.

Cranwell plaqua sa main sur la nuque douloureuse de Stanley et le poussa en direction d'une porte.

— Entre là-dedans ! ordonna-t-il avec un nouveau mouvement de son pistolet.

L'unique accès se faisait par une courte rampe pour fauteuil roulant aussi branlante que le reste. La porte s'ouvrit de l'intérieur. On les attendait.

Huit ans auparavant, à l'époque du procès, Michael avait trois ans. On ne l'avait fait comparaître qu'une seule fois devant les jurés. Le juge avait permis qu'on l'amène dans son fauteuil spécial au cours de la grandiloquente récapitulation de son avocat. Il portait un pyjama, un grand bavoir, pas de chaussettes ni de chaussures. Sa tête oblongue tombait sur le côté. La bouche ouverte, les yeux clos, son corps difforme recroquevillé sur lui-même, il était aveugle, atteint de graves lésions cérébrales, avec une espérance de vie limitée à quelques années. Il faisait peine à voir même si, finalement, les jurés ne s'étaient guère montrés compatissants envers lui.

Stanley avait trouvé ce moment pénible, comme tous ceux qui étaient présents dans le tribunal, ce qui ne l'avait pas empêché, dès qu'on avait remmené Michael, de reprendre sa défense, persuadé de ne jamais revoir l'enfant.

Il se trompait. Il avait à présent sous les yeux une version légèrement plus grande de Michael et encore plus pitoyable. Également en pyjama, avec un bavoir, sans chaussettes ni chaussures, la bouche ouverte, les yeux toujours clos. Son visage s'était allongé vers le haut et une épaisse chevelure noire et broussailleuse dissimulait en grande partie son front bombé. Un tube partait de sa narine gauche et disparaissait dans son dos. Il avait les bras tordus et recroquevillés au niveau des poignets. Avec ses genoux remontés contre sa poitrine et son gros ventre, il rappela brièvement à Stanley ces tristes photos de petits Africains affamés.

Il était installé sur son lit, une relique d'un hôpital quelconque, adossé à des oreillers et maintenu en place par une bande Velcro tendue mollement en travers de sa poitrine. Stanley reconnut, assise à son chevet, la silhouette émaciée de sa courageuse mère dont il avait oublié le nom.

Il l'avait fait pleurer à la barre des témoins.

De l'autre côté du lit, on apercevait une petite salle de bains par la porte ouverte et, près du chambranle, un meuble métallique noir à deux tiroirs qui avait dû connaître une douzaine de brocantes à voir la façon dont il était cabossé et rayé. Le mur près du lit était aveugle, mais les deux autres sur les côtés étaient percés chacun de trois fenêtres étroites. La pièce mesurait tout au plus quatre mètres de long sur trois de large. Un lino jaune bon marché recouvrait le sol.

— Asseyez-vous, maître Wade, dit Jim en poussant son prisonnier vers une chaise pliante placée au centre.

Le pistolet s'était volatilisé. Les deux hommes qui fumaient dehors entrèrent, refermèrent la porte et rejoignirent deux autres types qui se tenaient près de Mme Cranwell, à quelques pas à peine de Stanley. Ainsi se trouvaient réunis, dans cet espace plus qu'exigu, cinq costauds dont la mine sombre ne laissait rien présager de bon, Doyle quelque part dans le fond, Mme Cranwell, Michael et enfin lui, maître Wade.

Le décor était planté.

Jim s'approcha du lit, embrassa Michael sur le front et se retourna.

— Tu le reconnais, maître Wade ?

Stanley ne put qu'opiner.

— Il a onze ans maintenant, continua Jim en caressant doucement le bras de son fils. Il est toujours aveugle, il souffre toujours de lésions cérébrales. On ne sait pas ce qu'il entend ni ce qu'il comprend, en tout cas, pas grand-chose. Il lui arrive de sourire peut-être une fois par semaine en entendant la voix de sa mère ou quand Doyle le chatouille. Mais c'est rare d'obtenir une réaction de sa part. T'es pas surpris de le voir en vie, maître Wade ?

Stanley fixait des cartons entassés sous le lit, bien décidé à ne pas regarder l'enfant. Il écoutait la tête légèrement tournée sur la droite, avec l'impression de ne plus rien entendre de ce côté-là. Il était encore sourd du coup de feu et s'il n'avait pas eu d'autres préoccupations plus graves, il aurait craint une perte sévère d'audition.

— Oui, répondit-il avec franchise.

— Je m'en doutais, grommela Jim, d'une voix beaucoup moins aiguë, bien plus calme à présent qu'il se trouvait chez lui, entouré des siens. Parce qu'au procès, t'as soutenu au jury que Michael n'atteindrait pas huit ans. C'était impossible qu'il vive jusqu'à dix ans d'après l'un des soi-disant experts que t'as fait défiler au tribunal. Votre but était évidemment de raccourcir son espérance de vie pour limiter les dommages et intérêts, pas vrai ? Tu t'en souviens, maître Wade ?

— Oui.

— Michael a maintenant onze ans, continua Jim en faisant les cent pas devant le lit, s'adressant à Stanley sans cesser de jeter des coups d'œil vers les quatre hommes serrés contre le mur. Oui, Michael a onze ans et tu t'es donc trompé, pas vrai, maître Wade ?

Discuter ne ferait qu'envenimer les choses et à quoi bon nier la vérité ?

— Oui.

— Premier mensonge, annonça Jim en levant l'index. À présent, continua-t-il en revenant vers son fils, nous l'alimentons principalement par sonde. Une nourriture spéciale qui coûte huit cents dollars par mois. Becky arrive à lui faire avaler des aliments solides de temps en temps. Des trucs comme du flan ou de la glace, pas grand-chose, quoi qu'il en soit. Faut aussi qu'il prenne toutes sortes de médicaments contre les crises d'épilepsie, les infections et ainsi de suite. On en a encore pour mille dollars par mois. Quatre fois par an, faut qu'on l'emmène à Memphis consulter des spécialistes, et on se demande pourquoi, bon sang ! Ils ne peuvent rien y faire, mais comme on nous dit de venir, on y va. On en a pour quinze cents dollars à chaque fois. Un sac de couches lui fait deux jours ; à six dollars le sac, ça fait cent dollars par mois, c'est pas beaucoup, mais quand on n'a pas les moyens, ça fait lourd. Et quand on fait le total, on dépense trente mille dollars par an pour s'occuper de Michael.

Jim avait repris ses allées et venues, tout en présentant son cas avec brio. Son jury, trié sur le volet, était avec lui. Les chiffres qu'il donnait semblaient bien plus inquiétants qu'au tribunal.

— Si je me souviens bien, ton expert s'est moqué de nos évaluations en affirmant que les soins de Michael coûtaient moins de dix mille dollars par an. Tu t'en souviens, maître Wade ?

— Oui, en effet.

— Nous sommes donc d'accord ? Tu t'es bien trompé ? J'ai les factures.

— Elles sont juste là, intervint Becky, prononçant ses premières paroles, le doigt tendu vers le meuble métallique noir.

— Inutile. Je vous crois.

Jim brandit deux doigts.

— Mensonge numéro deux. Le même expert a certifié qu'y avait pas besoin d'une infirmière à plein temps. D'après lui le petit Michael passerait à tout casser un ou deux ans vautré sur un lit comme un zombie, puis il mourrait et tout finirait par s'arranger. Il refusait de reconnaître qu'il avait besoin de soins constants. Becky, tu veux bien nous parler de ces soins ?

Elle avait attaché ses longs cheveux gris en queue-de-cheval et ne faisait aucun effort pour dissimuler les cernes qui entouraient ses yeux tristes et las. Elle alla ouvrir une porte, près du lit, et sortit un petit lit de camp.

— Voilà où je dors presque toutes les nuits. Je ne peux pas le laisser seul à cause de ses crises. De temps en temps, Doyle ou Jim me remplacent, mais il faut constamment une présence à son côté. C'est toujours la nuit qu'il a ses crises, j'sais pas pourquoi, ajouta-t-elle en refermant la porte après avoir remis le lit de camp en place. Je le nourris quatre fois par jour, trente centilitres à chaque fois. Il urine au moins cinq fois par jour et il va à la selle au moins deux fois mais on peut jamais prévoir quand. C'est jamais à la même heure. Depuis onze ans que ça dure, ça a jamais été régulier. Je le baigne deux fois par jour. Je lui fais aussi la lecture et je lui raconte des histoires. Je quitte rarement cette pièce, maître Wade. Et quand ça m'arrive, je me sens coupable. Alors pour moi des « soins constants », c'est loin de décrire la vérité, conclut-elle avant de se rasseoir sur son vieux fauteuil inclinable au pied du lit de Michael pour fixer de nouveau le plancher.

Jim reprit son récit.

— Or, si tu te rappelles bien, notre expert avait affirmé au procès qu'il fallait une infirmière à plein-temps. T'as soutenu devant le jury que c'étaient des sornettes. Des inepties, plus précisément, si mes souvenirs sont exacts. Juste un moyen de plus pour nous d'essayer d'extorquer de l'argent. Tu nous as fait passer pour une bande de sales rapaces. Tu t'en rappelles, maître Wade ?

Stanley hocha la tête. Il n'avait pas en mémoire ses termes exacts, mais c'était bien le genre de choses qu'il était capable de lancer dans le feu d'un procès.

Cranwell brandit trois doigts.

— Mensonge numéro trois, annonça-t-il à ses jurés, quatre hommes qui lui ressemblaient : même physique, mêmes cheveux, même visage dur, vêtus de salopettes usées comme la sienne, à l'évidence de la même famille, cela se voyait. J'ai gagné quarante mille dollars l'an dernier, maître Wade, continua-t-il et j'ai payé des impôts sur la totalité. Moi, j'ai pas droit aux déductions fiscales dont profitent les petits malins comme toi. Avant la naissance de Michael, Betty travaillait comme assistante maternelle dans une école de Karraway, mais elle a dû arrêter, forcément. Me demande pas comment on s'en sort, j'pourrais pas te le dire. Nos amis nous aident énormément ainsi que les églises du coin, précisa-t-il avec un geste vers les quatre hommes. Nous ne touchons pas un sou de l'État du Mississippi. C'est fou, non ? Le Dr Trane s'en est sorti sans avoir un centime à payer. Sa compagnie d'assurances, une belle bande d'escrocs du Nord, s'en est aussi tirée à bon compte. Quand les riches font des dégâts, ils paient jamais les pots cassés. Ça t'ennuierait de nous expliquer pourquoi, maître Wade ?

Stanley secoua juste la tête. Il n'avait rien à gagner à discuter. Il écoutait, certes, tout en se projetant néanmoins dans l'avenir très proche où il devrait de nouveau tenter de sauver sa peau.

— Passons à un autre mensonge, poursuivit Cranwell. Notre expert avait dit que nous pourrions engager une infirmière à mi-temps pour trente mille dollars par an et c'était une estimation très raisonnable. Trente mille pour l'infirmière, trente mille pour les autres dépenses, soit au total soixante mille dollars par an pendant vingt ans. Le calcul était facile, on arrivait à un million deux. Mais ça faisait peur à notre avocat parce que jamais aucun jury de ce comté n'avait accordé de telles indemnités. Le montant de dommages et intérêts le plus élevé obtenu à cette époque, y a huit ans, atteignait à peine deux cent mille dollars. Et d'après lui, ça avait été beaucoup réduit en appel. C'est sûr, les trous du cul comme toi, maître Wade, les compagnies d'assurances pour lesquelles tu te prostitues et les politiciens qu'elles achètent avec leurs gros paquets de fric, on peut dire que vous savez remettre à leur place les petites gens cupides comme nous et nos avocats. Le nôtre nous a dit que c'était dangereux de réclamer un million de dollars parce que personne dans le comté de Ford ne possédait une telle fortune, alors pourquoi on nous aurait donné autant ? On en a parlé pendant des heures avant le procès et on s'est résignés à demander un peu moins. Neuf cent mille dollars, tu te souviens, maître Wade ?

Stanley hocha la tête. Il s'en souvenait très bien.

Cranwell s'avança, le doigt pointé sur lui.

— Et toi, petit salaud, t'as déclaré au jury qu'on n'avait pas le courage de réclamer un million de dollars, mais que c'était ce qu'on voulait et qu'on essayait d'exploiter les malheurs de notre petit garçon. Quel mot t'as employé, maître Wade ? T'as pas dit qu'on était cupides. Qu'est-ce qu'il a dit qu'on était, Becky ?

— Profiteurs, répondit-elle.

— C'est ça. Tu nous as montrés du doigt, nous et notre avocat assis à trois mètres de vous et des jurés, et tu nous as traités de profiteurs. Je n'ai jamais eu autant envie de gifler quelqu'un ! explosa-t-il et, emporté par la colère, il se rua sur Stanley et lui retourna une méchante claque qui projeta ses lunettes par terre. Espèce d'ordure !

— Arrête, Jim ! cria Becky.

Il y eut un long silence tandis que Stanley essayait de reprendre ses esprits et clignait des yeux. L'un des quatre hommes se résigna de mauvaise grâce à ramasser les lunettes et les lui rendit. Cette attaque soudaine avait stupéfié tout le monde, Jim le premier.

Il revint vers le lit et tapota l'épaule de Michael. Puis il se retourna vers Stanley.

— Mensonge numéro quatre, maître Wade, et je ne suis pas sûr de pouvoir me souvenir de tous. J'ai relu la transcription de l'audience des centaines de fois, ça fait plus de neuf cents pages, et à chaque fois, j'y découvre de nouvelles tromperies. Comme par exemple quand t'as osé dire aux jurés que c'était dangereux d'accorder de gros dommages et intérêts, que ça faisait grimper le prix des soins médicaux et des assurances maladie ! Tu te rappelles, maître Wade ?

Stanley haussa les épaules comme s'il n'en était pas certain. Sa nuque et son dos le faisaient tellement souffrir que ce simple geste le fit grimacer. Son visage le brûlait, ses oreilles tintaient, son pantalon ne séchait pas et il avait comme l'impression qu'il ne livrait que le premier round... et que ce ne serait sans doute pas le plus difficile.

— Tu te rappelles, Steve ? demanda Jim en se tournant vers l'un des quatre hommes.

— Ouais.

— Steve est mon frère, l'oncle de Michael. Il a entendu tout ce qui s'est dit au tribunal et il te déteste autant que moi. Enfin, revenons à nos mensonges. D'après ton raisonnement, si les jurys accordaient peu ou pas du tout de dommages et intérêts, les soins médicaux et l'assurance-maladie deviendraient bon marché, n'est-ce pas, maître Wade ? Et le jury a gobé ça ! Faut pas laisser ces avocats et ces gens cupides s'enrichir en abusant de notre beau système. Non, m'sieur ! Faut protéger les compagnies d'assurances ! Alors, mes amis, ajouta-t-il en se tournant vers son propre jury, depuis que maître Wade a obtenu zéro dollar de dommages et intérêts pour son toubib et sa compagnie d'assurances, combien d'entre vous ont vu leurs primes baisser ?

Aucun de ses jurés n'offrit de réponse.

— Oh, à propos, maître Wade, tu savais que le Dr Trane possédait quatre Mercedes au moment du procès ? Une pour lui, une pour sa femme et une pour chacun de ses deux ados. T'étais au courant ?

— Non.

— Mais quel avocat es-tu donc, maître Wade ? Nous, on le savait. Mon avocat qui faisait son boulot savait tout de Trane. Sauf qu'il ne pouvait pas en parler au procès. C'était contre la loi. Quatre Mercedes ! Sans doute qu'il faut au moins ça quand on est un riche médecin !

Cranwell se dirigea vers le meuble, ouvrit le tiroir du haut et sortit une chemise en plastique bleu remplie à craquer. Stanley la reconnut immédiatement, car le sol de son bureau en était jonché. C'était dans ces chemises bleues qu'étaient conservées les transcriptions d'audiences. Cranwell avait donc payé quelques centaines de dollars au greffier pour avoir sa propre copie de la moindre parole prononcée au cours du procès contre le Dr Trane pour erreur médicale.

— Tu te souviens du juré numéro six, maître Wade ?

— Non.

Cranwell feuilleta quelques pages, nombre d'entre elles marquées par des onglets et surlignées de jaune et de vert.

— Revoyons simplement la composition du jury, maître Wade. Lors de sa sélection, mon avocat a demandé si, parmi les personnes présentes, quelqu'un travaillait pour une compagnie d'assurances. Une dame a répondu oui et elle a été écartée. Un monsieur, un certain Rupert, s'est abstenu de répondre et a été retenu comme juré. En fait, il venait juste de prendre sa retraite après trente ans de bons et loyaux services dans une compagnie d'assurances. Plus tard, après le procès et après l'appel, nous avons découvert que ce M. Rupert a été le plus grand défenseur du Dr Trane pendant les délibérations. Une grande gueule. Il faisait un scandale chaque fois qu'un autre juré émettait l'idée de dédommager Michael. Ça te dit toujours rien, maître Wade ?

— Non.

— T'es sûr ? (Cranwell posa brusquement la transcription et s'avança d'un pas.) Vraiment sûr, maître Wade ?

— Certain.

— Comment est-ce possible ? Rupert a travaillé pendant trente ans comme expert pour Southern Delta Mutual, dans le nord du Mississippi. Ton cabinet a représenté de nombreuses compagnies d'assurances, y compris Southern Delta Mutual, et tu veux nous faire croire que tu connaissais pas Rupert ?

Nouveau pas en avant. Nouvelle claque en perspective.

— Je ne le connaissais pas.

— Mensonge numéro cinq, clama Cranwell, levant vers ses jurés sa main aux cinq doigts écartés. À moins que ce ne soit le sixième ? Je sais déjà plus où j'en suis.

Stanley se prépara à un coup ou à une gifle. Cranwell retourna vers le meuble métallique et sortit quatre autres chemises du tiroir supérieur.

— Presque deux mille pages de mensonges, maître Wade, dit-il en empilant les dossiers les uns sur les autres, tandis que Stanley prenait une profonde inspiration et soufflait, soulagé d'avoir momentanément échappé à de nouvelles violences.

Il contempla le vilain lino entre ses chaussures, forcé de reconnaître qu'il était une fois de plus tombé dans le piège qui porte les gens de la bonne société à prendre le reste de la population pour des crétins et des ignares. Cranwell était plus intelligent que bien des avocats de la ville et infiniment mieux préparé.

— Et bien sûr, maître Wade, on n'a même pas abordé les mensonges racontés par le Dr Trade, reprit Cranwell, loin d'en avoir terminé. Je suppose que tu vas dire que c'est son problème, pas le tien.

— C'est lui qui était à la barre, pas moi, répondit Stanley, beaucoup trop vite.

Cranwell laissa échapper un rire faux.

— Bien essayé ! Sauf que c'était ton client. C'est toi qui l'as appelé à témoigner, non ?

— Oui.

— Et avant, bien avant, tu l'as aidé à préparer son passage devant les jurés, hein ?

— Comme tout avocat doit le faire.

— Merci. Donc les avocats sont censés préparer leur client à mentir.

Ce n'était pas une question et Stanley n'allait pas le contredire. Cranwell tourna quelques pages avant de poursuivre :

— Voici un exemple des mensonges du Dr Trade, du moins selon notre expert médical, un homme honorable qui travaille toujours et qui n'a pas été radié, qui n'a jamais été ni alcoolique ni drogué et qui ne s'est pas enfui du Mississippi. Tu te rappelles de lui, maître Wade ?

— Oui.

— Le Dr Parkin, un homme bien. Tu t'es jeté sur lui comme une bête et tu l'as descendu devant les jurés, et quand tu t'es rassis, t'étais vraiment fier de toi, salopard ! Tu te souviens, Becky ?

— Oui, tout à fait.

— Voilà ce que le Dr Parkin a déclaré au sujet du bon Dr Trade : il a dit qu'il avait mal diagnostiqué les contractions de Becky la première fois qu'elle s'était présentée à la maternité et qu'il n'aurait jamais dû la renvoyer chez elle où elle a attendu trois heures avant de revenir alors que le Dr Trade était rentré chez lui se coucher ; qu'il l'avait renvoyée chez elle parce que le monitoring était plat alors qu'il l'avait en fait mal interprété ; et que lorsque Betty était revenue à l'hôpital et que le Dr Trade avait enfin daigné réapparaître, il lui avait administré du Pitocin pendant plusieurs heures sans diagnostiquer la souffrance fœtale ; qu'il avait une fois de plus mal lu le monitoring qui montrait clairement que l'état de Michael se dégradait, qu'il était en état de souffrance fœtale aiguë ; que le Dr Trade ne s'était pas aperçu que le Pitocin provoquait une hyperstimulation et une activité utérine excessive, qu'il avait bâclé l'application de la ventouse ; qu'il avait fini par réaliser une césarienne, avec malheureusement au moins trois heures de retard, ce qui a entraîné une asphyxie et une hypoxie qui auraient pu être évitées si la césarienne avait été faite à temps et correctement. Tout ça ne te rappelle rien, maître Wade ?

— Si, je m'en souviens.

— Et tu te souviens quand t'as présenté au jury comme un fait établi, car les faits d'un brillant avocat comme toi sont toujours clairement établis, que rien de tout cela n'était vrai, que le Dr Trade avait toujours fait preuve de la plus grande conscience professionnelle, et patati et patata ?

— Est-ce une question, monsieur Cranwell ?

— Non. Réponds plutôt à celle-ci : t'as pas dit, dans la conclusion de ta plaidoirie, que le Dr Trade était un des meilleurs médecins que t'aies jamais rencontrés, la fine fleur de notre communauté, un modèle, un homme à qui tu confierais ta famille, un grand médecin que les honorables citoyens du comté de Folk se devaient de protéger ? Tu te souviens, maître Wade ?

— Cela remonte à huit ans. Cela m'est difficile.

— Dans ce cas, si tu veux bien, regardons à la page mille cinq cent soixante-quatorze du livre cinq, continua Cranwell en prenant un dossier qu'il se mit à feuilleter. Tu veux lire tes brillantes paroles, maître Wade ? Elles sont juste là. Je les relis constamment. Jettes-y un œil, tes mensonges parlent d'eux-mêmes !

Il brandit le dossier sous son nez, mais Stanley secoua la tête et détourna les yeux.

Que cela vint du bruit, de la tension étouffante dans la pièce ou simplement des connexions endommagées dans son câblage interne, toujours est-il que Michael se mit brusquement à trembler tandis que tout son corps se convulsait. Sans un mot, Becky se précipita à son chevet et intervint avec une efficacité qui témoignait d'une longue expérience. Oubliant maître Wade un instant, Jim s'approcha du lit dont les articulations et les ressorts mal graissés grinçaient et cliquetaient sous les secousses. Doyle surgit du fond de la pièce et les trois Cranwell s'occupèrent de Michael. Becky lui murmurait des paroles réconfortantes tout en lui tenant doucement les poignets. Jim maintenait en place un mors en caoutchouc qu'il avait introduit entre ses dents. Doyle passait une serviette humide sur le front de son frère en lui répétant : « Ça va aller, frérot, ça va aller. »

Stanley soutint cette vision autant qu'il put, puis il se pencha en avant, et les coudes sur les genoux, le visage entre les mains, contempla ses pieds. Les quatre hommes sur sa gauche restaient immobiles comme des sentinelles au visage de pierre, ayant sans aucun doute déjà assisté à de telles crises. Dans la pièce de plus en plus étouffante, il se sentit de nouveau le cou moite. Il pensa à sa femme. Il y avait bien deux heures qu'il s'était fait enlever et il se demanda ce qu'elle faisait. Peut-être somnolait-elle sur le canapé qu'elle n'avait pas quitté depuis quatre jours, espérant venir à bout de sa grippe par le repos, les jus de fruits et encore plus de médicaments que d'habitude. Ou peut-être dormait-elle à poings fermés et ne s'était-elle même pas aperçue de son retard pour le dîner. Si elle était réveillée, elle avait dû l'appeler sur son portable, mais il avait laissé ce maudit appareil dans sa mallette, à l'intérieur de sa voiture et, de toute façon, il se faisait toujours un devoir de l'ignorer quand il ne travaillait pas. Passant des heures au téléphone, il ne supportait pas d'être dérangé une fois qu'il avait quitté son cabinet. Il n'y avait guère de risques qu'elle s'inquiète. Il arrivait une ou deux fois par mois à Stanley d'aller prendre un verre entre hommes sans que cela l'eût jamais perturbée. Depuis que leurs enfants avaient quitté la maison pour aller à l'université, Stanley et sa femme ne laissaient plus les horaires régenter leur vie. Ils ne se souciaient plus d'avoir une heure de retard (jamais une heure d'avance).

Tandis que le lit grinçait et que les Cranwell s'occupaient de Michael, Stanley conclut qu'il y avait très peu de chances qu'on ratisse les petites routes de campagne à sa recherche. À moins que quelqu'un n'eût assisté à son enlèvement sur le parking et n'eût prévenu la police et que celle-ci fût sur le pied de guerre ? C'était possible, mais un millier de flics avec des chiens ne réussiraient pas à le retrouver dans cet endroit.

Il pensa à son testament. Il l'avait actualisé, grâce à l'insistance d'un confrère. Il songea à ses deux enfants, mais préféra ne pas s'y attarder. Il pensa à sa fin en espérant qu'elle serait soudaine et sans souffrance. Il faillit se demander s'il rêvait ou non, mais se l'interdit, un tel exercice lui paraissant uniquement une perte d'énergie.

Le lit ne faisait plus de bruit. Jim et Doyle reculèrent tandis que Becky, penchée sur le petit infirme, fredonnait doucement en lui essuyant la bouche.

— Redresse-toi ! aboya Jim. Redresse-toi et regarde-le !

Stanley obéit. Jim ouvrit le tiroir inférieur du meuble métallique et fouilla dans un nouvel amoncellement de papiers. Becky se rassit sans rien dire, en gardant une main sur le pied de Michael.

Jim sortit un autre document et le feuilleta tandis que tout le monde attendait.

— J'ai une dernière question pour toi, maître Wade. Je tiens entre mes mains la conclusion que tu as adressée à la Cour suprême du Mississippi, conclusion dans laquelle tu te démènes comme un beau diable pour que soit respecté le verdict du jury en faveur du Dr Trade. Rétrospectivement, je ne vois pas ce qui t'inquiétait. D'après notre avocat, la Cour suprême prend le parti des médecins dans plus de quatre-vingt-dix pour cent des cas. C'est d'ailleurs la raison pour laquelle tu ne nous as pas proposé de règlement à l'amiable avant le procès, n'est-ce pas ? Tu craignais pas de perdre cette affaire puisqu'un verdict favorable à Michael aurait été rejeté par la Cour suprême. Trane et la compagnie d'assurances finiraient toujours par gagner. Michael avait droit à un dédommagement équitable, mais tu savais que le système ne vous laisserait pas perdre. Quoi qu'il en soit, voici ce que tu as écrit sur l'avant-dernière page de votre conclusion. Ce sont tes propres mots que je cite, maître Wade : « Ce procès a été mené équitablement, farouchement, sans concessions de part et d'autre. Le jury était vigilant, impliqué, curieux et parfaitement informé. Le verdict est le fruit d'une profonde réflexion. Il s'agit d'un verdict de pure justice, une décision dont notre système peut s'enorgueillir. »

Cranwell jeta le dossier vaguement en direction du meuble métallique.

— Et devine quoi ? poursuivit-il. Cette bonne vieille Cour suprême t'a approuvé ! Rien pour le pauvre petit Michael. Aucune compensation. Rien comme punition pour ce cher Dr Trade. Rien de rien.

Il s'approcha du lit, caressa Michael quelques instants avant de décocher à Stanley un regard assassin.

— Encore une question, maître Wade. Et réfléchis bien à ce que tu vas dire, car ta réponse pourrait avoir de l'importance. Regarde ce pauvre gamin, cet enfant dont l'infirmité aurait pu être évitée, et dis-nous, maître Wade, penses-tu qu'il s'agit de justice ou simplement d'une nouvelle victoire des magistrats ? Les deux me semblent incompatibles.

Tous les yeux étaient fixés sur Stanley. Tassé sur son siège inconfortable, les épaules tombantes, à l'évidence en très mauvaise posture, son pantalon toujours mouillé, ses chaussures à lacets aux semelles boueuses serrées l'une contre l'autre, il fixait stoïquement la chevelure emmêlée qui dissimulait le front simiesque de Michael Cranwell. L'arrogance, l'entêtement, le déni le conduiraient à une mort certaine, quoiqu'il ne se fît aucune illusion, il ne verrait pas le jour se lever. Surtout qu'il n'avait plus le cœur à défendre ses actes. Jim avait raison. La compagnie d'assurances de Trane souhaitait faire une offre généreuse avant le procès et il n'avait pas voulu en entendre parler. Il perdait rarement un procès devant jury dans le comté de Ford. Il passait pour un avocat impitoyable, pas du genre à capituler ni à négocier. Surtout qu'il était conforté dans son arrogance par le soutien amical de la Cour suprême.

— On n'a pas toute la nuit ! lâcha Cranwell.

Oh, pourquoi ? songea Stanley. Pourquoi devrais-je précipiter mon exécution ? Il retira ses lunettes et s'essuya les yeux. Ils étaient humides non pas de peur, mais de sa confrontation brutale avec une de ses victimes. Combien en avait-il sacrifié d'autres ? Pourquoi avait-il choisi de consacrer sa carrière à escroquer ces pauvres gens ?

Il s'essuya le nez sur sa manche et rajusta ses lunettes.

— Je suis désolé. J'ai mal agi.

— Alors, réponds-moi. Est-ce justice ou victoire des magistrats ?

— Non, ce n'est pas justice, monsieur Cranwell, je suis désolé.

Jim rangea soigneusement les dossiers et le jugement dans leurs tiroirs respectifs qu'il referma. Il hocha la tête vers les quatre hommes qui se dirigèrent vers la porte en traînant les pieds. Au milieu de cette agitation, Jim parla à voix basse à Betty. Doyle murmura quelques mots au dernier qui sortait. La porte battit.

— Allons-y, déclara Jim en attrapant Wade par le bras pour le mettre debout sans ménagement.

Il faisait beaucoup plus sombre dehors. Ils contournèrent l'arrière de la maison, passèrent devant les quatre hommes qui s'affairaient autour d'une cabane à outils. Et tandis que Stanley contemplait leurs ombres, il entendit clairement prononcer le mot « pelle ».

— Monte ! ordonna Jim en le poussant dans le pick-up Ford qui l'avait amené et il agita de nouveau le pistolet sous son nez. Un seul geste et je tire.

Sur ces mots, il claqua la porte et palabra à voix basse avec les autres. Puis il ouvrit la portière du conducteur et se glissa derrière le volant.

— Pose les deux mains sur tes genoux, gronda-t-il avec un nouveau mouvement du pistolet, et si tu fais le moindre geste, je te plante le canon dans les reins et je tire. Ça te fera un sacré trou à travers le corps. Tu m'as compris ?

— Oui, répondit Stanley en plantant ses ongles dans ses genoux.

— Donc pas un geste. J'ai vraiment pas envie de salir ma camionnette, d'accord ?

— D'accord, d'accord !

Ils reculèrent le long de l'allée. Pendant qu'ils s'éloignaient de la maison, Stanley vit un autre véhicule démarrer à leur suite. À l'évidence, Cranwell lui avait dit tout ce qu'il avait à dire car il resta muet. Ils foncèrent dans la nuit sans cesser de changer de route, passant du gravier à l'asphalte puis de nouveau au gravier, du nord au sud, de l'est à l'ouest. Même s'il ne le voyait pas, Stanley sentait que Cranwell tenait toujours son pistolet dans la main droite tout en conduisant de la gauche. Il crispa ses mains sur ses genoux, affolé à l'idée que le moindre mouvement pût être mal interprété. De toute façon, il avait déjà mal au rein gauche. Il était certain que sa portière était verrouillée et que ce n'était même pas la peine d'essayer de l'ouvrir à toute volée, surtout avec la peur qui le paralysait.

Il voyait dans le rétroviseur de droite les faisceaux des phares de l'autre véhicule, celui qui transportait son escadron de la mort armé de pelles. Parfois un virage ou une côte le cachait, mais il réapparaissait toujours.

— Où allons-nous ? finit-il par demander.

— Pour toi ce sera l'enfer, c'est sûr !

Cette réponse coupait court à l'échange. Stanley réfléchit à ce qu'il pouvait dire d'autre. Ils tournèrent sur une petite route gravillonnée, plus petite que toutes celles qu'ils avaient empruntées. « Je suis foutu », songea Stanley. Des bois épais des deux côtés, pas la moindre maison à des kilomètres à la ronde. Une exécution rapide. Un enterrement sommaire. Personne n'en saurait rien. Ils traversèrent un ruisseau et la voie s'élargit.

Dis quelque chose, bon sang !

— Quoi que vous fassiez, monsieur Cranwell, je suis sincèrement désolé pour le procès de Michael, murmurat-il, atterré par ses mots dépourvus de sens et de valeur : ses remords, si tant est qu'il en eût, faisaient une belle jambe aux Cranwell, mais il ne lui restait plus que la parole. Je voudrais contribuer à ses dépenses.

— Tu proposes de l'argent ?

— En quelque sorte. Oui, pourquoi pas ? Je ne suis pas riche, mais je m'en sors. Je pourrais vous aider en payant l'infirmière, par exemple.

— Dis-moi si j'ai bien compris. Je te ramène chez toi, sain et sauf, et demain, je passe à ton bureau pour discuter de ton désir soudain de participer à l'entretien de Michael. On pourra même prendre un café, avec un beignet tant qu'on y est, comme de vieux potes. Sans la moindre allusion à ce soir. Tu rédiges un contrat, on le signe, on se serre la main, je repars et les chèques tombent tous les mois.

Stanley ne sut que répondre à cette absurdité.

— Tu me fais pitié, tu sais, Wade ! T'es vraiment prêt à raconter n'importe quoi pour sauver ta peau. Si je passais à ton bureau demain, je suis sûr qu'une dizaine de flics m'attendraient avec des menottes. Ferme-la, Wade, tes mensonges me rendent malade. Tu ne fais qu'aggraver ton cas.

Il ne voyait pas comment aggraver son cas pouvait être possible. Mais il se tut. Il regarda le pistolet. Il était armé. Il se demanda combien de victimes avaient contemplé l'arme qui allait les tuer en ces atroces derniers instants.

Soudain la route perdue au plus profond de la forêt grimpa une petite côte, et, tandis que le pick-up continuait à foncer, les arbres s'éclaircirent et des lumières apparurent dans le lointain. Beaucoup de lumières. Celles d'une ville. La route déboucha sur une nationale et, quand ils s'y engagèrent en direction du sud, Stanley vit une borne indiquant qu'il s'agissait de la nationale 374, une vieille route sinueuse qui reliait la petite bourgade de Karraway à Clanton. Cinq minutes plus tard, ils pénétrèrent dans la ville par le sud. Stanley savoura ces paysages familiers, une école sur la droite, une église sur la gauche, une petite galerie marchande modeste qui appartenait à un de ses clients. Il était de retour à Clanton, de retour chez lui. Déconcerté, mais fou de joie d'être sain et sauf.

L'autre pick-up les quitta à l'entrée de la ville.

Un pâté de maisons après le Rite Price, Jim Cranwell s'engagea sur le parking d'un petit magasin de meubles. Il mit au point mort, éteignit les phares et se tourna vers Stanley, pistolet au poing.

— Écoute-moi bien, maître Wade. Je ne t'accuse pas de ce qui est arrivé à Michael, je te reproche ce qui nous est arrivé à nous. T'es qu'une petite ordure et t'as aucune idée du mal que tu as fait.

Une voiture passa derrière eux. Jim baissa son arme un bref instant.

— Tu peux appeler les flics, me faire arrêter et jeter en prison et tout ce que tu veux, mais j'suis pas sûr que tu trouveras beaucoup de témoins. Tu peux nous faire des ennuis, mais les types que t'as vus là-bas sont sur leurs gardes. Un geste stupide et tu le regretteras immédiatement.

— Je ne ferai rien, je vous le promets. Laissez-moi juste partir.

— Tes promesses valent rien. Fous le camp, Wade, rentre chez toi et retourne travailler demain matin. Trouve d'autres petites gens à écraser. Accordons-nous une trêve, toi et moi, jusqu'à la mort de Michael.

— Et après ?

Jim se contenta de sourire et rapprocha son arme de Stanley.

— Va-t'en, Wade. Ouvre la porte, disparais et fous-nous la paix !

Stanley n'hésita qu'un court instant. Il sauta sur le parking, s'éloigna rapidement et tourna au premier coin de rue. Il distingua un trottoir dans l'obscurité et aperçut l'enseigne du Rite Price. Il aurait voulu courir, sprinter.

Il n'entendait rien derrière lui. Il jeta un regard par-dessus son épaule. Aucun signe de Cranwell.

Tandis qu'il se précipitait vers sa voiture, il réfléchit à l'histoire qu'il allait devoir raconter à sa femme. Trois heures de retard, ça méritait des explications !

Et il lui faudrait mentir, c'était certain.

Havre de paix

Le Havre de Paix se trouve à quelques kilomètres au nord de Clanton, au bord de la nationale, niché au creux d'un vallon verdoyant, à l'abri des regards des automobilistes. C'est risqué d'installer une maison de retraite si près d'un axe aussi fréquenté. Je le sais par expérience, car je travaillais aux Jardins du Paradis, près de Vicksburg, lorsque le pauvre M. Albert Watson s'est malencontreusement aventuré sur la route à quatre voies où il a été renversé par un camion-citerne. À quatre-vingt-quatorze ans, c'était un de mes petits vieux préférés. Je suis allé à son enterrement. Il y a eu ensuite un procès, mais j'étais déjà parti. Il arrive que des pensionnaires trompent notre vigilance. Certains cherchent à s'enfuir, mais aucun n'y arrive. Sincèrement, je ne les blâme pas d'essayer.

Le Havre de Paix, tel qu'il m'apparaît au premier coup d'œil se révèle être une construction en brique rouge, en assez mauvais état, avec un toit en terrasse typique des années 1960 : composé de plusieurs bâtiments, son allure générale est proche de celle d'une petite prison où l'on envoie les gens finir tranquillement leurs jours. Autrefois baptisées « hospices », ces institutions se voient aujourd'hui promues maisons de retraite, maisons d'accueil pour personnes âgées, ou résidences médicalisées, entre autres appellations fallacieuses.

« Ma mère vit dans un village de retraités » paraît moins barbare que « Nous avons collé ma mère à l'hospice ». C'est la même chose pour la pauvre femme, mais ça sonne mieux, du moins aux oreilles de ceux qui n'y vivent pas.

Quel que soit le nom dont on les affuble, ces endroits sont déprimants. Mais c'est là que je travaille, c'est ma vocation, et chaque fois que j'en découvre un autre, je brûle de relever de nouveaux défis.

Je gare ma vieille Coccinelle sur le petit parking désert. Après avoir réajusté mes lunettes à monture noire d'intello des années 1950 et mon gros nœud de cravate (je ne porte pas de veste), je descends de ma voiture. Sous la véranda métallique, près de l'entrée, j'aperçois une demi-douzaine de mes futurs amis, assis dans des fauteuils en rotin, les yeux perdus dans le vague. Je les salue avec un grand sourire ; seuls deux d'entre eux me répondent. À l'intérieur, je suis accueilli par l'éternelle odeur putride d'antiseptique que l'on retrouve entre les murs de tous ces établissements. Je me présente à la réceptionniste, une robuste jeune femme vêtue d'un pseudo-uniforme d'infirmière. Plongée dans une pile de papiers derrière son comptoir, elle note à peine ma présence.

— J'ai rendez-vous à dix heures avec Mme Wilma Drell, dis je humblement.

Elle me dévisage. Visiblement ma tête ne lui revient pas.

— Et vous êtes ? me demande-t-elle sans un sourire.

D'après le vilain badge en plastique épinglé sur la gauche de son impressionnante poitrine, elle s'appelle Trudy, et ce prénom risque de se retrouver en tête de ma toute nouvelle liste noire.

— Gilbert Griffin, réponds-je poliment. J'ai rendez-vous à dix heures.

— Asseyez-vous, marmonne-t-elle avec un signe de tête vers une rangée de chaises en plastique alignées dans le hall.

— Merci.

J'obéis et, aussi nerveux qu'un gamin de dix ans, je fixe mes pieds chaussés de chaussettes noires et d'une vieille paire de baskets blanches. Avec mon pantalon en polyester et ma ceinture trop longue pour mon tour de taille, j'ai tout de l'employé effacé, qui se laisse facilement écraser, le dernier des derniers en somme.

Trudy continue à trier ses papiers. Le téléphone sonne de temps en temps et elle répond assez aimablement. Dix minutes après mon arrivée, à l'heure dite, Mme Wilma Drell débouche du couloir et se présente. Elle porte, elle aussi, un uniforme blanc, jusqu'aux bas et aux chaussures aux semelles épaisses, ce qui ne l'avantage pas, car Wilma est encore plus volumineuse que Trudy.

Je me lève, terrifié, et me présente.

— Gilbert Griffin.

— Wilma Drell

Nous nous serrons la main seulement parce que ça se fait, puis elle repart à grands pas, et le crissement de ses bas blancs résonne dans le hall. Je la suis tel un chiot apeuré et, au moment de disparaître dans le couloir, je lance un coup d'œil vers Trudy qui me renvoie un regard dédaigneux et méprisant. Du coup, son nom prend définitivement la première place sur ma liste.

J'ai déjà la quasi-certitude que Wilma se confirmera en deuxième position.

Nous pénétrons dans une minuscule pièce en béton aux murs peints d'un gris administratif, meublée d'un bureau métallique et d'une desserte en bois bon marché sur laquelle trônent de mauvaises photos d'enfants grassouillets et d'un mari hagard. Elle s'assoit derrière son bureau et pivote sur son fauteuil, comme si elle était le PDG de cet établissement aussi prospère que séduisant. Je me glisse sur une chaise bancale, plus basse que son siège d'une bonne vingtaine de centimètres. Je lève les yeux vers elle. Elle me toise.

— Vous postulez donc à un emploi, commence-t-elle en prenant la lettre de candidature que je lui ai adressée la semaine dernière.

— Oui. (Sinon, pourquoi serais-je venu ?)

— Pour un poste d'aide-soignant. Je vois que vous avez déjà une certaine expérience des maisons de retraite.

— C'est exact.

Sur mon curriculum vitæ, j'ai inscrit trois de ces institutions. Je les ai toutes quittées sans histoires. Il y en a cependant une bonne douzaine que je me garde de mentionner. Tout devrait bien se passer si elle vérifie mes références, ce dont je doute. C'est à peine s'ils passent deux ou trois coups de fil en général. Les maisons de retraite ne se soucient guère d'embaucher des voleurs, des pédophiles ou même des types au passé compliqué comme moi.

— Nous avons besoin d'un aide-soignant pour l'équipe de nuit, quatre jours par semaine. Votre travail consistera à surveiller les couloirs, veiller sur nos pensionnaires et vous occuper d'eux au sens large du terme.

C'est-à-dire les conduire aux toilettes, passer la serpillière quand ils se souillent, les laver, les changer, leur lire des histoires, les écouter raconter leur vie, leur écrire des lettres, leur acheter des cartes d'anniversaire, s'occuper des rapports avec leur famille, arbitrer leurs disputes, préparer et laver leurs bassins. Je connais la routine.

— C'est ce que j'ai l'habitude de faire.

— Vous aimez vous occuper des autres ?

On me pose cette question stupide à chaque fois. Comme si tous les gens se ressemblaient. Les patients sont en principe adorables. Ce sont mes collègues qui viennent remplir ma liste noire.

— Oh, oui !

— Et vous avez...

— Trente-quatre ans.

Vous ne savez pas compter ? Ma date de naissance se trouve sur la troisième ligne de mon CV. Ce qu'elle se demande en fait, c'est comment un jeune homme de trente-quatre ans peut choisir un métier aussi peu valorisant. Mais personne n'a jamais le courage de me poser franchement la question.

— Nous payons six dollars l'heure.

C'était dans l'annonce. Elle le présente comme un cadeau. Le taux horaire minimal est de cinq dollars quinze *cents*. L'organisme qui possède le Havre de Paix se dissimule sous l'appellation impersonnelle « Groupe HVQH » de piètre réputation, basé en Floride. HVQH possède ainsi une trentaine de maisons de retraite disséminées dans une douzaine d'États et qui accumulent les plaintes et les procès pour maltraitance, manque d'hygiène, discrimination à l'embauche et fraudes fiscales, ce qui ne l'empêche pas de se faire une fortune.

— C'est bien.

Oui, ce n'est pas si mal. La plupart des sociétés qui gèrent ce type de chaînes paient leurs aides-soignants au minimum. Mais je ne suis pas là pour l'argent, du moins pas pour le maigre salaire offert par HVQH.

— Vous avez le bac, continue-t-elle à lire. Vous n'avez pas fait d'études supérieures ?

— Je n'ai pas eu cette chance.

— Quel dommage ! compatit-elle en secouant la tête et en plissant les lèvres. Je possède un BTS, ajoute-t-elle d'un air supérieur, ce qui lui permet aussitôt de se confirmer à la seconde place de ma petite liste.

Elle peut encore progresser.

J'ai décroché une licence en trois ans, mais tout le monde me considérant comme un abruti, je me garde d'en parler. Ça compliquerait les choses. En plus, j'ai obtenu ma maîtrise deux ans après.

— Pas de casier judiciaire, poursuit-elle avec une admiration feinte.

— Pas même une amende pour excès de vitesse.

Si elle savait... D'accord, je n'ai jamais été inquiété, mais il s'en est fallu de peu plus d'une fois.

— Pas de procès, pas de faillites...

— Je n'ai jamais été condamné.

Je préfère le formuler de la sorte, car si j'ai été mêlé à plusieurs procès, je n'ai jamais été impliqué.

— Depuis combien de temps vivez-vous à Clanton ? continue-t-elle, cherchant visiblement à prolonger l'entretien au-delà de sept minutes.

Nous savons l'un comme l'autre que j'aurai le poste, car ça fait deux mois qu'ils font passer l'annonce.

— Quinze jours. Je viens de Tupelo.

— Et qu'est-ce qui vous amène dans notre région ?

Ah, les gens du Sud ! Ils n'hésitent pas à vous poser des questions personnelles. Elle n'attend pas réellement de réponse tout en étant curieuse de savoir ce qui a pu conduire un garçon comme moi à venir jusqu'ici chercher du travail à six dollars l'heure.

— J'ai eu une déception amoureuse à Tupelo. J'avais besoin de changer d'air.

Je mens. La peine de cœur marche à tous les coups.

— Je suis désolée, murmure-t-elle, sans en penser un mot, bien entendu.

Elle laisse tomber ma lettre sur son bureau.

— Quand pouvez-vous commencer à travailler, monsieur Griffin ?

— Appelez-moi Gill, tout simplement. Qu'est-ce qui vous conviendrait ?

— Que diriez-vous de demain.

— Parfait !

Ils ont toujours besoin de moi tout de suite, cette embauche éclair ne me surprend donc pas. Je passe la demi-heure suivante à remplir des papiers avec Trudy, qui se donne des airs d'importance pour me faire comprendre sans l'ombre d'un doute qu'elle occupe une position nettement supérieure à la mienne. Quand je repars, je contemple les fenêtres sinistres du Havre de Paix en me demandant combien de temps je vais y travailler. Je tiens en moyenne quatre mois.

Je me suis provisoirement installé dans un deux pièces situé dans une ancienne pension de famille, à un pâté de maisons de la grand-place. L'annonce parlait d'un meublé mais, lorsque je l'ai visité, je n'ai vu qu'un lit de camp des surplus de l'armée dans la chambre et, dans le salon, un canapé en vinyle rose et une table de la taille d'une pizza entourée de chaises. Il y a aussi un four qui ne fonctionne pas et un réfrigérateur vétuste à bout de souffle. Pour ce bel équipement, j'ai accepté de payer vingt dollars en liquide par semaine à la propriétaire, Miss Ruby.

Peu importe. J'ai vu pire, quoique pas de beaucoup.

— Pas de fiesta, m'a précisé Miss Ruby avec un sourire, lorsque nous nous sommes serré la main pour sceller notre accord.

À la voir, elle a dû faire la noce plus souvent qu'à son tour. Je ne sais quel âge lui donner entre cinquante et quatre-vingts ans, tant son visage semble plus ravagé par une vie de patachon et une stupéfiante consommation de cigarettes que par la vieillesse. Elle contre-attaque par une accumulation de couches de fond de teint, blush, eye-liner, rouge à lèvres, et s'inonde quotidiennement de parfum qui, mélangé à la fumée du tabac, me rappelle ces relents de vieille urine séchée assez fréquents dans les maisons de retraite.

J'allais oublier l'odeur du bourbon.

— Si on buvait un petit coup ? m'a-t-elle proposé juste après.

Nous nous trouvions dans le salon de son appartement, au rez-de-chaussée, et je n'ai pas eu le temps de répondre qu'elle ouvrait déjà son bar. Elle a versé quelques doigts de Jim Beam dans deux verres, y a adroitement ajouté une dose de soda et nous avons trinqué.

— Rien de tel qu'un whisky au petit déjeuner pour bien commencer la journée ! a-t-elle déclaré après avoir bu une gorgée.

Il n'était que neuf heures.

Elle a allumé une Marlboro tandis que nous sortions sous la véranda. Elle vit seule et j'ai tout de suite compris qu'elle souffrait de la solitude. Elle avait envie de parler. Je bois rarement de l'alcool, en tout cas jamais du bourbon, et au bout de quelques gorgées j'avais la langue anesthésiée. Quant à elle, si cela lui faisait de l'effet, elle n'en laissait rien paraître tandis qu'elle continuait à parler de gens de Clanton que je n'aurais jamais l'occasion de connaître.

— Vous reprendrez bien un petit coup de Jimmy ? m'a-t-elle offert au bout d'une demi-heure, en faisant tinter ses glaçons.

J'ai décliné et me suis éclipsé peu après.

C'est Nancy, une vieille infirmière charmante, depuis trente ans dans la maison, qui est chargée de me mettre au courant. Elle me conduit d'abord dans l'aile nord et s'arrête dans toutes les chambres, la plupart à deux places, pour en saluer les occupants.

Je connais déjà tous les types de visages : les réjouis qui sont ravis de voir une nouvelle tête ; les tristes que plus rien n'intéresse ; les amers qui n'attendent que la fin de la journée ; les absents qui ont déjà quitté ce monde. Je retrouve les mêmes expressions dans l'aile ouest. C'est un peu différent dans l'aile du fond. Elle est gardée par une porte métallique et l'infirmière Nancy doit composer un code à quatre chiffres avant de pouvoir y pénétrer.

— Ce sont les plus difficiles, me confie-t-elle à mi-voix. Des Alzheimer et des malades mentaux. C'est bien triste !

Il y a dix chambres individuelles. Je suis présenté à leurs dix occupants sans incident. Nancy me fait visiter ensuite la cuisine, la minuscule pharmacie, puis la cafétéria où les pensionnaires prennent leur repas et viennent se retrouver. Finalement, le Havre de Paix est une maison de retraite typique, relativement propre et efficace. Les patients semblent heureux autant que faire se peut.

Je consulterai plus tard les registres du tribunal afin de voir si l'établissement n'a jamais été attaqué pour maltraitance ou négligence. Je vérifierai auprès du greffe de Jackson si des plaintes ou des assignations à comparaître ont été déposées. Comme à chaque fois, j'ai beaucoup de recherches à faire.

De retour à l'accueil, l'infirmière Nancy m'explique la routine des visites lorsque je sursaute en entendant comme un coup de klaxon.

— Attention ! s'écrie-t-elle tout en se serrant contre le comptoir.

De l'aile nord surgit un fauteuil roulant à une vitesse impressionnante. Il est occupé par un vieillard en pyjama qui nous fait signe d'une main de lui dégager la voie tandis que de l'autre il presse une trompe à vélo fixée au-dessus de la roue droite. Il est poussé par un homme hagard d'une soixantaine d'années à peine, avec une énorme bedaine qui déborde de son T-shirt, en chaussettes blanches sales, sans chaussures.

— Doucement, Walter ! aboie l'infirmière tandis qu'ils passent en trombe sans s'occuper de nous.

Je vois les autres patients reculer précipitamment dans leur chambre alors qu'ils s'engouffrent dans l'aile sud.

— Walter adore son fauteuil roulant, ajoute-t-elle.

— Comment s'appelle celui qui le pousse ?

— Donny Ray. Ils doivent parcourir au moins quinze kilomètres par jour dans les couloirs. La semaine dernière, ils ont renversé Pearl Dunavant et ils ont bien failli lui casser la jambe. Walter a dit qu'il avait oublié de klaxonner. Nous avons de gros problèmes avec la famille Dunavant, une vraie galère, mais Pearl est ravie de se retrouver le centre d'attraction.

J'entends de nouveau la trompe et vois le fauteuil roulant pivoter au bout du couloir sud pour revenir vers nous. Ils repassent à fond de train. Walter doit avoir quatre-vingt-cinq ans (j'ai suffisamment d'expérience pour trouver leur âge à deux ou trois ans près, exception faite de Miss Ruby), et il s'en donne à cœur joie, tête baissée, les yeux plissés comme s'il roulait à cent cinquante kilomètres à l'heure. Donny Ray a le même regard dément, la sueur coule de ses sourcils et auréole ses aisselles. Aucun des deux ne semble nous voir.

— Vous ne pouvez pas leur donner des calmants ?

— Nous avons essayé, mais le petit-fils de Walter qui est avocat nous a fait un scandale. Il a même menacé de nous poursuivre en justice. Donny Ray a renversé Walter une fois, sans grand mal, mais il a dû avoir une légère commotion cérébrale. On s'est bien gardés d'en parler à la famille. Dans l'état où est son cerveau, ça n'a pas changé grand-chose.

Nous finissons notre tour à cinq heures, heure précise à laquelle se termine le service de Nancy. Le mien commence dans quatre heures et je n'ai nulle part où aller. Pas question de rentrer chez moi avec Miss Ruby qui a déjà pris le pli de guetter mon retour. Quand elle m'accroche au passage, impossible d'échapper à la goutte de Jimmy sous la véranda. Quelle que soit l'heure, la vieille dame est toujours prête à lever le coude. Et je n'aime décidément pas le bourbon.

Je décide donc de rester. J'enfile ma blouse blanche d'infirmier et je parle aux uns et aux autres. Je dis bonjour à Mme Drell, toujours très affairée. Je descends aux cuisines me présenter aux deux dames noires qui préparent les misérables repas. La propreté des lieux laisse à désirer et je commence à prendre des notes mentalement. À six heures du soir, les premiers convives font leur apparition. Les bienheureux qui peuvent marcher sans assistance ne ratent pas cette occasion de rappeler aux autres qu'ils sont bien plus vaillants qu'eux. Ils arrivent de bonne heure pour accueillir leurs amis, aident ceux qui sont en fauteuil roulant à s'installer et s'affairent d'une table à l'autre. Ceux qui se déplacent avec des cannes ou des déambulateurs se parquent près de l'entrée de la cafétéria pour ne pas être vus de leurs collègues. Les aides-soignants les accompagnent à leur table. Je leur donne un coup de main et j'en profite pour me présenter.

Le Havre de Paix héberge actuellement cinquante-deux personnes. Je viens d'en compter trente-huit lorsque frère Don se lève pour le bénédicité. Le silence se fait aussitôt. C'est un pasteur à la retraite, m'apprend-on, et il tient à dire les grâces avant chaque repas. Bien qu'il ait dans les quatre-vingt-dix ans, il garde une voix claire et étonnamment forte. Sa prière traînant en longueur, quelques pensionnaires commencent à faire tinter leurs couverts. Le repas est servi sur des plateaux en plastique comme on en voit dans les cantines des écoles primaires. Ce soir, ils ont droit à du blanc de poulet (pas d'os) avec des petits pois, de la purée instantanée et l'inévitable Jelly-O. Aujourd'hui, la gelée de fruits est rouge. Demain, elle sera jaune ou verte. On la retrouve au menu de toutes les maisons de retraite. J'ignore pourquoi.

C'est comme si nous passions notre vie à l'éviter alors qu'elle ne cesse de nous guetter.

Frère Don se tait enfin et s'assied ; le festin peut commencer.

Pour ceux qui n'ont pas la force de venir à la cafétéria ainsi que pour les éléments incontrôlables de l'aile du fond, les repas leur sont apportés sur des chariots. Je propose de m'en occuper. Certains de ces pensionnaires n'en ont plus pour très longtemps.

Ce soir, les réjouissances postdînatoires sont assurées par une meute de louveteaux qui arrivent à sept heures précises et distribuent des sacs en papier décorés de leurs mains et remplis de cookies, de brownies et autres friandises. Puis ils se rassemblent autour du piano et interprètent *God Bless America* et quelques chansons de feu de camp. Les garçons d'une huitaine d'années aiment rarement chanter et on entend surtout la voix de leurs cheftaines. À sept heures et demie, le spectacle est terminé et les pensionnaires commencent à regagner leurs chambres. J'en ramène un en fauteuil roulant et l'aide à faire sa toilette. Les heures passent lentement. Je suis assigné à l'aile sud, onze chambres à deux lits et une particulière.

Les médicaments sont distribués à neuf heures et c'est un des grands moments de la journée, du moins pour les pensionnaires. Il nous est tous arrivé de nous moquer de l'intérêt porté par nos grands-parents à leurs maladies, leurs traitements, leurs pronostics et leurs remèdes, sans oublier leur tendance à ne nous épargner aucun détail. Cette étrange manie, qui ne fait que s'accentuer avec l'âge, provoque bien des plaisanteries dans le dos de nos aïeux, de toute façon trop sourds pour les entendre. C'est encore pire dans une maison de retraite dont les occupants, placés là par leurs familles, se retrouvent coupés de leur public. Ils se défoulent alors sur n'importe quel membre du personnel qui passe à leur portée. Et quand nous arrivons avec notre plateau de médicaments, leur excitation atteint son paroxysme. Même si certains feignent la méfiance, le dégoût et la peur, ils finissent toujours par avaler leurs pilules avec l'aide d'un verre d'eau. Ils reçoivent tous le même petit somnifère qu'il m'est arrivé de prendre sans que cela me fasse jamais le moindre effet. La plupart des médicaments sont justifiés, mais de nombreux placebos sont également administrés au cours de ces rituels nocturnes.

Après la distribution des médicaments, le calme revient tandis que chacun se prépare pour la nuit. L'extinction des feux est à dix heures. Comme prévu, j'ai toute l'aile sud rien que pour moi. Un garde de nuit surveille l'aile nord et deux autres l'aile du fond réservée aux « tristes cas ». Bien après minuit, alors que tout le monde dort, y compris les autres infirmiers, je me rends à l'accueil pour chercher sur l'ordinateur les dossiers, les fichiers, les sauvegardes, bref tout ce qui peut m'intéresser. La protection des données dans ces établissements laisse beaucoup à désirer. Le système informatique est toujours le même et il ne va pas me falloir longtemps pour le pirater. Je ne vais jamais travailler sans glisser dans ma poche un petit appareil qui me permet de photographier les salles de bains crasseuses, les pharmacies restées ouvertes, le linge souillé et pas lavé, les registres falsifiés, les aliments périmés, les patients négligés… La liste est aussi longue que déprimante et je suis toujours aux aguets.

Le tribunal du comté de Ford se situe sur l'esplanade de Clanton, au milieu d'un ravissant jardin public à la pelouse bien entretenue, agrémenté de fontaines, de chênes séculaires, de bancs, de monuments aux morts et de deux kiosques. Debout près de l'un d'eux, j'entends presque le défilé du 4 juillet et les discours enflammés des campagnes électorales. Un soldat confédéré en bronze, perché sur un bloc de granit, le regard tourné vers le nord et l'ennemi, son fusil à la main, veille à nous rappeler une cause aussi noble que perdue.

Je trouve les registres fonciers au bureau du cadastre, situé dans le tribunal, comme c'est le cas dans tous les comtés de cet État. J'ai revêtu pour l'occasion un blazer bleu marine avec une cravate, un beau pantalon de toile et des chaussures habillées afin de passer pour un quelconque avocat venu vérifier des titres de propriété. On entre et on sort comme dans un moulin. Il n'y a pas de registre à signer. Je ne parle que si l'on m'adresse la parole. Les archives sont ouvertes au public et aucun employé ne perd son temps à surveiller les allées et venues. Cette première visite vise uniquement à me familiariser avec les lieux afin de tout situer : les actes, les donations, les droits de rétention, les testaments homologués, tous les registres qu'il me faudra consulter dans un proche avenir. Les rôles des contributions sont classés dans le bureau de l'assesseur au bout du couloir. Le rôle des actions judiciaires se situe au rez-de-chaussée, au greffe du tribunal. Au bout de deux heures, je sais où tout se trouve sans avoir parlé à qui que ce soit, simple avocat vaquant à ses affaires parmi tant d'autres.

Dans chacun de mes nouveaux boulots, ma première tâche consiste à dénicher un employé de longue date à la langue bien pendue. Il s'agit généralement de quelqu'un travaillant aux cuisines, souvent noir et de sexe féminin, et dès que j'aperçois une Noire aux fourneaux, je sais qui va me livrer les petits potins de la maison. Inutile d'essayer la flatterie, car ces femmes flairent les baratineurs à un kilomètre. Vous ne pouvez pas vanter leur nourriture, car celle-ci est insipide et elles le savent. Ce n'est pas leur faute : on leur impose les ingrédients et la façon de les préparer. Je commence donc par leur dire bonjour tous les jours, puis je leur demande comment ça va et ainsi de suite. Elles n'ont pas l'habitude qu'un de leurs collègues, un Blanc de surcroît, leur parle aussi gentiment et s'attarde de son plein gré sur leur territoire. Au bout de trois jours, Rozelle, la soixantaine, commence à flirter avec moi. Jouant le jeu, je lui confie que je vis seul, que je ne sais pas faire la cuisine et que j'aurais besoin de me remplumer. Et bientôt, Rozelle me fait des œufs brouillés le matin quand elle arrive à sept heures et nous prenons notre café ensemble. Mon service est terminé, mais je traîne encore une heure. Afin d'éviter Miss Ruby, je viens travailler bien avant le moment de pointer et je fais autant d'heures supplémentaires que possible. En tant que nouveau, je me suis vu attribuer le service de nuit de neuf heures du soir à sept heures du matin, du vendredi au lundi, mais ça ne me gêne pas.

Nous tombons d'accord, Rozelle et moi, pour dire que notre patronne, Mme Drell, n'est qu'une grosse limace paresseuse qui mériterait d'être remplacée, mais ne le sera sans doute jamais, car il est peu probable que l'on trouve quelqu'un de mieux qui veuille prendre son poste. Rozelle a connu tellement de directeurs qu'elle a du mal à tous se les rappeler. L'infirmière Nancy a des diplômes. Trudy, la réceptionniste, n'en possède aucun. Ma première semaine n'est pas achevée que Rozelle et moi avons passé tous les autres employés en revue.

On commence à s'amuser dès qu'on s'attaque aux patients.

— Tu sais, dis-je à Rozelle, que chaque soir, à l'heure des médicaments, je donne à Lyle Spurlock une dose de bromure. C'est quoi son problème ?

— Que Dieu me pardonne ! s'exclame-t-elle avec un sourire qui découvre ses énormes dents et elle lève les bras au ciel en roulant des yeux comme si j'avais vraiment découvert un secret d'État. T'es vraiment un petit Blanc bien curieux !

N'empêche que j'ai fait mouche et qu'elle brûle de parler. J'insiste :

— Je ne savais pas qu'on utilisait encore du bromure.

Elle déballe lentement un énorme paquet de gaufres congelées.

— Écoute, Gill, cet homme a toujours été un sacré coureur de jupons. Et il en a attrapé pas mal. Il y a quelques années, on l'a même surpris au lit avec une infirmière.

— Lyle ?

— Dieu me protège, fiston ! C'est le vieux le plus vicieux du monde ! Il tripote toutes les femmes qui passent à sa portée, aussi vieilles soient-elles. Il s'est attaqué aux infirmières, aux pensionnaires, aux aides-soignantes, aux dames de l'église qui viennent chanter des cantiques de Noël. À tel point qu'on l'enfermait les jours de visite de peur qu'il s'en prenne aux fillettes qui venaient voir leurs grands-parents. Un jour il s'est pointé ici. Je l'ai menacé avec un couteau de boucher et j'ai plus eu de problème avec lui depuis.

— Mais il a quatre-vingt-quatre ans !

— Il s'est un peu calmé avec son diabète et depuis qu'on l'a à moitié amputé d'un pied. Mais il a toujours ses deux mains et il continue à sauter sur toutes les femmes qu'il croise. Pas sur moi, remarque. N'empêche que toutes les employées l'évitent.

La vision du vieux Lyle batifolant avec une infirmière est trop énorme pour que je la laisse passer.

— Et on l'a vraiment pris en flagrant délit ?

— Comme j'te le dis ! Sûr que l'infirmière était pas de la première jeunesse, mais il avait quand même trente ans de plus qu'elle.

— Qui les a vus ?

— Tu connais Andy ?

— Évidemment !

Elle s'assure d'un regard que nous sommes seuls avant de me relater l'épisode entré depuis belle lurette dans la légende.

— À cette époque, Andy ne travaillait pas encore dans l'aile nord. Il s'occupait de l'aile du fond et... tu vois le réduit au bout du couloir ?

— Oui, oui.

Je ne le vois pas, mais j'ai hâte d'entendre la suite.

— Eh bien, il s'y trouvait un lit autrefois et Lyle et l'infirmière n'ont pas été les premiers à s'en servir.

— Raconte !

— Tu n'imagines pas la débauche qui régnait ici à cette époque, surtout quand Lyle Spurlock était encore dans la force de l'âge.

— Et c'est Andy qui les a surpris ?

— Exactement. L'infirmière a été virée. Ils ont menacé d'envoyer Lyle ailleurs, mais sa famille a fait un tel barouf qu'ils l'ont finalement gardé. Tu n'imagines pas la pagaille ! Dieu ait pitié de nous !

— Et c'est depuis ce temps-là qu'on lui donne du bromure ?

— Depuis le temps qu'on aurait dû le faire !

Elle étale les gaufres sur une plaque qu'elle met au four avant de jeter un nouveau regard coupable autour d'elle, mais il n'y a personne près de nous. Dolorès, l'autre cuisinière, qui se bat avec la machine à café, se trouve trop loin pour nous entendre.

— Tu connais M. Luke Malone, à la chambre 14 ?

— Bien sûr, c'est mon aile.

M. Malone, quatre-vingt-neuf ans, grabataire, pratiquement sourd et aveugle, passe la majeure partie de son temps à regarder la petite télévision suspendue au plafond.

— Eh bien, ça fait une éternité qu'il occupe cette chambre. Il y vivait déjà du vivant de sa femme. Elle est morte l'an dernier d'un cancer. Et il y a une dizaine d'années, y a eu quelque chose entre Mme Malone et le vieux Spurlock.

— Une liaison ?

Même si Rozelle meurt d'envie de tout raconter, il faut la stimuler.

— Appelle ça comme tu voudras, ce qui est sûr c'est qu'ils prenaient du bon temps ensemble. Spurlock avait encore ses deux jambes et c'était un rapide. Il attendait qu'on descende M. Malone pour le bingo et hop ! il se précipitait dans la chambre 14, coinçait une chaise sous la clenche et sautait dans le lit de Mme Malone.

— Ils se sont fait surprendre ?

— Plus d'une fois, heureusement jamais par le mari. D'ailleurs ils auraient pu le faire devant lui qu'il n'aurait rien vu. Et personne ne lui a jamais rien dit, le pauvre homme !

— C'est terrible !

— Spurlock était comme ça !

Sur ces mots, elle me chasse pour préparer le petit déjeuner.

Deux jours plus tard, j'administre à Spurlock un placebo au lieu de son somnifère. Une heure plus tard, je retourne le voir et, après m'être assuré que son compagnon de chambre dort à poings fermés, je lui donne deux magazines *Playboy.*

Ce genre de revue n'est pas officiellement interdit au Havre de Paix, mais Mme Drell et les autres pouvoirs en place ont décidé de leur propre chef d'éradiquer toute forme de vice. Il n'y a pas d'alcool dans la maison. Et si on y joue beaucoup aux cartes et au bingo, on ne parie jamais d'argent. Les rares fumeurs survivants doivent sortir. Et pour la direction, il est impensable qu'on puisse s'adonner à la pornographie.

— Cachez-les bien, recommandé-je à voix basse à

Lyle, qui se rue sur les magazines comme un réfugié affamé sur de la nourriture.

— Merci ! bredouille-t-il, débordant de gratitude.

J'allume la lampe près de son lit et lui tapote l'épaule.

— Éclatez-vous, mon vieux ! Profitez-en.

Je viens de me faire un ami.

Mon dossier sur lui s'épaissit. Il vit au Havre de Paix depuis onze ans. Après le décès de sa troisième femme, sa famille qui ne pouvait manifestement pas s'occuper de lui l'a placé en « maison de retraite » où elle l'a pratiquement oublié, si l'on se fie au registre des visites. Au cours des six derniers mois, sa fille de Jackson, mariée à un promoteur de centres commerciaux relativement fortuné, n'est venue que deux fois. M. Spurlock a également un fils à Fort Worth qui travaille dans le fret ferroviaire et ne vient jamais le voir. Il ne lui envoie pas non plus la moindre lettre ou carte postale d'après le registre du courrier. M. Spurlock avait une petite entreprise d'électricité à Clanton et ne possédait pas grand-chose. En revanche, sa troisième épouse qui, elle aussi, avait été mariée à deux reprises, avait hérité de son père, mort à quatre-vingt-dix-huit ans, deux cent soixante hectares dans le Tennessee qui ont été transmis à M. Spurlock au décès de celle-ci. Il y a des chances que ses deux enfants n'en aient jamais entendu parler.

Cela me demande des heures de pénibles recherches dans les registres du comté pour dénicher de telles pépites. La plupart de mes investigations ne mènent à rien, toutefois quand je découvre un tel secret, je suis payé de mes peines.

Je ne suis pas de service ce soir et Miss Ruby insiste pour que nous sortions manger un cheeseburger. Sa voiture, une Cadillac de 1972, grosse comme un camion, rouge vif, pourrait largement contenir huit passagers. Je conduis et Miss Ruby bavarde tout en sirotant son bourbon, sa Marlboro tendue négligemment vers la fenêtre. Après ma Coccinelle, la Cadillac me donne l'impression de conduire un bus. Elle aura du mal à tenir sur une place du parking du Sonic *drive-in*, car ce remake des drive-in d'autrefois est conçu pour de plus petits véhicules. Mais j'arrive à m'y glisser et nous commandons des burgers, des frites et des cocas. Elle insiste pour qu'on mange sur place et ça me fait plaisir de lui faire plaisir.

Après plusieurs bourbons plus ou moins dilués en fin d'après-midi ou en début de matinée, j'ai fini par apprendre qu'elle n'avait jamais eu d'enfant. Elle a été successivement abandonnée par plusieurs maris au fil des années. Elle n'a toujours pas évoqué de frère, de sœur, de cousin, de neveu, ni de nièce. Elle est incroyablement seule.

D'après Rozelle, mon amie des cuisines, Miss Ruby tenait, jusqu'à il y a une vingtaine d'années, le dernier bordel du comté de Ford. Rozelle a été choquée quand elle a su où j'habitais, comme si l'endroit était hanté par l'esprit du mal. Faut dire qu'elle va à l'église quatre fois par semaine !

— C'est pas une place pour un jeune Blanc, m'a-t-elle déclaré. Tu ferais mieux de fiche le camp. Satan est dans ces murs !

Je ne pense pas qu'il s'agisse de Satan, mais trois heures après le dîner, alors que je commence à m'endormir, le plafond se met à trembler. J'entends des sons précis, constants, promettant d'aboutir très vite à une intense satisfaction. Ils sont accompagnés du grincement fort reconnaissable des montants métalliques d'un lit de mauvaise qualité se déplaçant sur le sol. Retentit alors le soupir puissant du héros intrépide, puis c'est le silence. L'exploit est accompli.

Une heure plus tard, le lit se déplace à nouveau en grinçant. Le héros, cette fois-ci, doit être plus gros ou plus nerveux, car le bruit est plus fort. Quant à sa partenaire, qui qu'elle soit, elle crie plus qu'avant et, pendant un long moment, je les écoute tous les deux avec une grande curiosité et une excitation croissante oublier toute inhibition et se lâcher sans se soucier de qui peut les entendre. Ils concluent avec de tels hurlements que je suis tenté d'applaudir.

Ils se calment. Moi aussi. Je me rendors.

Une heure plus tard, ma vaillante voisine attaque son troisième service de la nuit. Je m'aperçois subitement que c'est le premier vendredi que je passe chez moi. J'ai tellement accumulé d'heures supplémentaires que Mme Drell m'a donné congé cette nuit. Pas question de commettre deux fois cette erreur. J'ai hâte d'annoncer à Rozelle que Miss Ruby exerce toujours son métier de mère maquerelle, que sa vieille pension de famille continue à abriter certaines activités et que Satan se porte comme un charme.

Le samedi, en fin de matinée, je vais jusqu'à la grand-place acheter des petits pains fourrés à la saucisse et les rapporte à Miss Ruby. Elle m'ouvre en peignoir de bain, ses cheveux crêpés en bataille, les yeux rouges et gonflés, et nous nous asseyons à la table de la cuisine. Elle fait du café à base d'une mouture infâme qu'elle commande par correspondance et je refuse à plusieurs reprises le Jim Beam.

— Il y a eu beaucoup de bruit, cette nuit.

— Pas possible ! répond-elle en mordant dans son petit pain.

— Qui habite dans l'appartement au-dessus du mien ?

— Il est vide.

— Il ne l'était pas cette nuit. Il y avait des gens qui faisaient bruyamment l'amour.

— Oh, c'était Tammy, une de mes filles.

— Combien en avez-vous ?

— Plus beaucoup. Beaucoup moins qu'avant.

— On m'a dit que c'était autrefois une maison de passe, ici.

— Parfaitement ! acquiesce-t-elle avec un sourire de fierté. Il y a quinze ou vingt ans, j'avais une douzaine de filles et on s'occupait de tous les grands garçons de Clanton, les politiciens, le shérif, les banquiers et les avocats. Je les laissais jouer au poker au quatrième étage. Mes filles travaillaient dans les autres pièces. C'était le bon temps ! ajoute-t-elle, avec un sourire, les yeux dans le vague, émue au souvenir de ces temps meilleurs.

— Et Tammy travaille souvent ?

— Le vendredi, parfois le samedi. Son mari conduit des camions, il n'est jamais là le week-end et elle a besoin d'arrondir ses fins de mois.

— Qu'est-ce qu'elle a comme clients ?

— Oh, ils ne sont pas nombreux. Elle les choisit soigneusement. Ça vous intéresse ?

— Non, c'est juste par curiosité. Alors je dois m'attendre à ce vacarme tous les vendredis et les samedis soir ?

— Y a des chances.

— Vous ne m'avez pas prévenu quand j'ai pris la location.

— Vous ne m'avez pas demandé. Allons, Gill, vous n'êtes pas fâché ? Si vous voulez, je peux glisser un mot à Tammy. Vous n'aurez pas à aller bien loin. Elle peut même descendre chez vous.

— Combien prend-elle ?

— C'est négociable. Je m'en occuperai pour vous.

— Je vais réfléchir à la question.

Au bout d'un mois, je suis convoqué au bureau de Mme Drell pour une évaluation. Les grosses sociétés ont adopté cette politique qui, en remplissant différents registres et dossiers, leur permet de croire qu'elles sont superbement gérées. HVQH exige ainsi que chaque nouvel employé soit évalué au bout de trente, soixante et quatre-vingt-dix jours, puis tous les six mois. La plupart des maisons de retraite recommandent cette ligne de conduite sur le papier, mais peu s'y conforment.

Nous passons en revue les foutaises habituelles sur la façon dont je m'en sors, ce que je pense de mon travail, comment je m'entends avec les autres employés. Elle me félicite pour mon empressement à faire des heures supplémentaires. Je dois reconnaître qu'elle n'est pas aussi mauvaise que je l'avais d'abord jugée. Il m'est déjà arrivé de me tromper, mais pas souvent. Elle figure toujours sur ma liste noire, mais en troisième position seulement.

— Les patients ont l'air de vous aimer, continue-t-elle.

— Ils sont adorables.

— Pourquoi passez-vous tant de temps à bavarder avec les cuisinières ?

— Est-ce interdit ?

— Eh bien… non. C'est juste un peu inhabituel.

— Je peux m'en abstenir si cela vous contrarie.

Je n'ai aucune intention de cesser, quoi qu'elle me réponde.

— Oh, non ! Nous avons trouvé des *Playboy* sous le matelas de M. Spurlock. Vous n'avez aucune idée de la façon dont ils ont pu arriver là ?

— Vous avez demandé à M. Spurlock ?

— Oui, et il ne veut pas nous le dire.

Le bon garçon !

— Non, je ne vois pas. Ces magazines sont interdits ?

— Nous détestons ces torchons. Vous êtes sûr que vous n'avez rien à voir dans cette histoire ?

— Il me semble que si M. Spurlock, qui a quatre-vingt-quatre ans et paie plein tarif, veut lire

Playboy, on ne devrait pas le lui refuser. Quel mal y a-t-il à ça ?

— Vous ne le connaissez pas. Nous essayons de lui éviter toute excitation. Sinon, il devient vite incontrôlable.

— Il a quatre-vingt-quatre ans !

— Comment savez-vous qu'il paie plein tarif ?

— C'est lui qui me l'a dit.

Elle tourne une page comme s'il y avait beaucoup de choses dans mon dossier. Au bout d'un moment, elle le referme.

— Eh bien, jusqu'à présent, nous sommes très contents de vous, Gill. Vous pouvez y aller.

À peine congédié, je file aux cuisines raconter à Rozelle ce qui s'est passé chez Miss Ruby.

Au bout de six semaines à Clanton, mes recherches sont terminées. J'ai passé au peigne fin tous les registres accessibles au public, j'ai étudié des centaines de vieux numéros du *Ford County Times*, archivé lui aussi au tribunal. Jamais aucun procès n'a été intenté contre le Havre de Paix. Seules deux plaintes mineures ont été déposées à Jackson et les deux ont été réglées par des sanctions administratives.

Le Havre de Paix ne compte dans ses pensionnaires que deux personnes ayant des biens dignes de ce nom. D'abord M. Jesse Plankmore, qui possède cent vingt hectares de pins de Virginie près de Pidgeon Island, dans le nord du comté de Ford. Le pauvre M. Plankmore l'a oublié. Il a perdu la tête depuis des années et devrait mourir d'un jour à l'autre. Lorsque son épouse est décédée il y a onze ans, son testament a été authentifié par un notaire du coin. Je l'ai lu deux fois. Elle léguait tous ses biens à M. Plankmore, puis à ses quatre enfants après sa mort. On peut en déduire raisonnablement qu'il a rédigé un testament identique, dont l'original est consigné dans le coffre du notaire.

L'autre propriétaire n'est autre que mon copain Lyle Spurlock. Avec deux cent soixante hectares libres d'hypothèques qui moisissent dans son portefeuille, c'est l'un des cas les plus prometteurs que j'aie croisés depuis des années. Sans lui, j'aurais déjà organisé mon repli.

J'ai fait une autre découverte intéressante à signaler, quoique bien moins juteuse. Miss Ruby, qui totalise soixante-six ans et trois divorces dont le dernier remonte à vingt-deux ans, n'a pas d'enfant ni de casier judiciaire, mais possède un immeuble évalué à cinquante-deux mille dollars par le fisc. Il y a vingt ans, quand c'était un lupanar florissant, il était estimé le double. D'après un vieil article du *Ford County Times*, à la suite d'une descente de police, il y a dix-huit ans, deux filles et deux clients ont été arrêtés, dont un appartenait à la législature de l'État, quoique dans un autre comté. L'affaire s'est ébruitée, le pauvre homme a dû démissionner dans la honte et s'est suicidé. La majorité bien-pensante a fait un tel scandale que Miss Ruby s'est retrouvée sans travail.

Sa seule autre possession intéressante, aux yeux du comté du moins, c'est sa Cadillac de 1972 : l'an dernier, sa vignette lui a coûté vingt-neuf dollars.

C'est justement à sa Cadillac que je pense lorsque je la laisse me surprendre à mon retour du travail à huit heures.

— Bonjour, Gill, me salue-t-elle de sa voix éraillée par le tabac. Que diriez-vous d'un petit Jimmy ?

Elle se tient sous la véranda étroite dans une affreuse tenue composée d'un pyjama rose, d'une robe de chambre lavande, de chaussons de douche en plastique rouge et d'une capeline noire plus large qu'un parapluie. Bref, elle n'est pas mieux habillée que d'habitude.

Je consulte ma montre et souris.

— Pourquoi pas ?

Elle disparaît à l'intérieur et revient rapidement avec deux grands verres de Jim Beam soda. Coincée entre ses lèvres collantes de rouge, sa Marlboro se balance tandis qu'elle parle.

— La nuit s'est bien déroulée à la maison de retraite, Gill ?

— Comme d'habitude. Et vous, vous avez bien dormi.

— Je n'ai pas fermé l'œil.

— Je suis désolé.

Si elle passe des nuits blanches, c'est qu'elle dort toute la journée, une habitude qui date de son ancienne vie. En règle générale, elle tient à coups de whisky jusqu'à dix heures du matin, puis elle va se coucher et dort jusqu'à la tombée du jour.

Nous sautons d'un sujet à l'autre, j'apprends d'autres commérages sur des gens que je ne connais toujours pas. Je joue avec mon verre que je n'ose pas laisser plein. Elle a émis des doutes sur ma virilité les rares fois où j'ai tenté de m'esquiver sans finir mon bourbon.

Je profite d'un silence pour poser une question :

— Dites-moi, Miss Ruby, auriez-vous connu un certain Lyle Spurlock ?

Il lui faut un certain temps pour passer en revue tous les hommes qu'elle a croisés, mais le nom de Lyle ne lui dit rien, finalement.

— Je crains que non, mon garçon. Pourquoi ?

— C'est un de mes patients, mon préféré, en fait, et j'avais envie de l'emmener au cinéma, ce soir.

— Comme c'est gentil à vous !

— Il y a deux films pour le prix d'un, ce soir, au drive-in.

Elle manque de recracher une pleine gorgée de whisky sur l'herbe et rit à s'en étouffer.

— Vous avez l'intention d'emmener ce vieillard voir des films pornos ? s'exclame-t-elle quand elle reprend son souffle.

— Oui, pourquoi pas ?

— Quelle drôle d'idée ! glousse-t-elle en laissant voir ses grosses dents jaunes.

Un petit coup de Jimmy, une bouffée de cigarette et elle retrouve son sérieux.

D'après les archives du *Ford County Times*, quand le Daisy drive-in a projeté *Gorge profonde* en 1980, une véritable tempête a balayé Clanton. Il y a eu des protestations, des manifestations, des décrets suivis de procès pour les faire abroger, de sermons sans fin, de discours de politiciens, et quand le vacarme s'est tu et que la poussière est retombée, le drive-in, toujours en place, a continué à projeter des films porno à sa guise, totalement protégé par une interprétation du Premier amendement rendue par la cour fédérale. Dans un esprit d'apaisement, le propriétaire du Daisy accepta néanmoins de ne projeter les films classés X que le mercredi, soir où les bons chrétiens se rendaient à l'église. Les autres soirées étaient surtout réservées aux films d'horreur tant prisés des ados, et il s'engagea à mettre à l'affiche le plus de Disney possible. Rien n'y fit. Les grenouilles de bénitier maintinrent leur boycott si longtemps que le Daisy finit par être considéré comme une plaie par toute la ville.

— Je ne pourrais pas emprunter votre voiture, par hasard ? demandé-je humblement.

— Pourquoi ?

— Eh bien, la mienne est un peu petite, dis-je avec un signe de tête vers ma Coccinelle garée le long du trottoir.

— Pourquoi ne vous en achetez-vous pas une plus grosse ?

Si petite qu'elle soit, ma Volkswagen vaut déjà plus que son gros tank.

— J'y pense. En attendant, on risque d'être un peu tassés. C'était juste une idée en l'air, ce n'est pas grave. Je comprends que vous ne vouliez pas la prêter.

— Laissez-moi réfléchir. Je crois que je vais reprendre une goutte, ajoute-t-elle en faisant tourner la glace dans son verre. Et vous ?

— Non, merci.

J'ai la langue en feu et je me sens soudain groggy. Je vais me coucher, elle aussi.

Après un bon somme, nous nous retrouvons au crépuscule sous la véranda.

— Je pense que je vais boire un petit Jimmy, reprend-elle. Et vous ?

— Non, merci. Je conduis.

Elle s'en prépare un et nous partons. Je ne l'ai jamais expressément invitée à se joindre à notre petite virée entre hommes, et lorsque je comprends qu'elle n'a aucune intention de laisser sa Cadillac s'en aller sans elle, je me dis que ce n'est pas grave. Lyle Spurlock s'en fout. Elle espère que les films ne seront pas trop salaces, me confesse-t-elle alors que la Cadillac traverse la ville telle une péniche descendant le fleuve. Elle me dit cela, les yeux papillotant exagérément, et j'ai comme l'impression qu'elle peut facilement encaisser toutes les obscénités projetées par le Daisy drive-in.

J'entrouvre ma fenêtre dans l'espoir qu'un peu d'air frais chassera la fumée de ma voisine. En l'honneur de cette soirée, elle a décidé de s'inonder de ses différents parfums. Quand elle allume une Marlboro sans baisser sa fenêtre j'ai peur, l'espace d'une seconde, que la flamme n'embrase les vapeurs qui flottent à l'avant et qu'on ne finisse brûlés vifs.

Tandis que nous roulons vers le Havre de Paix, je régale Miss Ruby de tous les commérages que j'ai

glanés aux cuisines sur M. Spurlock et ses mains bala-
deuses. Elle prétend avoir entendu parler, il y a des
années, d'un vieux monsieur surpris au lit avec une
infirmière et semble sincèrement ravie de faire la
connaissance d'un tel personnage. Une nouvelle gorgée
de Jimmy et la voilà qui déclare se rappeler avoir eu un
Spurlock parmi ses clients, finalement, au bon vieux
temps.

La responsabilité de l'équipe de jour est assurée par
Angel, une infirmière pieuse et rigoureuse qui occupe à
présent la seconde place sur ma liste noire et qui risque
d'être la première que je ferai virer. Elle m'informe
qu'elle n'approuve pas du tout mon intention d'emmener Lyle au cinéma. (Je n'ai dit à personne, sauf à Lyle
et à Miss Ruby, quels films nous allions voir.) Je lui
réplique que je me fiche de sa désapprobation puisque
Mme Drell, la reine des abeilles en chef, m'a donné son
accord, un accord arraché de haute lutte puisqu'il a fallu
que M. Spurlock et sa fille (par téléphone) fassent un
scandale pour qu'elle finisse par céder.

— C'est écrit sur le registre. Regardez. Approuvé par
Mme Drell.

Elle remue des dossiers, marmonne des paroles inco-
hérentes et plisse le front comme prise d'une migraine
subite. Quelques minutes plus tard, je ressors par la
grande porte avec Lyle, vêtu de son pantalon le plus
élégant et de sa seule veste, un vieux blazer bleu marine
qu'il traîne depuis des décennies. Il s'avance vers le
parking d'un pas boitillant mais décidé.

— Attendez, monsieur Spurlock, dis-je en l'attrapant
par le coude. Nous avons une invitée surprise.

— Qui ça ?

— Elle s'appelle Miss Ruby. C'est ma propriétaire.
Comme elle m'a prêté sa voiture, je n'ai pas pu faire
autrement que de l'emmener. Disons que ça faisait partie
du lot. Désolé.

— C'est pas grave.

— Elle est sympa. Elle vous plaira.

— Je croyais qu'on allait voir des films cochons.

— Oui, bien sûr. Ne vous inquiétez pas pour Miss Ruby. Ce n'est pas vraiment une dame, si vous voyez ce que je veux dire.

Lyle voit bien, très bien même, si je me fie à la lueur égrillarde qui s'allume dans son regard. Nous nous arrêtons devant la portière du passager, je fais les présentations et Lyle disparaît dans les profondeurs de la banquette arrière. Nous n'avons pas encore quitté le parking que Miss Ruby se retourne et lui propose :

— Mon cher Lyle, voulez-vous une goutte de Jim Beam ?

Elle sort déjà une petite flasque de son grand sac.

— Je préfère pas, répond-il à mon grand soulagement.

L'emmener voir un film cochon est une chose, mais si je le ramène éméché, gare aux ennuis.

— Il est mignon, me confie-t-elle en se penchant vers moi.

Nous voilà partis. Je m'attends à ce que Miss Ruby parle du Sonic et, en effet, quelques minutes plus tard, elle me lance :

— Gill, j'aimerais bien un cheeseburger et des frites pour le dîner. Si on passait au Sonic ?

J'arrive non sans mal à garer la péniche sur une place étroite. L'endroit est bondé et je vois les autres clients nous dévisager depuis leurs véhicules nettement plus récents et plus petits. Je ne sais pas ce qui les amuse le plus, de la rutilante Cadillac rouge qui tient à grand-peine entre deux voitures ou du trio insolite qu'ils aperçoivent à l'intérieur. Et je m'en fous !

J'ai déjà organisé ce genre de sortie dans d'autres maisons de retraite. L'un des plus beaux cadeaux que je puisse offrir à mes vieux amis, c'est la liberté. J'ai emmené des vieilles dames à l'église, au club sportif, aux enterrements et aux mariages et au centre commercial, bien sûr. J'ai conduit des vieillards aux réunions des anciens combattants, à des matchs, dans des bars, à l'office et dans des cafés. Ils manifestent une reconnaissance puérile pour ces simples petits gestes qui leur permettent de sortir de leur chambre. Ce qui est triste, c'est que ces petites excursions dans le monde réel soulèvent toujours des problèmes. Les autres employés, mes estimés collègues, m'en veulent de donner de mon temps libre à nos résidents et les autres pensionnaires se montrent très jaloux de ceux qui ont la chance de s'échapper ainsi quelques heures. Heureusement, les problèmes ne m'ont jamais rebuté.

Lyle prétend qu'il n'a pas faim, sans doute s'est-il gavé de poulet caoutchouteux et de gelée verte avant de venir. Je me commande un hot-dog et une *root beer* et nous reprenons bientôt la route tandis que Miss Ruby mordille une frite et que Lyle, à l'arrière, se remplit les yeux de grands espaces.

— J'aimerais bien une bière, déclare-t-il brusquement.

Je m'engage aussitôt sur le parking d'une épicerie.

— Quelle marque ?

— Schlitz, répond-il sans l'ombre d'une hésitation.

J'achète un pack de six cannettes de dix-huit centilitres que je lui remets et nous repartons. J'entends une capsule qui saute et, peu après, un rot.

— Vous en voulez une, Gill ? me propose-t-il.

— Non, merci.

Je déteste autant le goût de la bière que son odeur. Miss Ruby sirote son Dr Pepper dans lequel elle n'a pas manqué d'ajouter quelques gouttes de bourbon. Elle sourit à présent, sans doute heureuse d'avoir quelqu'un qui boit avec elle.

Arrivé au Daisy, j'achète trois billets à cinq dollars chacun (aucun de mes acolytes ne me propose de me rembourser), et nous avançons sur le terrain gravillonné où nous choisissons une place au troisième rang, loin de tout autre véhicule. J'en compte six. Le film est commencé. Je monte le son du haut-parleur accroché à ma vitre pour que Lyle entende le moindre grognement, puis je m'enfonce dans mon fauteuil. Miss Ruby poursuit la dégustation de son cheeseburger. Lyle se glisse au centre de la banquette afin d'avoir une vue dégagée.

L'intrigue devient très vite évidente. On voit un vendeur d'aspirateurs qui fait du porte-à-porte. On pourrait s'attendre à ce qu'il soit bien habillé ou tout au moins sympathique, au lieu de quoi, il est crasseux de la tête aux pieds, avec des boucles d'oreilles et des tatouages, moulé dans une chemise en soie à peine boutonnée et affublé d'un sourire lubrique à faire trembler de peur n'importe quelle respectable ménagère. Bien sûr, il n'y a pas l'ombre d'une respectable ménagère à l'horizon. À peine notre sémillant vendeur franchit-il la porte d'entrée en traînant son aspirateur à la gomme derrière lui, que la femme se jette sur lui, les vêtements s'envolent et s'ensuivent toutes sortes d'ébats affolants. Le mari les surprend sur le canapé et, au lieu d'assommer le butor avec le tube de l'aspirateur, il se joint à la fête. Cela devient très vite une affaire de famille avec une foule de gens nus qui accourent dans le salon de toutes les autres pièces. Il s'agit d'une de ces dynasties de pornographes où les enfants ont le même âge que leurs parents, mais qui s'en soucie ? Les voisins débarquent et la scène tourne à la copulation frénétique avec des positions et des combinaisons qui dépassent l'imagination du commun des mortels.

Je me tasse sur mon siège, si bien que je vois à peine l'écran au-dessus du volant. Miss Ruby, qui n'a pas cessé de grignoter, se met à glousser, sans la moindre gêne, tandis que Lyle décapsule une autre bière. C'est le seul bruit à l'arrière.

Un cul-terreux appuie sur son klaxon deux rangées derrière nous chaque fois qu'un acteur atteint l'extase. En dehors de ça, le Daisy est plutôt calme et désert.

Lassé au bout de la seconde orgie, je m'excuse pour aller aux toilettes. Je traverse le parking jusqu'à la petite bâtisse délabrée qui abrite un snack et les commodités. Une salle de projection branlante a été construite au-dessus. Le Daisy a certes connu des jours meilleurs. J'achète un grand sac de pop-corn rassis puis je retourne sans me presser jusqu'à la Cadillac, sans même avoir l'idée de regarder l'écran en chemin.

Miss Ruby a disparu ! Je viens à peine de constater que son siège est vide que je l'entends pouffer à l'arrière. Ça doit bien faire une bonne vingtaine d'années que le plafonnier ne fonctionne plus et il fait très sombre sur la banquette, mais je préfère ne pas voir. Et je demande à l'instar d'une baby-sitter :

— Ça va tous les deux ?

— Super bien ! répond Lyle.

— Y a plus de place à l'arrière, ajoute Miss Ruby.

Dix minutes plus tard, je m'excuse de nouveau pour repartir me promener. Arrivé tout au fond du drive-in, après le dernier rang, je franchis la palissade vermoulue et, après avoir escaladé une petite butte, je parviens au pied d'un vieil arbre sous lequel j'aperçois une vieille table de pique-nique cassée et des cannettes de bière vides éparpillées sur le sol, sans doute abandonnées par des adolescents trop jeunes ou trop fauchés pour s'offrir le cinéma. Assis sur la table branlante, j'ai une vue imprenable sur l'écran. Je compte sept voitures et deux pick-up de spectateurs payants. Le plus proche de la voiture de Miss Ruby continue à klaxonner aux moments critiques. La Cadillac luit sous la lumière de l'écran. Autant que je puisse en juger, elle semble parfaitement immobile.

Mon service commence à neuf heures et je n'arrive jamais en retard. En outre, la reine Wilma Drell a noté par écrit que M. Spurlock devait être de retour à neuf heures tapantes, et comme il ne reste qu'une demi-heure, je me dirige vers la voiture, décidé à interrompre les ébats sur la banquette arrière quels qu'ils soient, en annonçant qu'il est temps de rentrer.

— Je vais rester derrière, me répond en riant Miss Ruby, la langue un peu pâteuse, ce qui m'étonne d'elle qui tient si bien l'alcool.

Et je m'enquiers tout en démarrant :

— Ça va, monsieur Spurlock ?

— On ne peut mieux.

— Les films vous ont plu, mes amis ?

Ils éclatent de rire et je m'aperçois qu'ils sont ivres. Ils gloussent pendant tout le trajet jusque chez Miss Ruby. C'est drôle finalement. Elle nous dit bonsoir pendant que nous effectuons le transfert dans ma Coccinelle. Nous reprenons le chemin du Havre de Paix et je demande à mon compagnon de virée :

— Vous vous êtes bien amusé ?

— C'était super, merci.

Il tient une Schlitz à la main, la troisième à ma connaissance, et il a les yeux à moitié clos.

— Qu'est-ce que vous avez fait sur la banquette ?

— Pas grand-chose.

— Elle est gentille, non ?

— Oui, mais elle sent mauvais. Tout ce parfum ! Jamais j'aurais imaginé me retrouver un jour à l'arrière d'une voiture avec Ruby Cléments.

— Vous la connaissiez ?

— Au moins de réputation. J'ai eu une longue vie, fiston, et je ne me souviens pas de grand-chose, mais à une époque, tout le monde savait qui elle était. Elle a été mariée au cousin d'une de mes femmes. Enfin, je crois. C'était il y a si longtemps.

Ah, les petites villes !

Notre excursion suivante, deux semaines plus tard, nous conduit au Brice's Crossroads, célèbre champ de bataille de la guerre de Sécession, à une heure de route de Clanton. Comme la plupart des vieux habitants du Sud, M. Spurlock prétend que ses ancêtres se sont vaillamment battus pour la Confédération. Il en garde une vieille rancune, et devient carrément amer dès qu'on aborde le sujet de la Reconstruction (« on l'attend toujours ») ou de ces profiteurs de Nordistes (« tous des sales voleurs »).

Je passe le prendre de bonne heure le mardi matin et, sous l'œil vigilant et désapprobateur de la reine Wilma Drell, nous nous échappons du Havre de Paix dans ma petite Coccinelle.

Je m'arrête à une épicerie pour acheter deux gobelets de mauvais café, des sandwichs et des sodas, et nous voilà prêts à refaire la guerre.

Je me fiche totalement de la guerre de Sécession et je ne comprends pas comment elle peut continuer à fasciner les esprits. Surtout que nous, les Sudistes, non seulement nous avons perdu, mais nous avons pris une sacrée déculottée ! Il est temps de passer à autre chose. Enfin, si M. Spurlock veut occuper ses derniers jours à rêver de la gloire des Confédérés et de ce qui aurait pu arriver s'ils avaient gagné, je suis prêt à l'aider de mon mieux. J'ai lu au cours du mois une douzaine de livres sur la guerre que j'ai empruntés à la bibliothèque de Clanton et j'en ai encore trois dans ma chambre chez Miss Ruby.

Par moments, Lyle connaît tout dans le moindre détail, les batailles, les généraux et les mouvements de troupes, et à d'autres, c'est le blanc total. J'oriente la conversation sur un sujet brûlant qui me passionne : la préservation des champs de bataille de la guerre de Sécession. Je tempête contre la destruction de ces terres sacrées, surtout en Virginie, où Bull Run, Frederiksburg et Winchester ont disparu sous les constructions. Cela met mon compagnon dans tous ses états et il hoche la tête.

Une fois sur place, nous contemplons quelques monuments et les endroits marquants de la bataille. Il est convaincu que son grand-père, James Spurlock, a été blessé lors d'une manœuvre héroïque pendant la bataille de Brice's Crossroads. Nous nous asseyons sur une clôture en planches pour manger nos sandwichs. Il semble en transe, le regard perdu sur l'horizon, comme s'il guettait le bruit des canons et des chevaux. Il parle de son grand-père mort en 1932 ou 1934, à l'âge de quatre-vingt-dix ans. Quand il était petit, celui-ci le régalait d'histoires où il massacrait les Yankees qui lui tiraient dessus quand il combattait au côté de Nathan Bedford Forest, le plus grand stratège de tous les Sudistes.

— Ils étaient ensemble à Shiloh. Mon grand-père m'y a emmené une fois.

— Ça vous dirait d'y retourner ?

Un sourire radieux s'étale sur son visage. À l'évidence, rien ne pourrait lui faire plus plaisir.

— J'en rêve, murmure-t-il, l'œil humide.

— Je peux arranger ça.

— Je voudrais y aller en avril, pour voir le Peach Orchard, la Bloody Pond et le Hornest's Nest à l'époque où le combat a eu lieu.

— C'est promis. Nous irons en avril prochain.

Avril est dans cinq mois et, étant donné mes antécédents, je ne devrais plus travailler au Havre de Paix à ce moment-là. Cependant rien ne m'empêchera de passer prendre mon ami Lyle pour une nouvelle balade.

Il dort pendant presque tout le trajet de retour à Clanton. Entre deux sommes, je lui explique que j'appartiens à un groupe qui veille à la préservation des champs de bataille de la guerre de Sécession. C'est une association qui ne bénéficie d'aucune aide gouvernementale et qui dépend donc des donations. Comme je gagne vraiment peu, je leur envoie une petite somme tous les ans, mais à ma demande, mon oncle, qui a les moyens, leur adresse de gros chèques.

Voyant Lyle intéressé, je lui suggère :

— Vous pouvez toujours les mentionner dans votre testament.

Pas de réaction. Rien. Je n'insiste pas.

Nous rentrons au Havre de Paix et je le raccompagne à sa chambre. Tandis qu'il retire son pull et ses chaussures, il me remercie de cette fabuleuse journée. Je lui tapote le dos en lui disant que je me suis bien amusé, moi aussi, et, au moment où je m'apprête à le quitter, il me lance :

— Je n'ai pas de testament, Gill.

Je joue les étonnés, mais ça ne me surprend pas. Le nombre de gens, surtout dans les maisons de retraite, qui n'ont jamais pris la peine de rédiger un testament est stupéfiant. Je feins l'ébahissement, puis la déception avant de lâcher :

— On en parlera plus tard, d'accord ? Je sais comment arranger ça.

— D'accord, me répond-il, soulagé.

Le lendemain matin, à cinq heures et demie, alors que les couloirs sont déserts, les lumières encore éteintes et que tout le monde dort (ou est censé dormir), je me trouve à l'accueil, plongé dans l'étude de la campagne du général Grant, quand je sursaute à la soudaine apparition de Mme Daphné Groat. Elle a quatre-vingt-six ans et, comme elle souffre de démence, elle se trouve confinée dans l'aile du fond. Comment a-t-elle réussi à franchir la porte verrouillée, cela restera pour moi un mystère éternel.

— Venez vite ! me souffle-t-elle d'une voix faible entre ses mâchoires édentées.

Je me lève d'un bond.

— Que se passe-t-il ?

— C'est Harriet. Elle est tombée.

Je me précipite vers l'aile du fond, pianote le code, franchis la lourde porte et cours jusqu'à la chambre 158 que Mme Harriet Markle devait déjà occuper alors que j'étais à peine pubère. J'allume sa lampe et la vois, étendue sur le sol, apparemment inconsciente, avec comme seuls vêtements une paire de chaussettes noires, et gisant dans une flaque écœurante de vomi, d'urine, de sang et de matières fécales. En dépit de ma longue expérience, la puanteur me coupe les jambes. Ayant déjà vécu cette situation, je réagis mécaniquement. Je m'empresse de sortir mon petit appareil photo pour prendre quatre clichés avant de courir chercher de l'aide. Quant à Mme Daphné Groat, elle a disparu. Et personne d'autre ne semble réveillé dans cette aile.

Je ne vois aucun garde de nuit. Quand j'ai pris mon service, il y a huit heures et demie, j'ai vu une certaine Rita pointer à la réception et se diriger seule vers l'aile du fond, contrairement au règlement stipulant qu'il faut toujours y aller à deux. Rita est introuvable. Je cours à l'aile nord chercher un aide-soignant du nom de Gary et nous passons à l'action.

Après avoir enfilé des gants en caoutchouc, des masques et des bottes sanitaires, nous ramassons Mme Harriet pour la remettre dans son lit. Elle respire, mais faiblement, et je relève une méchante entaille juste au-dessus de son oreille gauche. Gary la lave pendant que je nettoie le sol. Quand tout est propre, j'appelle une ambulance puis l'infirmière Angel et la reine Wilma. À présent, les autres sont réveillés et il se forme un petit attroupement.

Toujours aucun signe de Rita. Et nous ne sommes que deux, Gary et moi, pour cinquante-deux pensionnaires.

Après avoir pansé la plaie de Mme Harriet, nous lui mettons des sous-vêtements et une chemise de nuit propres et, pendant que Gary reste à son chevet, je vais en vitesse vérifier les registres du service. Mme Harriet n'a rien eu à manger depuis hier midi (ce qui remonte à presque dix-huit heures) et on a aussi oublié de lui donner ses médicaments. Je photocopie ces documents en vitesse, car il y a fort à parier qu'ils seront falsifiés dans les heures à venir, et je glisse les feuilles dans ma poche.

L'ambulance arrive et emmène Mme Harriet. Pendant que l'infirmière Angel et Mme Drell se consultent nerveusement et commencent à feuilleter la paperasse, je regagne l'aile sud pour mettre mes preuves en sûreté dans un tiroir que je ferme à clé. Je les emporterai chez moi dans quelques heures.

Le lendemain, nous recevons la visite d'un homme en costume sombre, envoyé par je ne sais quel organisme régional. Il désire m'interroger sur ce qui s'est passé. Ce n'est pas un avocat, ceux-ci ne débarqueront que plus tard, et il n'est pas particulièrement futé. Il commence par nous expliquer, à Gary et à moi, ce qu'il pense que nous avons vu et fait au cours de l'incident et nous le laissons délirer. Il nous affirme ainsi que Mme Harriet a bien eu tous ses repas et ses médicaments, c'est noté dans les registres. Quant à Rita, elle est juste sortie fumer. Se sentant mal, elle a fait un saut chez elle pour découvrir à son retour le « regrettable » accident qui était arrivé à Mme Harriet.

Je joue les idiots, ma spécialité. Gary aussi : primo, c'est plus naturel chez lui ; secundo, il a peur de perdre son boulot. Moi pas. Le pantin de service finit par s'en aller, convaincu d'avoir embobiné les bouseux que nous sommes et d'avoir ainsi adroitement désamorcé une nouvelle bombe pour le compte du bon vieux groupe HVQH.

Mme Harriet passe une semaine à l'hôpital avec une fracture du crâne. Elle a perdu beaucoup de sang et sans doute subi de nouvelles atteintes au cerveau, mais comment diable les estimer ? Quoi qu'il en soit, quel beau procès en perspective s'il tombe entre de bonnes mains !

Du fait de la popularité de ces actions en justice et du nombre incroyable de vautours qui tournent autour des maisons de retraite, j'ai appris qu'il fallait agir vite. L'avocat auquel j'ai toujours recours est un vieil ami du nom de Dexter Ridley, installé à Tupelo. La cinquantaine, il a deux femmes et une double vie à son actif. Il y a déjà longtemps qu'il a compris que ce n'était pas en établissant des contrats et en réglant des divorces par consentement mutuel qu'il prospérerait dans cette profession. Il s'est donc promu avocat plaidant, bien qu'il aille rarement jusqu'au tribunal. Son vrai talent consiste à intenter de grosses actions en justice, puis à tempêter jusqu'à ce que l'autre partie crache au bassinet. Il a fait mettre de grandes affiches de lui, sourire aux lèvres, dans tout le nord du Mississippi.

Je profite de mon jour de repos pour aller à Tupelo lui montrer les photos en couleurs de Mme Harriet nue, baignant dans son sang, ainsi que les photocopies des registres du bureau des infirmières, avant et après leur falsification. L'affaire est rapidement conclue. Dexter contacte illico la famille d'Harriet Markle. Une semaine à peine après l'incident, il prévient HVQH qu'ils ont un gros problème. Il ne parlera ni de moi ni de mes photos, à moins d'y être forcé. Avec de telles preuves, l'affaire devrait être rondement menée et je m'attends, une fois de plus, à me retrouver sans emploi.

Sur ordre des instances supérieures, Mme Drell devient brusquement très aimable. Elle me convoque pour m'informer que la qualité de mon travail est telle qu'elle a décidé de m'augmenter. Je passe de six à sept dollars l'heure, mais je ne dois en parler à personne. Je la remercie longuement et la voilà convaincue que nous sommes désormais copains comme cochons.

Plus tard dans la nuit, je lis à M. Spurlock un article sur un promoteur du Tennessee qui veut passer au bulldozer un champ de bataille de la guerre de Sécession afin d'y construire une galerie commerciale et des logements bon marché. Les gens des environs et les associations de préservation du patrimoine se sont mobilisés contre lui, mais il a l'argent et les appuis politiques de son côté. Lyle se montre très contrarié et nous parlons longuement de la façon dont on pourrait aider le camp des gentils. Il ne fait aucune allusion à son testament ni à ses dernières volontés et c'est encore trop tôt pour que je bouge.

Dans les maisons de retraite, les anniversaires tiennent évidemment une place primordiale. Mieux vaut les célébrer tant qu'on peut. Cela donne lieu chaque fois à de grandes réjouissances à la cafétéria, avec gâteau, bougies, glaces, photos, chansons et tout le tintouin. Le personnel se doit de mettre de l'ambiance et nous nous efforçons de faire durer les festivités au moins une demi-heure. Quand la famille y assiste, ce qui arrive la moitié du temps, cela nous facilite les choses. S'il n'y a personne, nous nous donnons vraiment du mal. Chaque anniversaire est peut-être le dernier. D'accord, c'est valable pour nous tous, mais encore davantage pour eux.

Le 2 décembre, Lyle Spurlock a quatre-vingt-cinq ans et sa grande gueule de fille débarque de Jackson avec deux de ses enfants et trois de ses petits-enfants. La voilà qui entonne sa litanie habituelle de plaintes, d'exigences et de suggestions, bref qui nous fait une vie d'enfer uniquement pour convaincre son père adoré qu'elle tient à lui. Ils ont apporté des ballons et des cotillons, un gâteau à la noix de coco (son préféré) acheté dans une pâtisserie et des boîtes cadeaux tape-à-l'œil qui ne contiennent que des présents bon marché du style chaussettes, mouchoirs et chocolat de mauvaise qualité. Une de ses petites-filles sort un lecteur de CD et fait passer en fond sonore des chansons de Hank Williams (censé être son chanteur favori). Une autre fait circuler des agrandissements en noir et blanc du jeune Lyle à l'armée, à son mariage religieux (la première fois), et en d'autres grandes occasions remontant à des lustres. La plupart des pensionnaires et des employés sont présents, y compris Rozelle, même si je sais qu'elle est là pour le gâteau et non par affection pour le héros du jour. À un moment, Wilma Drell s'approche impru-demment de Lyle qui, ne prenant plus de bromure, essaie maladroitement de lui peloter les fesses. Elle pousse un cri d'horreur et presque tout le monde éclate de rire comme si cela faisait partie des réjouissances. Je constate néanmoins que la reine Wilma ne partage pas cette hilarité. C'est alors que la fille de Lyle réagit vio-lemment en donnant à son père une claque sur le bras et en l'enguirlandant copieusement. L'espace de quelques secondes, on frôle le désastre. Wilma s'éclipse et on ne la voit plus de la journée. Il doit y avoir bien longtemps qu'elle n'a pas connu de telles émotions.

Au bout d'une heure, la fête s'essouffle et plusieurs de nos amis s'assoupissent. La fille et son troupeau opèrent aussitôt leur repli, non sans de nouvelles démonstrations de tendresse… « mais faut qu'on y aille papa, car la route est longue jusqu'à Jackson ». Vite fait bien fait, la célébration des quatre-vingt-cinq ans de Lyle est terminée. Chargé de ses cadeaux, je le raccom-pagne à sa chambre tout en parlant de Gettysburg.

Juste après l'heure du coucher, je me glisse de nouveau dans la chambre de mon vieil ami pour lui offrir mon cadeau personnel. Il m'a fallu quelques heures de recherches et plusieurs coups de fil à des experts pour apprendre qu'un capitaine Joshua Spurlock a bien combattu dans le 10ᵉ régiment d'infanterie du Mississippi à la bataille de Shiloh. Il était de Ripley, une ville proche de celle où est né le père de Lyle, comme j'ai pu le vérifier. J'ai ensuite trouvé à Nashville un établissement spécialisé dans les souvenirs de la guerre de Sécession, aussi bien authentiques que faux, et pour quatre-vingts dollars j'ai fait réaliser et encadrer un Certificate of Valor au nom du capitaine Spurlock, flanqué sur la droite du drapeau de bataille des Confédérés et sur la gauche de l'insigne officiel du 10ᵉ régiment d'infanterie. Ce présent n'a d'autre prétention que d'être une belle reproduction factice d'un document qui n'a jamais existé, mais pour un passionné de gloire passée comme Lyle, il représente le plus beau des cadeaux. Il le contemple d'un œil humide. Le vieil homme est désormais prêt à monter au paradis, quoique rien ne presse.

— C'est magnifique ! murmure-t-il. Je ne sais pas quoi dire. Merci.

— Tout le plaisir est pour moi, monsieur Spurlock. Votre ancêtre était un brave.

— Oui, c'est vrai.

À minuit tapante, je lui apporte mon second cadeau.

Lyle partage sa chambre avec M. Hitchcock, un vieux monsieur frêle et affaibli, d'un an de plus que lui et beaucoup moins vaillant. On m'a dit qu'il avait mené une vie très saine, exempte d'alcool, de tabac et autres vices et pourtant il est dans un triste état comparé à Lyle qui, toute sa vie, a couru après les femmes, fumé comme un pompier et bu comme un trou. Après des années dans ce métier, je suis convaincu que c'est dans notre ADN qu'on trouve l'explication de la moitié de nos problèmes.

Quoi qu'il en soit, à l'heure des médicaments, j'administre à M. Hitchcock un somnifère plus puissant et il sombre dans un sommeil profond. Il n'entendra rien.

Miss Ruby qui, j'en suis certain, a procédé à ses habituelles libations de bourbon, gare son énorme Cadillac près de la benne à ordures devant la porte de service des cuisines. Elle quitte la place du conducteur en gloussant, un verre à la main. Sur le siège du passager, j'aperçois pour la première fois Mandy, l'une de ses « meilleures » filles. Les présentations attendront.

— Chut !

Je leur fais signe de me suivre et nous traversons dans le noir les cuisines, avant d'atteindre la cafétéria faiblement éclairée où nous nous arrêtons une seconde.

— Gill, voici Mandy, me déclare fièrement Miss Ruby.

— Sincèrement enchanté, dis-je en serrant la main de sa protégée.

Celle-ci m'accorde à peine un sourire, visiblement pressée d'en finir. Elle a la quarantaine, une silhouette un peu enrobée, et son lourd maquillage ne parvient pas à dissimuler ses traits lourdement marqués par les aléas de la vie. La prochaine demi-heure va me coûter deux cents dollars.

Toutes les lumières sont baissées au Havre de Paix. Après avoir balayé le couloir sud du regard afin de vérifier que la voie est libre, j'entraîne Mandy jusqu'à la chambre 18 où M. Hitchcock dort d'un sommeil comateux tandis que M. Spurlock fait les cent pas. Il regarde Mandy, elle le regarde. Sur un « Joyeux anniversaire » je m'éclipse.

Je rejoins Miss Ruby à la cafétéria et nous buvons. Elle a apporté son verre, je bois à même la flasque et je dois reconnaître qu'au bout de trois mois, le bourbon me paraît moins mauvais.

— C'est un amour ! murmure Miss Ruby, ravie d'avoir réussi, une fois de plus, à favoriser une rencontre.

— Oui, elle a l'air gentille, réponds-je distraitement.

— Elle travaille pour moi depuis le jour où elle a laissé tomber le lycée. Une horrible famille. Puis deux mariages catastrophiques. Elle n'a jamais eu de chance. J'aimerais bien lui donner plus de boulot. C'est si dur de nos jours ! Les femmes sont tellement dévergondées qu'elles ne se font même plus payer pour ça !

Miss Ruby, impénitente mère maquerelle, se plaint des mœurs dissolues des femmes modernes ! Je m'abstiens de tout commentaire et bois une gorgée de Jimmy.

— Combien de filles avez-vous ?

— À peine trois et à temps partiel ! Alors que j'en ai toujours eu une douzaine qui travaillaient à plein régime.

— C'était le bon temps !

— Oh oui ! Les meilleures années de ma vie ! Vous croyez qu'on pourrait trouver des clients, ici, au Havre de Paix ? Je sais que dans les prisons un jour par semaine est réservé aux visites conjugales. Personne n'a jamais pensé à faire la même chose dans les maisons de retraite ? Je pourrais amener une ou deux filles un soir par semaine. Je suis sûre que ce ne serait pas trop dur pour elles.

— C'est sans doute la plus mauvaise idée que j'ai entendue ces cinq dernières années !

Malgré l'obscurité je la vois me fusiller de ses yeux rouges.

— Je vous demande pardon ?

— Buvez un coup. Il y a quinze hommes enfermés ici, Miss Ruby, avec une moyenne d'âge de… allez… quatre-vingts ans. De mémoire, je dirais qu'il y en a cinq cloués au lit, trois gâteux, trois qui ne peuvent pas sortir de leur fauteuil roulant, ce qui nous en laisse peut-être quatre qui se déplacent avec des déambulateurs. Et sur les quatre, je suis prêt à parier gros que Lyle Spurlock est le seul encore capable de quelque chose. Ce n'est pas l'endroit où vous trouverez des clients.

— Pourtant je l'ai déjà fait. C'est pas mon premier rodéo !

Sur ces mots, elle éclate de son rire caquetant de fumeuse qui finit immanquablement en quinte de toux. Elle reprend son souffle le temps de se calmer d'une gorgée de Jim Beam.

— Des passes dans les maisons de retraite, c'est peut-être comme ça que je vais finir !

Je me mords la langue.

Une fois la séance terminée, nous échangeons des au revoir embarrassés. J'attends que la Cadillac franchisse sagement le portail et disparaisse de ma vue pour me détendre. C'est la deuxième fois que j'organise ce genre de rendez-vous. C'est pas mon premier rodéo !

Lyle dort comme un bébé quand je retourne le voir. Sans dentier, la bouche affaissée, mais sourire aux lèvres. M. Hitchcock n'a apparemment pas bougé depuis trois heures. Il ne saura jamais ce qu'il a manqué. Je poursuis ma ronde dans les autres chambres et, comme tout est calme, je m'installe à l'accueil devant une pile de revues.

D'après Dex, le groupe commence à envisager la possibilité de régler l'affaire Harriet Markle à l'amiable avant d'en arriver au tribunal. Lorsque Dexter a parlé à leurs avocats au téléphone, il leur a fait comprendre sans détour qu'il détenait des informations confidentielles prouvant la falsification des registres ainsi que d'autres pièces compromettantes. HVQH préférerait bien sûr éviter un procès qui ne pourrait que nuire à sa réputation. Dex leur certifie que c'est encore pire que ce qu'ils croient. Et les échanges continuent entre les avocats selon la routine habituelle. Quoi qu'il en soit, mes jours au Havre de Paix sont comptés. Si mon témoignage et mes photos peuvent accélérer le processus, qu'il en soit ainsi. Je serai ravi de fournir ces preuves et de passer à autre chose.

Je joue aux dames avec M. Spurlock presque tous les soirs à huit heures à la cafétéria, bien après le dîner et une heure avant mon service. Nous sommes seuls en général, sauf le lundi quand le club de tricot se réunit dans un coin, ou certains jours où la Société historique du comté de Ford arrive à rassembler trois ou quatre péquins. Même les soirs où je ne suis pas de service, je passe vers huit heures pour quelques parties. C'est ça ou boire avec Miss Ruby et me faire intoxiquer par sa fumée de cigarette.

Lyle remporte neuf parties sur dix, mais je m'en moque. Depuis sa rencontre avec Mandy, il souffre de son bras gauche qui est tout engourdi. Et il a aussi du mal à trouver ses mots. Sa pression artérielle a légèrement monté et il se plaint de maux de tête. Comme j'ai la clé de la pharmacie, je l'ai mis sous Nafred, un anticoagulant, et sous Silerall, un médicament souvent prescrit après une attaque. J'en ai déjà vu des douzaines et j'ai tout de suite reconnu les symptômes. Celle-ci est légère, invisible pour les autres, d'autant plus que personne ne s'intéresse à lui. Ce vieux dur à cuire ne se plaint jamais. Il déteste les médecins. Et il préférerait se tirer une balle dans la tête plutôt que d'appeler sa fille pour se lamenter sur sa santé.

— Vous m'avez dit que vous n'aviez jamais fait de testament, dis-je en passant, tout en gardant les yeux rivés sur le damier.

265

Les quatre vieilles dames qui jouent aux cartes à douze mètres de nous ne peuvent nous entendre. Elles ont déjà bien du mal à se comprendre entre elles.

— J'y réfléchis.

Il a les yeux fatigués. Il a pris un sacré coup de vieux depuis son anniversaire, depuis Mandy, depuis son attaque.

— Qu'est-ce que vous avez comme patrimoine ?

— Un peu de terrain, c'est tout.

— Quelle superficie ?

— Deux cent soixante hectares, dans le comté de Polk.

Il sourit en me prenant deux pions d'un coup.

— Qu'est-ce que ça vaut ?

— J'en sais rien. Mais il est libre d'hypothèques. Je ne l'ai pas fait estimer officiellement, mais d'après deux agents immobiliers qui s'y connaissent, le terrain doit valoir dans les mille deux cent cinquante dollars l'hectare.

— Vous avez dit que vous vouliez donner de l'argent pour la préservation des champs de bataille de la guerre de Sécession.

Lyle n'attendait que ça. Il se redresse et me sourit.

— Excellente idée ! C'est exactement ce que je veux faire.

Il en oublie la partie.

— La meilleure organisation est une association de Virginie, la Fondation pour la défense de la Confédération. Il faut se méfier. Certains de ces organismes à but non lucratif dépensent la moitié de leurs revenus à construire des monuments en l'honneur des forces de l'Union. Je ne pense pas que ce soit ce que vous souhaitez.

— Fichtre non ! (Ses yeux lancent des éclairs. Lyle est une fois de plus prêt à se battre.) Pas avec mon argent ! rugit-il.

— Je serais ravi de vous servir de fidéicommis, dis je en avançant un pion.

— Qu'est-ce que ça veut dire ?

— Vous nommez la Fondation pour la défense de la Confédération comme bénéficiaire de vos biens et, à votre décès, l'argent est versé à un fonds afin que moi, ou toute autre personne de votre choix, veille à ce qu'il soit bien utilisé comme vous l'avez souhaité.

— C'est exactement ce que je veux faire, Gill, déclare-t-il avec un grand sourire. Pile-poil !

— C'est la meilleure façon d…

— Ça ne vous ennuie pas, dites-moi, de devoir vous occuper de tout ça après ma mort ?

Je saisis sa main et la presse en le regardant droit dans les yeux.

— Ce sera un honneur pour moi, Lyle.

Nous déplaçons quelques pions en silence et je décide de régler certains détails non négligeables.

— Et votre famille ?

— Quoi, ma famille ?

— Votre fille, votre fils, qu'est-ce que vous allez leur laisser ?

Il me répond par un bruit qui, tient à la fois du soupir, du grognement et du ronflement. À la façon dont il lève les yeux au ciel, je devine aussitôt que ses chers enfants vont être supprimés du testament. C'est parfaitement légal au Mississippi comme dans la plupart des États. Vous pouvez écarter toute votre famille de votre succession, sauf votre épouse encore vivante. Ce qui n'empêche pas certains d'essayer.

— Je n'ai pas eu de nouvelles de mon fils depuis cinq ans. Ma fille est plus riche que moi. Rien ! Ils n'auront rien !

— Ils sont au courant de ce terrain dans le comté de Polk ?

— Je ne crois pas.

267

C'est tout ce que je voulais savoir !

Deux jours plus tard, une rumeur se répand dans le Havre de Paix.

— Les avocats arrivent !

Je me suis discrètement chargé de répandre le bruit que la famille d'Harriet Markle avait entamé un retentissant procès qui devrait tout révéler et rapporter des millions. C'est vrai en partie, même si la principale intéressée n'est pas au courant. Mme Harriet Markle a regagné son lit, un lit impeccable ; elle est désormais bien nourrie, ses médicaments lui sont correctement administrés, hélas, elle a perdu tout contact avec le reste du monde.

Son avocat, l'honorable Dexter Ripley de Tupelo, dans le Mississipi, arrive en fin d'après-midi avec une petite escorte composée de sa fidèle secrétaire et de deux adjoints juridiques, tous deux vêtus de costumes sombres et la mine renfrognée comme il sied aux gens de loi. Ils forment une équipe impressionnante. Je n'ai jamais vu une telle excitation au Havre de Paix. Ni l'endroit aussi propre et reluisant. Même les fleurs en plastique de l'accueil ont été remplacées par des vraies : ordre de la maison mère.

Dex et son équipe sont accueillis avec force sourires par un jeune cadre du groupe. Officiellement, cette visite doit permettre à Dex d'inspecter, d'examiner, de photographier et de fouiner tout à son aise dans le Havre de Paix : il s'y applique avec soin pendant une heure. C'est sa spécialité. Il a besoin de sentir la place avant de l'attaquer en justice. De toute façon, ce n'est qu'une mascarade. Dex est certain de parvenir à un accord à l'amiable, aussi discret que généreux, sans avoir besoin d'aller jusqu'au procès.

Bien que mon service ne commence qu'à neuf heures du soir, je traîne dans le coin, comme d'habitude. Désormais, le personnel et les pensionnaires sont habitués à me voir à n'importe quelle heure. C'est comme si j'étais toujours là. Mais croyez-moi, je vais bientôt rentrer chez moi.

Rozelle, qui travaille tard, prépare le dîner. Elle ne cuisine pas, me rappelle-t-elle, elle prépare seulement. Je reste dans la cuisine à la taquiner, à bavarder et à lui donner un coup de main à l'occasion. Elle veut savoir ce que les avocats viennent faire ici et, fidèle à moi-même, j'en profite pour avancer tout un tas d'hypothèses. À six heures précises, les pensionnaires commencent à envahir la cafétéria et je leur apporte leurs plateaux de nourriture insipide. Ce soir, la gelée est jaune.

À exactement six heures et demie, je passe à l'action. Je quitte la cafétéria pour me rendre à la chambre 18 où je trouve M. Spurlock assis sur son lit, plongé dans la lecture de son testament et de ses dernières volontés. M. Hitchcock est allé dîner ; nous pouvons donc parler.

— Des questions ?

Le testament ne fait que trois pages, avec des passages rédigés très clairement et d'autres dans un jargon à dérouter un professeur de droit. Dex a le don pour ça. Il ajoute ce qu'il faut de phrases compréhensibles pour convaincre l'intéressé de signer même s'il n'a pas tout saisi, rassuré par le sens général du document.

— Je crois que ça ira, répond Lyle d'un ton incertain.

— Il y a beaucoup de termes légaux, mais c'est nécessaire. Ce qu'il faut retenir, c'est que vous léguez tout à la Fondation pour la défense de la Confédération et que c'est moi qui suis chargé de la gestion. C'est bien ce que vous vouliez ?

— Oui, et je vous remercie, Gill.

— Je suis très honoré. Allons-y.

Nous prenons notre temps, Lyle se déplace beaucoup plus lentement depuis son attaque. Je le conduis à la réception. La reine Wilma, l'infirmière Nancy et la réceptionniste Trudy sont parties il y a presque deux heures. C'est toujours désert pendant le dîner. Dex et sa secrétaire nous attendent. Les deux adjoints juridiques et le jeune cadre sont repartis. Les présentations faites, Lyle s'assied, je reste debout près de lui et Dex commence un résumé succinct du document. Lyle relâche aussitôt son attention. Dex le remarque.

— C'est bien ce que vous vouliez, monsieur Spurlock ? demande-t-il, jouant les avocats prévenants.

— Oui, répond Lyle avec un hochement de tête, déjà lassé de toutes ces formalités.

Dex lui tend un stylo, montre où il doit signer, puis ajoute sa signature comme témoin et demande à sa secrétaire de faire de même. Ils certifient que Lyle est sain d'esprit et possède toute sa tête. Dex signe l'attestation nécessaire ; la secrétaire sort le sceau notarial et le timbre pour apposer sa bénédiction officielle. J'ai déjà vécu plusieurs fois cette situation et, croyez-moi, cette femme pourrait homologuer n'importe quoi. Mettez-lui une photocopie de la Grande Charte sous le nez, jurez-lui que c'est l'originale et elle l'authentifie *illico*.

Dix minutes après avoir signé son testament et ses dernières volontés, Lyle Spurlock part dîner à la cafétéria.

Une semaine plus tard, Dex m'appelle pour m'annoncer qu'il doit rencontrer les grands avocats du siège afin d'établir un compromis. Il a décidé de leur montrer des agrandissements des photos que j'ai prises de Mme Harriet gisant nue au milieu de ses excréments. Il va aussi décrire les falsifications apportées aux registres, sans leur donner mes photocopies cependant. Cela devrait aboutir à un accord, tout en révélant au grand jour mon rôle dans cette affaire, faisant de moi la taupe, le mouchard, le traître. Et, même s'ils ne peuvent pas me renvoyer, ainsi que Dex veillera à les en avertir, l'expérience m'a appris qu'il valait mieux disparaître.

Il est à prévoir qu'ils vont virer la reine Wilma, et sans doute l'infirmière Angel également. Qu'il en soit ainsi ! J'ai rarement réalisé une opération sans entraîner des licenciements.

Le lendemain, Dex m'appelle pour m'apprendre que l'affaire est réglée, confidentiellement bien sûr, pour quatre cent mille dollars. Cela peut paraître peu étant donné l'ampleur de la faute et ce que ça leur coûterait si elle était révélée, mais ce compromis me convient. Les dommages sont parfois difficiles à estimer dans ces affaires. Ce n'est pas comme si Mme Harriet gagnait sa vie et avait perdu ses sources de revenus à la suite de son accident. Elle ne verra pas un sou de cet argent, pourtant vous pouvez parier que ses chers parents se disputent déjà le butin. Quant à moi, je suis récompensé par mes dix pour cent (avant déductions) d'apporteur d'affaires.

Le lendemain, deux nouveaux hommes en costume sombre se présentent et l'angoisse s'abat sur le Havre de Paix. De longues réunions se déroulent dans le bureau de la reine Wilma. La tension monte. J'adore ces situations et je passe la majeure partie de l'après-midi caché dans les cuisines avec Rozelle tandis que des bruits vont bon train. J'échafaude de folles théories et la plupart des rumeurs semblent provenir des cuisines. Mme Drell est finalement renvoyée et reconduite sous bonne escorte à la porte, l'infirmière Angel aussi. Plus tard, nous entendons dire qu'on me cherche. Je m'éclipse aussitôt par la porte de service.

Je reviens une semaine plus tard pour dire au revoir à Lyle Spurlock et à quelques amis. Après avoir partagé les derniers potins avec Rozelle, je l'embrasse en lui promettant de repasser de temps en temps. Il me reste encore à aller chez Miss Ruby payer mon loyer, ramasser mes affaires et m'autoriser un dernier verre sous la véranda. Ce sera dur de dire au revoir, mais j'ai l'habitude.

Je quitte donc Clanton au bout de quatre mois et, tandis que je roule vers Memphis, je dois avouer que je suis assez fier de moi. C'est une des opérations qui m'aura le plus rapporté. Ma commission d'apporteur d'affaires à elle seule me fait déjà réaliser une bonne année. M. Spurlock m'a légué tous ses biens même s'il ne le sait pas (la Fondation pour la défense de la Confédération a disparu depuis des lustres). Il y a peu de chances qu'il modifie son testament avant sa mort et je passerai le voir assez souvent pour vérifier que le document se trouve toujours au fond de son tiroir (comme je le fais pour plusieurs de mes généreux amis). Après son décès, dont je serai aussitôt avisé par la secrétaire de Dexter qui passe en revue quotidiennement les rubriques nécrologiques, sa fille se précipitera au Havre de Paix, découvrira le document et piquera une crise. Elle ne tardera pas à engager des avocats pour contester le testament. Ils m'accuseront de toutes sortes de malversations, ce dont je ne saurais les blâmer.

Au Mississippi, les contestations de testament sont jugées devant un jury et je n'ai aucune envie d'être soumis à l'examen de douze Américains moyens ni d'essayer de nier que j'ai abusé d'un pauvre vieillard croupissant dans une maison de retraite. Non, monsieur. Nous n'allons jamais jusqu'au procès. Dex et moi, nous préférons régler ces affaires à l'amiable, bien avant d'en arriver là. La famille nous achète en général pour vingt-cinq pour cent du patrimoine. Ça leur coûte moins cher qu'un procès en bonne et due forme au cours duquel on ne manquerait pas de leur reprocher d'avoir si peu rendu visite à leur cher disparu.

Ces quatre mois de dur labeur m'ont épuisé. Je vais passer un jour ou deux chez moi, à Memphis, puis je prendrai un vol pour Miami où je possède un appartement sur South Beach. Je travaillerai mon bronzage quelques jours et, une fois reposé, je commencerai à réfléchir à ma prochaine opération.

Un garçon pas comme les autres

La plupart des rumeurs qui se répandaient dans Clanton prenaient naissance chez le coiffeur, dans un des cafés ou au bureau du tribunal, et une fois qu'elles commençaient à se répandre, rien ne pouvait les arrêter. Les potins les plus scandaleux faisaient le tour de la grand-place à une vitesse défiant toute technologie et ils revenaient souvent à leur source tellement déformés que même leurs auteurs s'en trouvaient déconcertés. Il en a toujours été ainsi des commérages, mais, à l'occasion, du moins à Clanton, certains d'entre eux s'avéraient fondés.

Ce fut chez le coiffeur, au nord de la place, là où depuis presque cinquante ans M. Felix Upchurch coupait les cheveux tout en diffusant ses conseils, qu'une nouvelle rumeur fut lancée de bon matin par un homme qui n'avait pas l'habitude de raconter des histoires.

— J'ai entendu dire que le dernier fils d'Isaac Keane allait revenir chez lui, annonça-t-il.

Suivirent une pause dans la coupe, une consultation du journal, puis on fuma une cigarette tout en parlant du match des Cardinals de la veille lorsqu'un autre client lança :

— Ça serait pas ce garçon un peu bizarre ?

Silence. Cliquetis de ciseaux, bruissement de pages et raclements de gorge. Lorsque des sujets aussi délicats étaient ainsi abordés, ils étaient toujours accueillis avec une réserve passagère. Personne ne se précipitait pour les relever de peur d'être accusé de répandre des ragots. Nul ne souhaitait confirmer ou infirmer la rumeur, car diffuser un fait mal établi ou une affirmation erronée pouvait causer du tort, surtout lorsqu'il était question de sexe. Cependant, il y avait d'autres quartiers de la ville où les gens montraient moins de scrupules. Nul doute que le retour du fils Keane allait être savamment décortiqué. Pourtant, fidèles à eux-mêmes, ces messieurs firent preuve de prudence.

— Eh bien, j'ai toujours entendu dire que les filles ne l'attiraient pas.

— C'est vrai. La fille de mon cousin était en classe avec lui et elle a toujours dit qu'il avait des allures de pédé, une vraie chochotte. D'ailleurs, dès qu'il a pu, il est parti vivre à la ville. Je crois que c'était San Francisco, mais j'vous garantis rien.

(« J'vous garantis rien » était la formule rituelle employée pour se décharger de toute responsabilité. Après, libre à vous de répandre la rumeur, mais si l'information se révélait fausse, vous ne pouviez en tenir rigueur à celui qui vous l'avait transmise.)

— Quel âge a-t-il ?

Petit silence le temps de faire quelques calculs.

— Dans les trente et un ou trente-deux ans.

— Pourquoi revient-il ici ?

— Eh bien, j'en suis pas sûr, mais il paraît qu'il est très malade, au bout du rouleau, et il a plus personne là-bas pour s'occuper de lui.

— Il rentre pour mourir ?

— C'est ce qu'on dit.

— Isaac doit se retourner dans sa tombe.

— Paraît que sa famille lui envoyait de l'argent depuis des années pour pas qu'il revienne à Clanton.

— J'croyais qu'ils avaient grillé tout le fric d'Isaac !

S'ensuivit une digression sur la fortune d'Isaac, ses biens, son capital, ses femmes, ses enfants, sa famille et les circonstances mystérieuses entourant son décès avant d'arriver à la conclusion généralement admise qu'Isaac était mort à temps, car sa famille n'était qu'un ramassis de bons à rien.

— Et de quelle maladie souffre-t-il ?

Ce fut Rasco, une des grandes gueules de la ville, connu pour son imagination, qui répondit.

— Paraît que c'est la maladie des pédés et y a pas moyen de la soigner.

Ce fut au tour de Bickers, le plus jeune de la bande avec ses quarante ans, de mettre son grain de sel :

— Tu ne veux pas dire qu'il a le sida, tout de même ?

— Paraît qu'si.

— Ouais, il a le sida et il rentre à Clanton.

— Du moins c'est ce qui se dit.

— C'est pas possible !

La rumeur se trouva confirmée quelques minutes plus tard au café situé à l'est de l'esplanade où une accorte soubrette du nom de Dell servait le petit déjeuner depuis des années. La clientèle matinale se composait de petits fonctionnaires de police, d'ouvriers et d'un ou deux cadres. L'un d'eux déclara :

— Dis-moi, Dell, t'as entendu parler du retour du jeune Keane ?

Dell, qui faisait parfois courir des bruits pour tromper son ennui, mais jamais sans avoir de solides informations, répondit :

— Il est déjà arrivé.

— Et il a vraiment le sida ?

— Il est malade en tout cas. Il est tout pâle et décharné, avec une mine de déterré.

— Quand est-ce que tu l'as vu ?

Tous les regards se concentrèrent sur Dell qui, debout

derrière le comptoir, attendait que le cuisinier lui passe des plats.

— C'est pas moi qui l'ai vu, c'est la tante de sa femme de ménage qui m'en a parlé hier après-midi. Il va très mal et y a pas de médicament pour le guérir. On peut plus rien pour lui. Comme plus personne voulait s'occuper de lui à San Francisco, il est venu mourir ici. Si c'est pas triste !

— Où est-ce qu'il habite ?

— Eh bien, il ne pouvait pas vivre dans la grande maison, c'est sûr. Il y a eu une réunion de famille et personne n'en voulait. Comme sa maladie est horriblement contagieuse, et mortelle en plus, ils ont décidé de l'installer dans une des vieilles bicoques d'Isaac à Lowtown.

— Il vit chez les Négros ?

— C'est ce qu'on m'a dit.

Il leur fallut un certain temps pour digérer cette information, mais ça tenait debout. Si ces braves gens avaient du mal à concevoir qu'un Keane habite de l'autre côté de la voie ferrée, chez les Noirs, en revanche il leur paraissait logique d'interdire le côté blanc de la ville à tout individu atteint du sida.

— Dieu seul sait combien de taudis et de maisons le vieux Keane a achetés ou construits à Lowtown, reprit Dell. La famille doit en posséder encore plusieurs douzaines.

— Et tu sais chez qui il va vivre ?

— Je m'en fiche du moment qu'il vient pas par ici.

— Et qu'est-ce que tu ferais s'il entrait là, maintenant, pour venir prendre son petit déjeuner ?

Elle s'essuya les mains sur un torchon, fixa l'homme qui venait de lui poser cette question et, les mâchoires crispées, répondit :

— Écoutez, je peux refuser de servir qui je veux. Et croyez-moi, avec mes clients, j'ai bien réfléchi à la question. Si jamais il se présentait, je lui demanderais de partir. Je vous rappelle qu'il est terriblement contagieux et qu'il s'agit pas juste d'un petit coup de froid. Si je le sers, n'importe lequel d'entre vous pourrait bien manger dans son assiette ou boire dans son verre la prochaine fois qu'il viendra. Faut y penser.

Ils y pensèrent longuement.

— On a une idée du temps qui lui reste à vivre ? demanda enfin quelqu'un.

On débattait justement de cette question au premier étage du tribunal, dans les bureaux de la cour d'équité, où les premiers arrivants de la matinée partageaient les derniers potins autour de la machine à café et de quelques viennoiseries. Myra, la secrétaire chargée d'enregistrer les transferts de propriété, avait quitté le lycée un an avant Adrian Keane et bien sûr, on savait déjà à cette époque qu'il était différent. Elle tenait son auditoire suspendu à ses lèvres.

Lorsqu'elle était allée en vacances avec son mari en Californie une dizaine d'années après la fin de ses études secondaires, elle avait appelé Adrian et ils s'étaient retrouvés pour déjeuner au Fisherman's Wharf. Avec Alcatraz et le pont du Golden Gate en arrière-plan, ils avaient passé un délicieux moment à évoquer leurs souvenirs de Clanton. Myra lui avait assuré que rien n'avait changé dans leur petite ville. Adrian avait parlé librement de sa vie. On était en 1984, il affichait joyeusement son homosexualité, même s'il n'était attaché à personne en particulier. Il s'inquiétait du sida, une maladie dont Myra n'avait encore jamais entendu parler à cette époque. La première vague de l'épidémie venait de ravager la communauté gay de la ville, faisant un nombre de victimes aussi accablant qu'effrayant. On commençait à prôner des changements de comportement. Certains succombaient en six mois à peine, avait expliqué Adrian à

Myra et à son mari. D'autres luttaient pendant des années. Il avait déjà perdu plusieurs amis.

Myra décrivit le déjeuner en long et en large devant un public captivé, composé d'une douzaine d'employés divers. Le simple fait d'être allée à San Francisco et d'avoir traversé le pont du Golden Gate la distinguait déjà des autres. Ils avaient vu les photos, et plus d'une fois.

— Il paraît qu'il est déjà arrivé, annonça un de ses collègues.

— Combien de temps lui reste-t-il ?

Myra l'ignorait. Depuis ce fameux déjeuner qui remontait à cinq ans, elle avait perdu contact avec lui, et il était évident qu'aujourd'hui elle n'avait aucune envie de renouer.

L'arrivée du malade fut confirmée quelques minutes plus tard lorsqu'un certain M. Rutledge entra chez le coiffeur pour sa coupe hebdomadaire. Son neveu distribuait le quotidien de Tupelo aux habitants du centre-ville chaque matin aux aurores. Le garçon, ayant entendu parler du retour du jeune Keane, était à l'affût. Il descendait lentement Harrison Street en vélo, ralentissant encore au niveau de la demeure du vieux Keane et, comme par hasard, pas plus tard que ce matin-là, il y avait deux heures à peine, il s'était retrouvé nez à nez avec un étranger qu'il n'était pas près d'oublier.

M. Rutledge s'empressa de décrire la rencontre.

— Joey m'a dit qu'il n'avait jamais vu un homme aussi malade et aussi squelettique, avec le visage blanc comme un linge, des taches sur les bras, des joues creuses et presque plus de cheveux. À tel point qu'il a cru voir un cadavre !

Même si Rutledge avait la réputation de toujours en rajouter, ses auditeurs étaient suspendus à ses lèvres. Personne n'osa demander si Joey, un demeuré de treize ans, connaissait le mot « cadavre ».

— Et qu'est-ce qu'il a dit ?

— Joey lui a dit « Bonjour » et le type lui a répondu « Bonjour », alors il lui a tendu le journal en prenant garde de pas trop s'approcher, évidemment.

— Il a bien fait.

— Il est remonté sur son vélo et il est reparti à toute vitesse. On ne peut pas attraper ce machin-là dans l'air, n'est-ce pas ?

Personne n'osa avancer une opinion.

À huit heures et demie, Myra était au courant de la rencontre et les spéculations sur la santé de Joey allaient bon train. À neuf heures moins le quart, Myra et ses collègues ne parlaient plus que du revenant qui avait effrayé le livreur de journaux devant la maison du vieux Keane.

Une heure plus tard, une voiture de police descendit Harrison Street avec deux agents cherchant désespérément à apercevoir ce spectre. À midi, tous les habitants de la ville savaient qu'un cadavre ambulant atteint du sida se trouvait parmi eux.

Le marché fut rapidement conclu. Ce n'était pas le moment de pinailler vu les circonstances. Les parties n'étant pas à égalité, il ne fallait pas s'étonner si la femme blanche obtint ce qu'elle voulait.

Cette femme n'était autre que Leona Keane. Tante Leona pour les uns, Leona la Lionne pour les autres, matriarche d'une famille en plein déclin. La Noire était Miss Emporia, l'une des deux seules vieilles filles de Lowtown. Elle n'était plus toute jeune : bien que n'ayant jamais connu sa date de naissance, elle pensait avoir dans les soixante-quinze ans. Et si elle donna si rapidement son accord, c'est que la maison qu'elle louait depuis toujours appartenait à la famille Keane.

Emporia s'occuperait du neveu et, à la mort de celui-ci, elle deviendrait purement et simplement propriétaire de sa petite maison rose sur Roosevelt Street. Ce transfert ne changerait pas grand-chose pour les Keane qui dilapidaient le patrimoine d'Isaac depuis des années, mais il représentait tout pour Emporia. La perspective de posséder sa maison adorée surpassait, et de loin, toutes ses angoisses de s'occuper du mourant.

Comme il était impensable pour tante Leona d'être vue de l'autre côté de la voie de chemin de fer, elle chargea son jardinier de conduire le malade à sa destination finale. Lorsque la vieille Buick de sa tante s'arrêta devant chez Miss Emporia, Adrian Keane embrassa d'un regard la petite maison rose avec sa véranda blanche, ses suspensions de fougères, ses jardinières remplies de pensées et de géraniums, sa petite pelouse ceinte d'une barrière en bois, puis la maison voisine, peinte en jaune pâle, tout aussi fraîche et pimpante et la rue bordée de charmantes maisonnettes agrémentées de fleurs, de fauteuils à bascule et de portes accueillantes. Quand ses yeux revinrent sur la maison rose, il avait décidé qu'il préférait mourir ici que dans la sinistre demeure qu'il venait de quitter, à moins de quinze cents mètres de là.

Le jardinier, qui avait gardé ses épais gants de protection pour battre en brèche tout risque d'infection, déchargea prestement les deux luxueuses valises en cuir contenant la totalité des affaires d'Adrian et déguerpit sans lui serrer la main ni même lui dire adieu. Miss Leona avait insisté pour qu'il ramène tout de suite la Buick à la maison afin de désinfecter l'intérieur sans perdre de temps.

Adrian contempla la rue, nota quelques personnes assises à l'ombre de leur véranda, puis il ramassa ses bagages, franchit le portillon et suivit la petite allée en brique jusqu'au perron. La porte d'entrée s'ouvrit et Miss Emporia s'avança avec un sourire.

— Bienvenue, monsieur Keane.

— Je vous en prie, pas de monsieur entre nous. Je suis très heureux de faire votre connaissance.

À ce stade, la traditionnelle poignée de main était d'usage, mais Adrian savait que certains la redoutaient.

— Écoutez, on peut se serrer la main sans aucun risque mais autant s'en passer.

Emporia en fut ravie.

Leona l'avait prévenue qu'il avait une mine abominable et pourtant elle fut saisie par ses joues creuses, ses yeux enfoncés dans leurs orbites et sa peau d'une blancheur comme elle n'en avait jamais vu. Feignant de ne pas remarquer que ses vêtements flottaient sur son corps décharné, elle montra la petite table sous la véranda et proposa sans hésiter :

— Voulez-vous boire une tasse de thé sucré ?

— Avec grand plaisir, merci.

Il parlait d'une voix nette, qui avait perdu depuis longtemps son accent du Sud. Emporia se demanda ce qu'il avait perdu d'autre par la même occasion. Ils s'assirent devant la table en rotin et elle servit le thé. Il y avait une assiette avec des gâteaux secs au gingembre. Elle en prit un. Lui pas.

— Vous avez de l'appétit ? s'informa-t-elle.

— Plus du tout. Déjà quand je suis parti d'ici il y a plusieurs années, j'ai beaucoup maigri. Le fait d'être soudain privé des fritures d'ici, sans doute, et puis je n'ai jamais été un gros mangeur. Et tout ça n'a rien arrangé.

— Alors je ne vais pas avoir beaucoup de cuisine à faire ?

— Non, je ne pense pas. Mais dites-moi, cet arrangement vous convient-il ? J'ai l'impression que ma famille vous a un peu forcé la main. Rien ne les arrête. Si ça ne vous plaît pas, je peux trouver une autre solution.

— Cet arrangement me convient parfaitement, monsieur Keane.

— Je vous en prie, appelez-moi Adrian. Et comment voulez-vous que je vous appelle ?

— Emporia.

— Très bien.

— Et où iriez-vous ?

— Je ne sais pas. C'est pour si peu de temps, maintenant.

Sa voix s'éraillait, il s'exprimait de plus en plus lentement comme si parler le fatiguait.

Emporia avait travaillé autrefois dans un hôpital et elle avait vu beaucoup de cancéreux en phase terminale. Son nouvel ami lui rappelait ces pauvres gens. Pourtant, tout malade qu'il était, on voyait qu'il avait dû être très beau.

— Et vous, cela vous convient-il ?

— Comment pourrait-il en être autrement ?

— Un monsieur blanc d'une si bonne famille qui se retrouve à Lowtown chez une vieille fille noire !

— Ça peut être amusant, répondit-il en esquissant son premier sourire.

— Je sens qu'on va bien s'entendre.

Il remua son thé et redevint grave. Il était temps de passer aux choses sérieuses.

Pauvre jeune homme ! songea Emporia en tournant sa cuillère, elle aussi. *Il a si peu de raisons de sourire.*

— Si j'ai quitté Clanton, c'est pour de nombreux motifs, reprit-il. Ce n'était pas l'endroit idéal pour un homosexuel comme moi. Et ce n'est pas le paradis pour les gens comme vous. Je haïssais la manière dont j'ai été élevé. J'avais honte de la façon dont ma famille traitait les Noirs. Je détestais l'étroitesse d'esprit de cette ville. J'étouffais ici. En plus, je rêvais de la grande ville.

— San Francisco ?

— Je suis d'abord allé à New York où je suis resté quelques années. Ensuite j'ai trouvé du travail sur la côte ouest et c'est comme ça que j'ai fini par atterrir à San Francisco. Et puis je suis tombé malade.

— Pourquoi êtes-vous revenu si vous détestez tellement Clanton ?

Adrian laissa échapper un long soupir comme si sa réponse allait prendre des heures. Ou comme s'il ne savait pas quoi dire. Il essuya la sueur sur son front, une sueur due à la fièvre et non à l'humidité. Il but une gorgée.

— Je ne sais pas trop. J'ai vu beaucoup de gens mourir ces derniers temps et j'ai eu plus que ma dose d'enterrements. Je ne supportais pas l'idée d'être enseveli dans un mausolée glacial loin de chez moi. C'est peut-être la nostalgie du Sud. Nous finissons tous par revenir au pays.

— Ça se défend.

— Et, pour être honnête, je n'avais plus d'argent. Mon traitement coûte une fortune. J'avais besoin de ma famille, du moins sur le plan financier. Et il y a d'autres raisons. C'est compliqué. Je ne voulais pas imposer une longue agonie de plus à mes amis.

— Oui, mais vous pensiez habiter là-bas, pas ici, à Lowtown ?

— Croyez-moi, Emporia, je préfère mille fois être ici. Personne ne voulait de moi à Clanton. Ils m'ont payé pendant des années pour que je reste loin d'eux. Ils m'ont déshérité, rayé de leurs testaments, ils refusaient même de prononcer mon nom. Alors je me suis dit que j'allais bouleverser leur petite vie une dernière fois. Les faire souffrir un peu. Leur coûter de l'argent.

Une voiture de police descendit lentement la rue. Aucun des deux n'y fit allusion.

— Il faut que je vous mette au courant, reprit-il quand la voiture eut disparu. J'ai le sida depuis trois ans et il ne me reste pas longtemps à vivre. Je ne représente pas de danger particulier pour mon entourage. Le seul moyen de contracter cette maladie, c'est par le sang ou les rapports sexuels, alors il vaut mieux décider tout de suite de ne pas coucher ensemble.

Emporia explosa de rire, bientôt rejointe par Adrian. Ils hoquetèrent à en avoir les larmes aux yeux, à faire trembler la véranda, à ne plus pouvoir s'arrêter. Quelques voisins tendirent le cou.

— Y a si longtemps que je n'ai pas fait l'amour que j'ai tout oublié, déclara Emporia quand elle réussit enfin à reprendre son sérieux.

— Eh bien, moi, laissez-moi vous dire que je l'ai fait suffisamment pour vous et la moitié de Clanton. Mais cette époque est révolue.

— Pour moi aussi.

— Parfait. Vous ne me touchez pas, je ne vous toucherai pas non plus et tout ira bien. N'empêche qu'il vaut mieux prendre certaines précautions.

— L'infirmière est passée hier tout m'expliquer.

— Parfait. La lessive, la vaisselle, la nourriture, les médicaments, les règles d'hygiène, tout ça ?

— Oui.

Il roula sa manche gauche et montra une ecchymose noire.

— Parfois j'ai un vaisseau qui lâche et il faut me bander. Je vous préviendrai quand ça m'arrivera.

— Je croyais que je ne devais pas vous toucher.

— C'était juste au cas où vous ne pourriez pas vous retenir.

Elle rit de nouveau, mais pas longtemps.

— Sérieusement, Emporia, je ne représente pas un gros risque.

— Je comprends.

— J'en suis certain, mais je ne voudrais surtout pas que vous viviez en ayant peur de moi. Je viens de passer quatre jours avec ce qui reste de ma famille et ils m'ont traité comme si j'étais radioactif. Tous vos voisins vont faire pareil. Je vous suis reconnaissant d'avoir accepté de vous occuper de moi et je ne veux pas que ça vous perturbe. La suite des événements ne va pas être folichonne. J'ai déjà l'air d'être mort et ça ne fera qu'empirer.

— Vous avez déjà assisté à ça, on dirait.

— Oh oui. Très souvent. J'ai perdu une douzaine d'amis en cinq ans. C'est horrible !

Elle avait mille questions à lui poser sur sa maladie, son style de vie, ses amis et ainsi de suite, cependant elle les remit à plus tard : il semblait épuisé tout à coup.

— Laissez-moi vous montrer la maison, proposa-t-elle.

La voiture de police repassa lentement.

— Les flics viennent souvent dans cette rue ? s'étonna Adrian.

Presque jamais, faillit-elle répondre. Il y avait d'autres quartiers de Lowtown où les maisons n'étaient pas aussi jolies et les voisins beaucoup moins recommandables. Et là où il y avait des bastringues, une salle de billard, un magasin de vins et spiritueux et des jeunes chômeurs qui traînaient sur les trottoirs, on voyait la police patrouiller les rues plusieurs fois par jour.

— Oh, ça leur arrive de temps en temps, mentit-elle.

Ils entrèrent par le salon.

— C'est une petite maison, expliqua-t-elle, presque sur la défensive.

N'avait-il pas été élevé dans une belle demeure située sur une avenue ombragée ? Et voilà qu'il se retrouvait dans une bicoque bâtie par son père et louée par sa famille.

— C'est deux fois plus grand que ne l'était mon appartement de New York.

— Vous plaisantez ?

— Je suis sérieux, Emporia. Je serai très heureux ici.

Les planchers bien cirés brillaient. Les meubles

étaient harmonieusement disposés le long des murs. Les fenêtres étincelaient. On ne voyait pas le moindre désordre et l'on sentait que la maison était toujours tenue avec grand soin. Deux petites chambres se trouvaient derrière le salon et la cuisine. Adrian avait un lit double avec un sommier en acier qui occupait la moitié de la pièce ainsi qu'un minuscule placard, une commode trop petite pour un enfant et un climatiseur compact encastré dans la fenêtre.

— C'est parfait, Emporia. Depuis combien de temps habitez-vous ici ?

— Mm... ça doit faire vingt-cinq ans.

— Je suis tellement content que cette maison soit bientôt à vous.

— Moi aussi, mais rien ne presse. Vous n'êtes pas fatigué ?

— Si.

— Voulez-vous faire une sieste ? L'infirmière a dit que vous aviez souvent besoin de dormir.

— Une sieste me fera le plus grand bien.

Elle referma la porte et la pièce se trouva plongée dans le silence.

Pendant qu'il se reposait, le voisin d'en face traversa la rue et vint bavarder avec Emporia sous la véranda. Il s'appelait Herman Grant et il était du genre curieux.

— Qu'est-ce qu'il vient faire chez toi, ce Blanc ? demanda-t-il.

Emporia tenait sa réponse toute prête depuis plusieurs jours. Elle espérait que les gens se lasseraient vite de poser des questions et de faire des réflexions.

— Il s'appelle Adrian Keane, c'est le plus jeune fils d'Isaac Keane. Il est très malade et j'ai accepté de m'en occuper.

— S'il est malade pourquoi on l'a pas envoyé à l'hôpital ?

— Parce qu'on peut plus rien pour lui, là-bas. Tout ce qu'il peut faire c'est se reposer et prendre tout un tas de médicaments.

— Il est condamné ?

— Je le crains, Herman. Son état ne peut qu'empirer. Il va mourir. C'est très triste.

— Il a attrapé un cancer ?

— Non, c'est pas ça.

— Alors qu'est-ce que c'est ?

— Une autre maladie, Herman. Un truc qui vient de Californie.

— Ça a pas de sens.

— Comme beaucoup de choses.

— J'comprends pas pourquoi il vient vivre chez toi, de notre côté de la ville.

— Comme je viens de te le dire, Herman, je dois m'occuper de lui.

— Ils t'ont forcée parce que la maison leur appartient ?

— Non.

— Ils t'ont payée pour ça ?

— Mêle-toi de tes affaires, Herman.

Herman se leva et retraversa la rue. Très vite, la nouvelle se répandit.

Dès que le chef de la police s'arrêta au café pour prendre des pancakes, Dell passa à l'attaque.

— Je ne comprends pas pourquoi vous ne mettez pas ce garçon en quarantaine ! déclara-t-elle haut et fort afin que tout le monde en profite et tous tendirent l'oreille.

— Il faut un ordre du tribunal pour ça.

— Il a donc le droit de se balader à sa guise en répandant ses microbes partout ?

Le chef était un homme patient qui avait l'habitude de gérer les crises.

— Nous sommes tous libres de nous déplacer comme bon nous semble, Dell. C'est écrit dans la Constitution.

— Et s'il contamine quelqu'un d'autre ? Qu'est-ce que vous direz alors ?

— Nous avons vérifié auprès du département de la Santé. Le sida a tué soixante-treize personnes l'an dernier au Mississippi, alors ces gens-là s'y connaissent. Le sida est différent de la grippe. Le seul moyen de l'attraper, c'est par les fluides organiques.

Suivit un long silence pendant lequel Dell et les autres clients se creusèrent la cervelle pour se remémorer quels fluides organiques comptait le corps humain. Le chef de la police en profita pour engloutir une énorme bouchée de pancake.

— Écoutez, ce n'est pas la peine de vous mettre dans tous vos états. Nous surveillons la situation de près. Il n'ennuie personne. Il passe la plupart de son temps assis sous la véranda avec Emporia.

— Il paraît que ses voisins commencent à s'inquiéter.

— Il paraît.

— J'ai entendu dire que les Négros n'étaient pas ravis-ravis, déclara un habitué du salon de coiffure pour hommes. Le bruit court que la tapette se cache dans une vieille baraque de feu son paternel. Les voisins sont furieux.

— Je les comprends. Qu'est-ce que vous diriez s'il venait habiter à côté de chez vous ?

— Je sortirais mon fusil et je ferais ce qu'il faut pour qu'il aille traîner son sale petit cul ailleurs, pour sûr !

— Il ne fait de mal à personne. Pourquoi faire tant d'histoires ?

— J'ai lu hier soir un article sur le sida. Paraît que ça va devenir la maladie la plus mortelle de tous les temps. Ça va tuer des millions de gens, surtout en Afrique évidemment, puisque là-bas tout le monde couche avec tout le monde.

— Je croyais que c'était à Hollywood.

— Là aussi. D'ailleurs y a plus de cas de sida en Californie que dans n'importe quel autre État.

— Ce serait pas là-bas que le fils Keane l'aurait attrapé ?

— C'est ce qu'on dit.

— Qui aurait cru que le sida débarquerait ici, à Clanton, en 1989 ?

Dans les bureaux du tribunal, c'était à présent une jeune femme du nom de Beth qui monopolisait l'attention : son mari, officier de la police municipale, avait été envoyé la veille surveiller la situation à Lowtown. Il était passé devant la petite maison rose d'Emporia Nester et, comme on le racontait, un jeune homme pâle et décharné se trouvait bien assis sous sa véranda. Ni le policier ni sa femme n'avaient jamais croisé Adrian Keane, seulement, comme la moitié de la ville avait ressorti les vieux annuaires du lycée de Clanton, plusieurs photos de classe circulaient. Ayant été formé à identifier rapidement les suspects, l'agent avait reconnu avec certitude Adrian Keane.

— Et pourquoi la police le surveille-t-elle ? demanda Myra d'un ton quelque peu irrité.

— Si mon mari est allé là-bas, c'est qu'on le lui a demandé ! rétorqua sèchement Beth.

— Ce n'est tout de même pas un crime d'être malade, que je sache ? riposta Myra.

— Bien sûr, mais la police est censée protéger la population, non ?

— Tu veux dire que c'est en veillant à ce qu'Adrian Keane ne quitte pas la véranda qu'on compte nous protéger, Beth ?

— Jamais de la vie ! Ne me fais pas dire ce que je n'ai pas dit.

Et la discussion se poursuivit.

Il dormit tard et demeura un long moment couché à contempler le plafond en planches peint en blanc tout en spéculant sur le nombre de jours qu'il lui restait. Puis il se demanda une fois de plus pourquoi il était là, même s'il connaissait la réponse. Il avait vu tant de ses amis mourir à petit feu qu'il avait décidé d'épargner cette épreuve aux rares encore en vie. C'était plus facile de les quitter sur un baiser rapide en les serrant vigoureusement dans ses bras tant qu'il en était encore capable.

Sa première nuit dans la maison rose avait été marquée par la succession habituelle de suées, de frissons, de souvenirs et de cauchemars, de brefs assoupissements et de longues insomnies, les yeux écarquillés dans l'obscurité. Il se réveilla épuisé, conscient que cette fatigue ne le quitterait plus jamais. Il finit par se lever et s'habiller avant d'affronter l'épreuve des médicaments. Une douzaine de flacons de comprimés étaient alignés devant lui, dans l'ordre prescrit par les médecins. Le premier cocktail se composait de huit cachets différents qu'il fit passer avec un verre d'eau, et il aurait d'autres séries à avaler au cours de la journée. Tout en revissant les bouchons, il songea combien c'était futile. Les recherches n'avaient pas encore permis de trouver de traitement suffisamment efficace pour le maintenir en vie, à peine arriverait-on à le prolonger, et encore. À quoi bon ? Cela coûtait mille dollars par mois que sa famille payait à contrecœur. Deux de ses amis avaient préféré se suicider et il lui arrivait d'y penser.

Il faisait déjà chaud dans la maison, ce qui lui rappela les longues journées humides de son enfance et les étés étouffants qui ne lui avaient pas manqué dans sa nouvelle vie.

Il entendit Emporia s'affairer dans la cuisine et alla lui dire bonjour.

Comme il ne mangeait ni viande ni produits laitiers, ils optèrent finalement pour une assiette de tomates de son jardin. Quel étrange petit déjeuner ! songea-t-elle, mais la tante Leona avait bien insisté pour qu'elle lui donne ce qu'il voulait. « Ça fait si longtemps qu'il est parti », avait-elle ajouté. Ensuite, ils s'étaient préparé des tasses de café à la chicorée instantané qu'ils avaient emportées sous la véranda.

Emporia voulut tout savoir de New York qu'elle ne connaissait que par les livres et la télévision. Adrian décrivit la ville, parla des années qu'il y avait passées, de l'université, de son premier emploi, des rues grouillantes de monde, du nombre infini de grands magasins et de boutiques, des quartiers ethniques, de la foule permanente et de la vie nocturne. Une dame au moins aussi vieille qu'Emporia s'arrêta devant la maison et la héla.

— Bonjour, Emporia.

— Bonjour, Doris. Viens donc t'asseoir avec nous.

Doris ne se le fit pas dire deux fois. Les présentations furent expédiées, sans serrement de mains. Doris était l'épouse d'Herman Grant, le voisin d'en face, une amie intime d'Emporia. Si la proximité d'Adrian l'inquiétait, elle n'en montra rien. Au bout de quelques minutes, les deux femmes se mirent à parler de leur nouveau pasteur qu'elles appréciaient modérément et, de là, elles enchaînèrent sur leur congrégation. Elles en oublièrent Adrian qui s'amusait beaucoup de les entendre. Une fois la paroisse passée en revue, elles en vinrent à la famille. Emporia, évidemment, n'avait pas d'enfant, Doris, en revanche, en avait pour deux. Huit, dont la plupart étaient partis vivre dans le Nord, plus une trentaine de petits-enfants et ce n'était pas fini. Elles discutèrent des aventures et des conflits de tout ce petit monde.

Au bout d'une heure, Adrian profita d'une pause pour poser une question.

— Dites-moi, Emporia, j'aurais besoin d'aller à la bibliothèque emprunter quelques livres. Je suppose que c'est trop loin pour m'y rendre à pied ?

Emporia et Doris le dévisagèrent d'un drôle d'air sans rien dire. Il suffisait de le regarder une fraction de seconde pour voir qu'il n'avait même pas la force d'aller au bout de la rue. Par cette chaleur, le pauvre garçon s'évanouirait à moins d'un jet de pierre de la maison rose.

La bibliothèque de Clanton se trouvait près de la grand-place et personne n'avait jamais envisagé d'ouvrir une succursale à Lowtown.

— Comment faites-vous pour vous déplacer ? poursuivit-il, Emporia ne possédant à l'évidence pas de voiture.

— J'appelle les Black and White.

— Les quoi ?

— La compagnie de taxis Black and White, expliqua Doris. On les prend tout le temps.

— Vous ne les connaissez pas ? s'étonna Emporia.

— Ça fait quatorze ans que je suis parti.

— Ah, c'est vrai ! Eh bien, leur histoire vaut la peine, déclara Emporia et elle s'installa confortablement pour la raconter.

— En effet, confirma Doris.

— C'étaient deux frères qui s'appelaient tous les deux Hershel. Un Noir et un Blanc, à peu près du même âge. Je dirais dans les quarante ans. Qu'est-ce que t'en dis, Doris ?

— Oui, quarante ans.

— Même père, mères différentes. Une ici, une de l'autre côté. Le père s'était volatilisé depuis longtemps et les deux frères avaient du mal à accepter la vérité. Pourtant, ils ont fini par assumer ce que toute la ville

294

savait plus ou moins et c'est là qu'ils ont décidé de s'associer. Faut dire qu'ils se ressemblent comme deux gouttes d'eau, tu ne trouves pas, Doris ?

— Sauf que le Blanc est plus grand, mais le Noir a les mêmes yeux verts.

— Et ils ont donc monté une compagnie de taxis. Ils ont acheté deux Ford avec un million de kilomètres au compteur et ils les ont peintes en noir et blanc, d'où le nom de la compagnie. Ils emmènent les gens d'ici de l'autre côté nettoyer les maisons et les commerces et, à l'occasion, ils nous ramènent des gens de là-bas.

— Pour quoi faire ? s'étonna Adrian.

Emporia se tourna vers Doris qui soutint brièvement son regard avant de détourner les yeux. Sentant un délicieux parfum de scandale provincial, Adrian voulut aussitôt en savoir plus.

— Je vous en prie, mesdames, dites-moi pourquoi les taxis ramènent des Blancs de ce côté des rails ?

— Parce qu'il y a des parties de poker par chez nous, avoua Emporia. Enfin, à ce qu'on m'a dit.

— Et des femmes, ajouta tranquillement Doris.

— Et du whisky de contrebande.

— Je vois, murmura Adrian.

Après ces révélations, ils s'absorbèrent tous les trois dans la contemplation d'une jeune mère qui descendait la rue chargée d'un gros sac de provisions.

— Alors je peux appeler les Hershel pour leur demander de me conduire à la bibliothèque ? reprit Adrian.

— Je serais ravie de le faire pour vous. Ils me connaissent bien.

— Ce sont de gentils garçons, renchérit Doris.

Emporia quitta la véranda et disparut à l'intérieur. Adrian sourit, amusé par l'histoire incroyable des deux frères.

— C'est une femme adorable ! déclara Doris en s'éventant.

— Oui, vraiment !

— Pourtant elle a jamais trouvé chaussure à son pied !

— Ça fait longtemps que vous la connaissez ?

— Non. Une trentaine d'années, peut-être.

— Et vous trouvez que ça ne fait pas longtemps ?

Petit gloussement.

— C'est peut-être beaucoup pour vous, mais je connais la plupart des gens d'ici depuis toute gamine. Et ça date pas d'hier. Quel âge pensez-vous que j'ai ?

— Quarante-cinq ans.

— Vous dites n'importe quoi ! J'aurai quatre-vingts ans dans trois mois.

— Non !

— Dieu m'en est témoin !

— Quel âge a Herman ?

— Il prétend qu'il a quatre-vingt-deux ans, mais il ment comme il respire.

— Depuis combien de temps êtes-vous mariés ?

— J'me suis mariée à quinze ans. Ça fait un bail !

— Et vous avez huit enfants ?

— Moi, huit. Herman en a onze.

— Herman a plus d'enfants que vous ?

— Il a trois enfants naturels.

Adrian préféra ne pas s'étendre sur ce sujet. Peut-être que cela lui paraissait normal quand il vivait à Clanton, et encore, il n'en était pas certain. Emporia revint avec trois verres et un pichet d'eau glacée additionnée de citron. Afin de la tranquilliser, Adrian avait gentiment insisté pour utiliser toujours le même verre, la même vaisselle et les mêmes couverts. Elle remplit son verre attitré, un souvenir discutable de la foire régionale de 1977.

— C'est Hershel le Blanc qui m'a répondu. Il sera là dans une minute, annonça-t-elle.

Ils sirotèrent leur citronnade et s'éventèrent tout en parlant de la chaleur.

— Il croit que j'ai quarante-cinq ans, Emporia, qu'est-ce que tu dis d'ça ?

— Les Blancs ne savent pas nous donner d'âge. Ah, voilà le taxi !

Il ne devait pas y avoir beaucoup de travail le mardi matin, car cinq minutes à peine s'étaient écoulées depuis l'appel d'Emporia quand le taxi arriva. Et c'était effectivement une Ford, antique et rutilante, noire avec des portes et un capot blancs et des numéros de téléphone sur les pare-chocs.

Adrian se leva et se déplia lentement comme s'il devait penser chacun de ses mouvements.

— Eh bien, je serai de retour dans une heure environ. Juste le temps d'aller prendre quelques livres à la bibliothèque.

— Ça ira ? s'inquiéta Emporia.

— Bien sûr. J'ai été ravi de faire votre connaissance Miss Doris, dit-il presque comme un vrai gars du Sud.

— Au revoir, répondit-elle avec un large sourire.

Adrian descendit l'escalier et il était à mi-chemin de la rue lorsque Hershel le Blanc bondit tel un diable hors de sa voiture.

— Ah non ! hurla-t-il en brandissant un doigt furieux vers Adrian. Bon sang, il n'est pas question que vous montiez dans mon taxi ! Je sais qui vous êtes !

Adrian se figea, abasourdi, incapable de répondre.

— Je vous laisserai pas ruiner mon affaire !

Emporia descendit précipitamment l'escalier.

— Il n'y a pas de problème, Hershel, je vous assure. Vous avez ma parole.

— Non, Miss Nester, vous mêlez pas de ça. Il montera pas dans ma voiture. Vous auriez dû me dire que c'était pour lui.

— Voyons, Hershel !

297

— Tout le monde parle de lui en ville. Je veux pas l'emmener, bon sang !

Sur ces mots, Hershel repartit à grands pas vers son taxi laissé ouvert, monta, claqua la portière et démarra sur les chapeaux de roue.

Adrian regarda la voiture disparaître au bout de la rue, puis il fit lentement demi-tour, remonta les marches, passa devant les deux femmes et entra dans la maison. Il était fatigué. Il avait besoin de dormir.

Les livres arrivèrent en fin d'après-midi. Doris avait une nièce qui enseignait à l'école élémentaire et qui avait accepté d'aller emprunter tout ce qu'Adrian voulait. Il avait finalement décidé de s'attaquer au monde de William Faulkner, un auteur qui lui avait été imposé au lycée. À cette époque, Adrian avait cru, comme bon nombre de lycéens du Mississippi, qu'une loi nationale forçait leurs professeurs à leur faire étudier cet auteur. Il s'était débattu avec *Parabole, Requiem pour une nonne, L'Invaincu* et d'autres qu'il avait essayé d'oublier, pour finalement s'avouer vaincu à mi-chemin du *Bruit et la Fureur*. À présent que sa fin approchait, il était déterminé à comprendre Faulkner.

Après le dîner, ou plutôt le « souper » comme disait Miss Emporia, il s'assit sous la véranda pendant que sa logeuse faisait la vaisselle, et commença par le commencement avec *Monnaie de singe*, publié en 1926, alors que Faulkner avait à peine vingt-neuf ans. Il lut quelques pages et s'accorda une petite pause. Il écouta les bruits qui l'entouraient : les petits rires qui parvenaient des autres vérandas ; les cris des enfants qui jouaient dans le lointain ; la télévision, trois maisons plus bas ; la voix aiguë d'une femme qui enguirlandait son mari. Son regard se posa sur les passants qui déambulaient nonchalamment dans Roosevelt Street et il prit soudain conscience de leurs coups d'œil curieux quand ils arrivaient à la hauteur de la maison rose. Il sourit en saluant de la tête chaque fois qu'il croisait un regard et reçut quelques bonjours réticents en retour.

Au crépuscule, Emporia sortit sous la véranda et s'installa sur son fauteuil à bascule préféré. Ils restèrent un moment sans rien dire. Nul besoin de parler : ils étaient désormais de vieux amis.

— Je suis vraiment désolée pour Hershel et son taxi, murmura-t-elle enfin.

— Ne vous inquiétez pas pour ça. Je comprends.

— Ce n'est qu'un ignorant.

— J'ai vu bien pire, Emporia, et vous aussi.

— Sans doute. Ce qui ne l'excuse pas pour autant.

— Non, c'est vrai.

— Voulez-vous du thé glacé ?

— Non, j'aimerais quelque chose de plus fort.

Elle réfléchit quelques secondes à ce qu'il venait de dire et ne répondit pas.

— Écoutez, Emporia, je sais que vous ne buvez pas, mais ce n'est pas mon cas. Sans être un gros buveur, j'aime bien un verre de temps en temps.

— Il n'y a jamais eu une goutte d'alcool sous mon toit.

— Dans ce cas, je boirai sous la véranda. Ici même.

— Je suis chrétienne, Adrian.

— Je connais beaucoup de chrétiens qui boivent. Regardez l'épître à Timothée, chapitre V, verset 23, dans lequel Paul dit à Timothée de prendre un peu de vin pour soigner son estomac.

— Vous avez mal à l'estomac ?

— J'ai mal partout. J'ai besoin d'un peu de vin pour me sentir mieux.

— Je ne suis pas convaincue.

— Cela vous ferait du bien à vous aussi.

— Mon estomac se porte comme un charme.

— Tant mieux. Vous boirez du thé et moi du vin.

— Où allez-vous en trouver ? Les magasins de spiritueux sont fermés.

— Ils ferment à dix heures, selon la loi en vigueur dans cet État. Et je parie qu'il y en a un pas trop loin d'ici.

— Écoutez, c'est pas à moi de vous dire ce que vous devez faire, sauf que vous commettriez une grande imprudence en allant là-bas à une heure pareille. Vous pourriez bien ne jamais revenir.

Elle voyait mal un Blanc, surtout dans son état, se rendre à pied à quatre pâtés de maisons de là, au magasin de Willie Ray où des petits durs traînaient régulièrement sur le parking, puis revenir tranquillement chez elle avec sa bouteille.

— C'est une mauvaise idée, croyez-moi.

Quelques minutes s'écoulèrent en silence. Un homme passa au milieu de la rue.

— Qui c'est ce type ? s'enquit Adrian.

— Carver Sneed.

— Il est sympa ?

— Ça peut aller.

— Monsieur Sneed ! appela Adrian.

Carver était un garçon d'une vingtaine d'années qui vivait avec ses parents au bout de Roosevelt Street. Il marchait sans but précis ; en fait, il passait par là dans l'espoir d'apercevoir le « revenant » qui agonisait sous la véranda d'Emporia Nester. Il n'avait pas prévu de se retrouver face à face avec lui. Il obliqua néanmoins vers la barrière en bois.

— Bonsoir, Miss Emporia.

Adrian s'était avancé en haut des marches.

— Je te présente Adrian, dit Emporia, contrariée de se voir forcer la main.

— Ravi de faire votre connaissance, Carver, attaqua Adrian.

— Moi aussi.

Inutile de perdre du temps, songea Adrian.

— Dites-moi, vous ne pourriez pas faire un saut pour moi jusqu'au magasin de spiritueux ? J'aimerais boire un coup, mais Miss Emporia n'a rien chez elle.

— Y a pas de whisky chez moi et y en a jamais eu, confirma-t-elle.

— Je vous offrirai un pack de six bières pour la peine, s'empressa d'ajouter Adrian.

Carver s'avança jusqu'aux marches et regarda Adrian, puis Emporia, qui était assise les bras croisés sur sa poitrine, les mâchoires contractées.

— Il parle sérieusement ? lui demanda-t-il.

— Il a pas encore menti. C'qui veut pas dire qu'il le fera jamais.

— Qu'est-ce que vous voulez que je vous rapporte ? demanda-t-il à Adrian.

— Je voudrais du vin, du chardonnay de préférence.

— Du quoi ?

— N'importe quel vin blanc fera l'affaire.

— Y a pas beaucoup de vins chez Willie Ray. C'est pas souvent qu'on lui en demande.

Adrian eut soudain peur de ce qu'on pouvait trouver de ce côté de la voie ferrée. Ce n'était déjà pas terrible en face. Il imaginait déjà une bouteille de jus de fruits alcoolisé fermée par une capsule à vis.

— Est-ce que Willie Ray a des bouteilles de vin avec des bouchons en liège ?

Carver réfléchit quelques instants à la question.

— Ça sert à quoi le liège ?

— Comment ouvrez-vous les bouteilles que vous achetez chez lui ?

— En les dévissant.

— Je vois. Et combien coûtent-elles en moyenne ?

Carver haussa les épaules.

— J'en achète pas souvent. Je préfère la bière.

— Juste une estimation. En gros.

— Le Boone's Farm doit aller chercher dans les quatre dollars la bouteille.

Adrian sortit des billets de la poche de sa salopette.

— Laissez tomber le vin et achetez-moi la tequila la plus chère du magasin, d'accord ?

— Comme vous voudrez.

— Prenez un pack de bières pour vous et rapportez-moi la monnaie.

Adrian lui tendit l'argent, mais Carver resta pétrifié sur place. Il fixa les dollars, puis Adrian et tourna un regard implorant vers Emporia.

— C'est bon, dit Adrian. Vous ne risquez pas de tomber malade en touchant des billets.

Carver était toujours incapable de bouger, incapable même de tendre la main pour prendre l'argent.

— Te fais pas de souci, Carver, intervint Emporia, soudain anxieuse de faciliter la transaction. Fais-moi confiance.

— Je vous promets que vous ne risquez rien, insista Adrian.

Carver recula en secouant la tête.

— J'suis désolé, marmonna-t-il d'une voix à peine audible avant de disparaître dans la nuit.

Adrian remit l'argent dans sa poche. Il ne tenait plus sur ses jambes et il avait besoin de s'asseoir, peut-être même de dormir. Il s'accroupit lentement sur la première marche, appuya sa tête contre la balustrade et ne dit rien pendant un long moment. Emporia passa derrière lui et entra dans la maison.

Quand elle revint sous la véranda, elle lui demanda :

— Tequila ça s'écrit avec un *q* ou un *c* ?

— Laissez tomber, Emporia.

— Un *q* ou un *c* ? répéta-t-elle en le frôlant tandis qu'elle descendait l'escalier.

— Non, Emporia, je vous en prie. Je n'ai plus soif.

— Je pense que c'est un *q*, je me trompe ?

Elle atteignait déjà la rue, chaussée d'une paire de vieilles tennis blanches, et s'éloignait à une allure étonnante.

— C'est un q ! hurla Adrian.

La réponse lui parvint de deux maisons plus loin.

— Je le savais.

Souvent les rumeurs étaient totalement fausses, créées de toutes pièces par des gens qui aimaient voir leurs petits mensonges semer la zizanie dans leur sillage.

La dernière en date partit du premier étage du tribunal, plus précisément du secrétariat de la cour d'équité, toujours très fréquenté quelle que soit l'heure de la journée. Dès que plusieurs avocats se retrouvaient à faire des recherches sur des titres de propriété, les commérages allaient bon train. Et comme la famille Keane se trouvait être au centre de tous les ragots, il était normal que les avocats y apportent leur contribution. Et encore plus naturel que ce soit l'un d'eux qui déclenche la pagaille.

Très vite, différentes versions de cette nouvelle fable proliférèrent, mais voilà de quoi il s'agissait à la base : Adrian possédait beaucoup plus d'argent qu'on ne le croyait parce que son grand-père avait établi une procédure très compliquée avant même la naissance d'Adrian, afin qu'il hérite d'une somme considérable à son quarantième anniversaire. Cependant, comme Adrian ne vivrait pas jusque-là, il pouvait transmettre cet héritage par testament à qui bon lui semblait. Cerise sur le gâteau, un avocat dont le nom n'était pas révélé aurait été contacté par Adrian pour rédiger ses dernières volontés et il avait décidé de transmettre son mystérieux héritage a) à Emporia Nester, ou b) à un nouveau groupe de défense des droits des homosexuels qui essayait péniblement de démarrer à Tupelo, ou c) à un petit ami laissé à San Francisco, ou d) à une université afin de financer des bourses d'études réservées aux Noirs. À vous de choisir !

En raison de sa complexité, la rumeur s'étouffa d'elle-même. Lorsque les gens spéculaient sur qui trompait son mari et avec qui, la situation était à la portée de tout un chacun. Mais la plupart des gens ne connaissaient rien aux dispositions légales et autres inventions des hommes de lois conçues pour évincer une génération d'héritiers, et ils s'empêtraient dans les détails. Quoi qu'il en soit, lorsque Dell fit part de la rumeur à ses clients, le garçon devait hériter d'une fortune qu'Emporia empocherait en grande partie et la famille menaçait de la poursuivre en justice.

C'est seulement chez le coiffeur qu'une voix s'éleva pour poser la question la plus évidente.

— S'il est si riche, pourquoi est-il allé agoniser dans une vieille case de Lowtown ?

Il en découla une longue discussion sur la quantité d'argent qu'il pouvait avoir. La majorité pensait qu'il n'avait pas grand-chose, mais qu'il comptait sur son fameux héritage. Une âme courageuse se moqua des autres en disant que ce n'étaient que des sornettes, et prétendit savoir avec certitude que toute la famille Keane n'avait plus un sou et était pauvre comme Job !

— Regardez leur vieille baraque. Ils sont trop fauchés pour la faire repeindre et trop prétentieux pour la faire blanchir à la chaux !

À la fin du mois de juin, la température grimpa encore et Adrian ne quitta plus sa chambre, collé au vieux climatiseur bruyant et poussif. Souffrant d'accès de fièvre de plus en plus fréquents, il n'aurait jamais pu supporter l'air étouffant de la véranda. Dans sa chambre, il pouvait rester en sous-vêtements, qui d'ailleurs finissaient souvent trempés de sueur. Il lisait Faulkner et écrivait des douzaines de lettres aux amis de son ancienne vie. Et il passait plus ou moins ses journées à somnoler. Une infirmière venait tous les trois jours l'examiner rapidement et le fournir en comprimés qu'il jetait désormais dans les toilettes.

Emporia se démenait pour essayer de le faire grossir, mais il n'avait aucun appétit. Comme elle n'avait jamais eu de famille à nourrir, ses connaissances en cuisine étaient limitées. Son petit jardin produisait suffisamment de tomates, de courges, de petits pois, de haricots blancs et de cantaloups pour la nourrir toute l'année et Adrian essayait hardiment de faire honneur à ses plats généreux. Elle réussit à le convaincre de goûter au pain de maïs, bien qu'il contînt du beurre, du lait et des œufs. Elle n'avait jamais connu personne qui refuse de manger de la viande, du poisson, du poulet et des produits laitiers et elle lui demandait souvent :

— Tous les Californiens se nourrissent de cette façon ?

— Non, mais beaucoup sont végétariens.

— On vous avait pourtant bien élevé.

— Je préfère ne pas parler de ça, Emporia. Mon enfance a été un vrai cauchemar.

Elle mettait le couvert trois fois par jour, aux heures qu'il choisissait et ils s'appliquaient à faire durer le repas. Adrian savait qu'elle tenait à bien le nourrir et il mangeait autant qu'il pouvait. Cependant, au bout de deux semaines, il fallut se rendre à l'évidence : il continuait à maigrir.

Ce fut pendant le déjeuner que le pasteur appela. Et ce fut Emporia, comme toujours, qui répondit au téléphone accroché au mur de la cuisine. Certes, Adrian était autorisé à s'en servir, mais cela lui arrivait rarement. Il n'avait personne à qui parler à Clanton. Il ne téléphonait à aucun membre de sa famille et ceux-ci ne l'appelaient pas non plus. Quant au peu d'amis qui lui restaient à San Francisco, il ne voulait plus entendre leurs voix.

— Bonjour, révérend, le salua-t-elle tout en s'éloignant autant que le permettait le cordon de l'appareil.

L'échange fut bref et elle raccrocha sur un aimable « Je vous verrai à trois heures ». Puis elle se rassit et prit aussitôt une bouchée de pain de maïs.

— Alors, comment va le révérend ? s'enquit Adrian.

— Bien, je pense.

— Il passe à trois heures cet après-midi ?

— Non, c'est moi qui dois aller à l'église. Il veut me parler.

— Vous savez de quoi ?

— Vous êtes bien curieux aujourd'hui !

— Voyons, Emporia, ça fait deux semaines que j'habite Lowtown et je vois bien que tout le monde se mêle des affaires des autres. C'est même presque grossier de ne pas s'occuper de ce qui ne vous regarde pas. En plus, les homosexuels sont beaucoup plus indiscrets que les gens normaux, vous ne le saviez pas ?

— Jamais entendu un truc pareil !

— C'est vrai. C'est même prouvé. Alors pourquoi le révérend ne vient-il pas vous voir ici ? Ça ne fait pas partie de son boulot de rendre visite à ses ouailles, de veiller sur son troupeau, de souhaiter la bienvenue aux nouveaux venus comme moi ? Je l'ai vu il y a trois jours bavarder avec Doris et Herman sous leur véranda. Il n'arrêtait pas de regarder par ici comme s'il avait peur d'attraper la peste. D'ailleurs vous ne l'aimez pas, n'est-ce pas ?

— Je préférais le précédent.

— Moi aussi. En tout cas, je n'irai pas à l'église avec vous, Emporia, alors je vous en prie, n'insistez pas.

— Je ne vous l'ai demandé que deux fois.

— Oui, et j'ai répondu non merci. C'est très gentil à vous, mais je n'ai pas envie d'aller dans votre église ni dans aucune autre. Par les temps qui courent, je ne suis pas sûr d'être très bien accueilli où que ce soit. (Elle ne fit aucun commentaire.) J'ai fait un drôle de rêve la nuit dernière, continua-t-il. Il y avait une réunion pour le renouveau de la foi dans une église, une église blanche, ici à Clanton, une de ces assemblées tumultueuses où il est question des tourments de l'enfer et où les fidèles tournent de l'œil et s'évanouissent dans les allées pendant que le chœur chante à pleins poumons *Shall We Gather at the River* et que le prêcheur debout devant l'autel supplie ses ouailles de venir se repentir. Vous voyez le tableau ?

— Tous les dimanches.

— C'est alors que je franchis la porte, tout habillé de blanc, avec une mine encore plus affreuse qu'aujourd'hui. Je m'avance dans l'allée centrale vers le pasteur qui me regarde, terrorisé, incapable de prononcer le moindre mot. Le chœur s'arrête en plein couplet. Tout le monde se fige tandis que je n'en finis pas d'avancer. Quelqu'un se met soudain à crier : « C'est lui ! Le type qui a le sida ! » Un autre hurle : « Sauve-qui-peut ! » et c'est la débandade. On se piétine. Les mères saisissent leurs enfants. J'avance toujours. Les hommes sautent par les fenêtres. Je continue. Dans leur hâte à quitter l'église, les choristes obèses en robe dorée basculent en arrière sur leur énorme postérieur. Je marche toujours et, arrivé enfin devant le pasteur, je tends la main vers lui. Il ne bouge pas. Il ne peut pas parler. L'église est vide, sans un bruit.

Adrian s'arrêta pour boire une gorgée de thé et s'éponger le front.

— Continuez. Que se passe-t-il après ?

— J'sais pas. Je me suis réveillé et j'ai bien ri. Les rêves paraissent si réels parfois. Faut croire que certains pécheurs sont irrécupérables.

— C'est pas ce que dit la Bible.

307

— Merci, Emporia. Et merci aussi pour le déjeuner. Il faut que j'aille m'étendre maintenant.

À trois heures, Emporia retrouva le révérend Biler dans son bureau, près de l'église. Un tel rendez-vous dans un tel lieu ne laissait rien augurer de bon et, peu après l'échange habituel d'amabilités, le révérend entra dans le vif du sujet, ou du moins d'un des sujets.

— J'ai entendu dire que vous étiez allée dans le magasin de spiritueux de Willie Ray.

Emporia s'y attendait et elle avait préparé sa réponse.

— J'ai soixante-quinze ans, au moins trente de plus que vous, et si je juge bon d'acheter un remède pour un ami, je le fais.

— Un remède ?

— C'est comme ça qu'il l'appelle et j'ai promis à sa famille de lui donner tous les médicaments qu'il lui faut.

— Appelez ça comme vous voulez, Emporia, n'empêche que nos anciens s'inquiètent. Une de nos vieilles dames qui se rend dans un débit d'alcool, quel exemple pour notre jeunesse ?

— Ça fait partie de mon travail et mon travail devrait pas durer bien longtemps.

— Il paraît que vous l'avez invité à venir prier avec nous.

Merci, Doris. Doris était la seule à qui elle en avait parlé.

— J'invite tout le monde à venir prier avec nous, révérend. C'est ce que vous attendez de nous. C'est ce que la Bible nous recommande.

— Eh bien, il s'agit d'un cas un peu différent.

— Vous faites pas de souci, il ne viendra pas.

— Dieu soit loué ! La mort est le salaire du péché, Emporia, et ce jeune homme paie les siens.

— Ça, c'est sûr !

— Et êtes-vous certaine de ne pas courir de risque, Emporia ? Cette maladie balaie notre pays, le monde entier même. Elle est très contagieuse et, pour être honnête avec vous, notre communauté s'inquiète beaucoup pour votre santé. Pourquoi vous exposez-vous ainsi ? Pourquoi courez-vous un tel danger ? Cela vous ressemble si peu !

— L'infirmière m'a assuré que je ne risquais rien. Je me contente de le blanchir, de le nourrir et de lui donner ses médicaments. Et je mets des gants en caoutchouc pour faire sa lessive. Le virus se transmet par les rapports sexuels et par le sang et on a décidé d'éviter les deux.

Elle sourit. Pas lui.

Il croisa ses mains et les posa sur la table d'un geste empli de piété. Pourtant ce fut avec un visage dur qu'il déclara :

— Certains membres de notre congrégation sont incommodés par votre présence.

Elle s'attendait à tout sauf à ça et quand elle comprit ce qu'il entendait par là, elle resta sans voix.

— Vous touchez ce qu'il touche. Vous respirez le même air, vous mangez les mêmes aliments et Dieu sait quoi encore. Quand vous lavez son linge, ses vêtements et ses draps, vous portez des gants à cause du virus. Cela ne devrait-il pas vous faire comprendre quel danger vous courez, Emporia ? Et vous voudriez rapporter ses microbes ici, dans la maison de Dieu ?

— Je ne risque rien, révérend. Je sais que je ne risque rien.

— Peut-être, mais tout est une question d'interprétation. Certains de vos frères et sœurs pensent que vous êtes folle de faire ça et ils ont peur.

— Il faut bien que quelqu'un s'occupe de lui.

— Ces Blancs sont riches, Emporia.

— Il n'a personne d'autre.

— Là n'est pas la question. C'est pour mon église que je m'inquiète.

— C'est aussi la mienne. J'étais là bien avant votre arrivée et maintenant vous me demandez de ne plus venir ?

— Je vous demande d'envisager une absence exceptionnelle, jusqu'à ce qu'il décède.

Plusieurs minutes s'écoulèrent sans que fût prononcé un mot. Emporia, les yeux humides mais la tête haute, fixait par la fenêtre le feuillage d'un arbre. Biler, immobile, contemplait ses mains.

— D'accord, appelons ça un congé exceptionnel, révérend, déclara-t-elle en se levant enfin. Il commence dès maintenant et il s'arrêtera quand je le déciderai. Et en attendant, j'irai acheter de l'alcool quand ça me chante et vous et vos petits espions pourrez jaser.

— Ne dramatisez pas, Emporia, dit-il en la raccompagnant à la porte. Nous vous aimons tous.

— Ça se sent !

— Et nous prierons tous pour vous et pour lui.

— Il sera ravi de l'apprendre.

Le notaire s'appelait Fred Mays et c'était le seul nom dans les pages jaunes qui lui disait quelque chose. Adrian parla brièvement avec lui au téléphone puis lui écrivit une longue lettre. À quatre heures de l'après-midi, par un vendredi de mai, Mays et une secrétaire se garèrent devant la maison rose. Mays descendit avec sa mallette et une caisse de vin acheté dans le meilleur magasin de spiritueux de l'autre côté des rails. Emporia rendit visite à Doris, de l'autre côté de la rue, afin de les laisser régler leurs affaires légales en privé.

Contrairement aux diverses rumeurs qui couraient dans la ville, Adrian ne possédait rien. Il n'existait aucun legs mystérieux laissé par un quelconque aïeul mort depuis longtemps. Le testament préparé par Mays se résumait donc à une page : il léguait le peu qui resterait des derniers fonds d'Adrian à Emporia. Le second document, et le plus important, réglait le déroulement de ses obsèques. Lorsque tout cela fut signé et certifié devant notaire, Mays s'attarda le temps de parler de Clanton autour d'un verre de vin. Il fut vite bu. Mays et sa secrétaire semblaient pressés de conclure l'entretien. Ils partirent sur un au revoir accompagné d'un signe de tête mais sans poignée de main et, dès qu'ils regagnèrent leur cabinet sur la grand-place, ils s'empressèrent de décrire en long et en large le triste état du pauvre garçon.

Le dimanche suivant, Emporia se plaignit d'un mal de tête et annonça qu'elle n'irait pas à l'église. Il pleuvait et le mauvais temps lui donnait une excuse supplémentaire pour rester chez elle. Ils mangèrent des biscuits sous la véranda en regardant l'orage.

— Comment va votre tête ? s'enquit Adrian.

— Un peu mieux. Merci.

— Vous m'avez dit que vous n'aviez jamais raté un office de votre vie. Pourquoi n'y êtes-vous pas allée aujourd'hui ?

— Je ne me sentais pas bien, Adrian. C'est pas plus compliqué que ça.

— Vous êtes brouillée avec le pasteur ?

— Du tout.

— Vous êtes sûre ?

— Je vous dis que non.

— Vous n'êtes plus la même depuis votre rendez-vous avec lui l'autre jour. Il a dû vous dire quelque chose qui vous a retournée et je suis sûr que cela a un rapport avec moi. Doris vient de moins en moins souvent, Herman, jamais. Isabelle n'est pas passée une seule fois de la semaine. Le téléphone ne sonne plus aussi souvent. Et voilà que vous évitez l'église. Si vous voulez mon avis, je dirais que Lowtown vous bat froid et que tout ça, c'est à cause de moi.

Elle ne protesta pas. À quoi bon ? Il disait la vérité et c'était inutile de le nier.

Le tonnerre fit vibrer les fenêtres, le vent tourna et projeta la pluie sous la véranda. Ils entrèrent se mettre à l'abri, Emporia dans la cuisine, Adrian dans sa chambre. Il ferma sa porte, se mit en sous-vêtements et s'étendit sur son lit. Il avait presque terminé *Tandis que j'agonise*, le cinquième roman de Faulkner, un de ceux qu'il ne pensait pas lire, pour des raisons évidentes. Il le trouva cependant plus accessible que les autres et d'un humour inattendu. Il le finit en une heure et s'endormit.

À la fin de l'après-midi, l'orage était passé, laissant l'air clair et agréable. Après un léger souper de petits pois et de pain de maïs, ils regagnèrent la véranda où Adrian annonça bientôt qu'il avait mal à l'estomac et qu'il avait besoin d'un peu de vin comme le prescrivait l'épître à Timothée, chapitre V, verset 23. Son verre à vin attitré était un mug fêlé sur lequel la chicorée avait laissé des taches indélébiles. Il avait bu quelques gorgées lorsque Emporia annonça :

— Vous savez, j'ai des problèmes d'estomac, moi aussi. Je pourrais peut-être en boire un peu.

— Merveilleux ! s'exclama Adrian avec un sourire radieux. Je vais vous en chercher.

— Non, ne bougez pas. Je sais où est la bouteille.

Elle revint avec un mug similaire au sien et s'installa sur son fauteuil à bascule.

— À votre santé ! lui dit Adrian, ravi qu'elle l'accompagne.

Emporia but une gorgée et claqua des lèvres.

— Pas mauvais !

— C'est du chardonnay. Il n'est pas excellent mais il se laisse boire. C'était le meilleur qu'ils avaient.

— Ça ira, répondit-elle, toujours prudente.

Au bout du deuxième mug, elle commença à glousser. Il faisait nuit et la rue était calme.

— Je voulais vous demander un truc, murmura-t-elle.

— Tout ce que vous voulez.

— Quand vous êtes-vous aperçu que vous étiez, disons, différent ? Quel âge aviez-vous ?

Une pause, une longue gorgée de vin. Cette histoire, il l'avait déjà racontée, mais seulement à ceux qui pouvaient la comprendre.

— J'ai mené une vie normale jusque vers douze ans, avec les louveteaux, le base-ball et le foot, le camping et la pêche, bref tous les trucs que les garçons font habituellement. Ce n'est qu'à l'approche de la puberté que je me suis aperçu que les filles ne m'attiraient pas, contrairement aux autres garçons qui ne parlaient que de ça. Moi, je m'en fichais. J'ai laissé tomber le sport et j'ai commencé à m'intéresser à l'art, au design et à la mode. Les années ont passé, les autres garçons étaient de plus en plus obnubilés par les filles et moi toujours pas. J'ai senti que quelque chose clochait. J'avais un copain, Matt Mason, qui était super mignon et toutes les filles en étaient folles. Un jour, je me suis rendu compte que j'avais moi aussi le béguin pour lui, mais bien sûr, je ne l'ai jamais dit à personne. J'ai fantasmé sur lui. Ça m'a rendu fou. Puis j'ai commencé à regarder les autres garçons avec beaucoup d'intérêt et, à quinze ans, j'ai fini par m'avouer que j'étais homo. Déjà, on commençait à chuchoter dans mon dos. J'avais hâte de partir d'ici et de vivre à ma guise.

— Vous avez des regrets ?

— Des regrets ? Non, je ne regrette pas d'être ce que je suis. J'aimerais juste ne pas être malade, comme tous ceux qui sont atteints d'une maladie incurable.

Elle posa sa tasse vide sur la table en rotin et contempla la nuit. La lumière de la véranda était éteinte. Ils restèrent assis dans l'obscurité à se balancer doucement.

— Je peux vous confier quelque chose ? murmura-t-elle.

— Bien sûr. Je l'emporterai avec moi dans la tombe.

— Eh bien, j'étais un peu comme vous, sauf que j'ai

jamais aimé les garçons. Je n'ai jamais pensé que je pouvais être différente, vous savez, ni que j'avais quelque chose qui n'allait pas. Mais j'avais pas envie d'aller avec un homme.

— Vous n'avez jamais eu de petit ami ?

— Si, une fois. Il y avait un garçon qui traînait autour de la maison et j'avais l'impression qu'il fallait que je me case. Ma famille commençait à s'inquiéter parce que j'allais sur mes vingt ans et j'étais pas encore mariée. Nous avons couché ensemble plusieurs fois, mais ça me plaisait pas. En fait, ça me rendait malade. Je supportais pas qu'on me touche comme ça. Vous me promettez de rien dire, hein ?

— Je vous promets. Et à qui le dirais-je ?

— Je vous fais confiance.

— Votre secret est en sécurité. Vous ne l'avez jamais dit à personne ?

— Seigneur, non, jamais ! J'aurais pas osé !

— Et vous n'avez jamais essayé avec une fille ?

— Fiston, ces choses-là se faisaient pas de mon temps. On vous aurait enfermé dans un asile.

— Et à présent ?

Elle réfléchit en secouant la tête.

— De temps à autre, on entend parler d'un garçon de l'autre côté qu'est un peu différent, mais pas souvent. Sûr qu'y a des rumeurs, mais on n'a jamais vu personne s'afficher ouvertement, si vous voyez ce que je veux dire.

— Tout à fait.

— Par contre, j'ai jamais entendu parler d'une femme de là-bas qui aime les femmes. Je pense qu'elles préfèrent se marier sans rien dire à personne. Ou elles font comme moi, elles laissent passer le temps en prétendant qu'elles n'ont jamais trouvé l'homme de leur vie.

— C'est triste.

— Je ne suis pas malheureuse, Adrian. J'ai eu une vie plaisante. Que diriez-vous d'une autre goutte de vin ?

— Bonne idée !

Elle se leva aussitôt, pressée de mettre fin à cette conversation.

La fièvre revint et ne le quitta plus. Il commença par transpirer, puis il se mit à tousser d'une toux sèche et douloureuse qui le saisissait comme une attaque et le laissait incapable de bouger. Emporia passait ses journées à laver et à repasser ses draps. La nuit, elle ne pouvait qu'entendre les râles de douleur qui parvenaient de sa chambre. Elle lui préparait des repas qu'il n'arrivait pas à manger. Elle mettait des gants pour le baigner dans l'eau froide sans se soucier de sa nudité. Avec ses bras et ses jambes maigres comme des manches à balai, il n'avait plus la force de marcher jusqu'à la véranda. Et comme il ne voulait plus que les voisins le voient, il restait couché à attendre. L'infirmière venait désormais chaque jour, mais son rôle se limitait à prendre sa température, à ranger ses flacons de médicaments et à regarder Emporia en secouant la tête d'un air grave.

La dernière nuit, Adrian réussit à se vêtir tout seul d'un pantalon de serge et d'une chemise en coton blanc. Il mit soigneusement ses chaussures et son linge dans ses deux valises en cuir et, quand tout fut en ordre, il prit un comprimé noir qu'il fit passer avec un verre de vin. Il s'allongea sur le lit, regarda la pièce autour de lui, posa une enveloppe sur sa poitrine, réussit à sourire et ferma les yeux pour la dernière fois.

À dix heures, le lendemain matin, Emporia s'aperçut qu'elle ne l'avait pas encore entendu. Elle entrebâilla doucement la porte de sa chambre et quand elle s'avança, elle le vit, bien habillé, souriant, en paix pour l'éternité.

La lettre disait :

Chère Emporia,

Je vous en prie, détruisez cette lettre dès que vous l'aurez lue. Je suis désolé que vous me trouviez ainsi, mais ce moment était somme toute inévitable. La maladie a suivi son cours et mon heure est arrivée. J'ai simplement décidé de hâter un peu les choses.

C'est Fred Mays, le notaire, qui doit s'occuper de mes dernières volontés. Contactez-le en premier, s'il vous plaît. Il appellera le médecin légiste qui viendra ici me déclarer légalement décédé. Comme aucun entrepreneur de pompes funèbres de la ville ne voudra s'occuper de mon corps, faites venir une ambulance des pompiers qui me conduira au crématorium de Tupelo. Là-bas, ils se feront un plaisir de m'incinérer et de mettre mes cendres dans une urne prévue pour. Une urne standard, rien de compliqué. Fred rapportera ensuite mes cendres à Clanton pour les remettre à M. Franklin Walker des pompes funèbres de Lowtown. M. Walker a accepté, bien à contrecœur, de m'enterrer dans la partie du cimetière réservée aux Noirs, aussi loin que possible de la concession de ma famille.

Tout ceci devrait être fait rapidement et j'espère, sans que ma famille soit au courant. Je ne veux pas qu'ils s'en mêlent, ce qui ne pourra que les arranger. Fred détient mes instructions par écrit et veillera à les exécuter le moment venu.

Lorsque mes cendres seront enterrées je serais très honoré si vous vouliez bien m'offrir une pensée ou deux. Et n'hésitez pas à vous arrêter devant ma petite tombe à l'occasion et à y déposer quelques fleurs. Une fois de plus, rien de compliqué.

Il reste quatre bouteilles de vin dans le réfrigérateur. Je vous en prie, buvez-les à ma mémoire.

Mille mercis pour votre gentillesse. Vous avez rendu mes derniers jours supportables et parfois même très agréables. Vous êtes un être merveilleux et vous pouvez être fière de vous.

Je vous embrasse,

Adrian

Emporia s'assit au pied de son lit et resta un long moment à essuyer ses larmes et même à lui tapoter le genou. Puis elle rassembla ses idées et alla dans la cuisine où elle jeta la lettre à la poubelle et décrocha le téléphone.

Table des matières

Collecte sanglante 9

Dernier trajet 53

Dossiers poisseux 103

Casino 149

Huit ans après 185

Havre de paix 219

Un garçon pas comme les autres 275

Achevé d'imprimer en Allemagne
par GGP Media GmbH, Pößneck

en décembre 2011

POCKET - 12, avenue d'Italie - 75627 Paris Cedex 13

Dépôt légal : janvier 2012

S22140/01